车厘酒 著

摘青梅

下册

天津出版传媒集团
BH 百花文艺出版社

第十章
陌生的触感

舒甜坐在床上咽了口口水。

准确地说，这是她确定自己喜欢这个人的第三天。仅仅第三天，她就待在喜欢的人的房间里，坐在喜欢的人每天睡觉的床上，而且她喜欢的人刚刚非常男人、非常帅气又非常宠溺地给了她一个仅有三秒钟的公主抱！虽然只有三秒钟——那也是一个名副其实、各个方面都符合标准的公主抱！这么一想，对比一下那些电视剧里虐恋情深爱你在心口难开的男女主，她简直太幸福了！

尽管舒甜坐的地方变高了，但是江译站在床边，她还是得仰头看着他。

这个房间里有股淡淡的香味，跟他身上的味道很像，很好闻。

她来这个房间的这几次，窗帘都是全部拉开的，白天她在自己的房间时也喜欢这么干，他们住在高层，采光好，阳光充足又不会太晒，反而显得室内特别明亮，待着都觉得心情好。

刚刚他问她怎么这么容易腿麻，应该也是想到了上个月他们第一次见面那次她真实的腿麻。

“也没有很容易吧？！”舒甜小声解释，“就是……就是一个姿势坐久了、蹲久了，都会腿麻的呀，很正常。”

江译脸上的笑意已经消失，神色淡淡地点点头，道：“哦。”

舒甜的心里在打鼓。她倒不是因为怕谎言被戳破，这种小谎算什么，另外腿长在她身上，她让它麻它就得麻，这有什么？她心里紧张的是他到底为什么要伸手抱她，虽然她很喜欢，但是明明跟之前那次一样，拉她一下就可以，他何必大费周章呢？不过，可能也没有大费周章这么严重——江译刚才抱她，轻松得就像是拎了一个几斤的袋子。

舒甜这么想着，视线不自觉地就移到了他的胳膊上。

江译身上穿的是纯白色的短袖，长度刚刚卡在胳膊肘往上一点儿，偏宽松，所以……唉，基本上什么也看不见。

江译的肤色白，不光脸，身上也是，上臂看不到，小臂还是露在外面的，手腕一直到手肘都很瘦，但又不会太过分，肌理紧绷，而且她戳过很多次了，虽然看起来瘦，但是手感还是非常……停停停，什么手感？她想什么呢？

舒甜及时掐住脑子里的想法，把视线从江译的身上移回他的脸上，装模作样地清了清嗓子，道：“那，我们现在开始吗？”

江译明显一愣：“开始？”他接着问，“开始什么？”

舒甜：“……”

他这是失忆了？

舒甜试探着提醒他：“开始写作业。”

“嗯，”江译点头，“好。”

江译正想转身，顿了顿，又问：“你的腿好了？”

舒甜差点儿就忘记这茬儿，直接站起来走动了，听见他的话立马摇头，回道：“没呢，再过两分钟就好了。”

演戏好累呀，什么都要做全套，时刻不能崩。

“地理的第一题，以下被称为‘不冻港’的港湾是——”舒甜用笔指着下面的选项，“这个没什么好想的，就课本讲的来选就行，‘不冻港’是指——”舒甜的笔尖刚要点上正确答案，耳边一直答“嗯”“哦”“会了”的江译突然变了。

“这个我知道。”他说。

舒甜没反应过来：“嗯？”

“这个题的答案，”江译语速很快，“摩尔曼斯克。”

舒甜眨了眨眼，说道：“哇，厉害了。”

舒甜夸完，突然有点儿好奇这种纯需要看课本才能知道的知识他是怎么会的，便问：“你是复习过吗？”

江译没想到她会这么问，停顿了一下，回答：“不是。”

江译本来不想说，但突然想到自己玩儿了这么久的游戏，还从来没派上过用场，这是个好机会，于是接着说：“就是……我看过一句话。”

舒甜点点头，竖起耳朵等他说。

江译的表情有点儿别扭，停顿了三秒钟才开口道：“你是北大西洋暖流，我是摩尔曼斯克，因为你，我的世界成了不冻港。”少年的声音很有磁性。

江译说话的时候眼睛一直盯着舒甜，舒甜听得一愣一愣的，心脏怦怦直跳，直到最后他说完了才反应过来——这是句情话。

等等，这句话好像有点儿耳熟——这是四个校草里面徐息告白的话。那江译……他不可能玩儿那个游戏吧？舒甜脑子飞速在转。其实这句话也不是那个游戏的原创，应该是源自网络，但是江译也不可能有机会看到呀，难道他还能去搜情话大全？

舒甜实在忍不住了，问：“你是……怎么知道这句话的呀！”

江译想了想，决定用搪塞江言时用过的理由：“是别人给我写的，我查了查意思，就记住了。”

舒甜：“……”

什么叫大喜大悲？什么叫一秒天堂一秒地狱？她算是体会到了。

这句话是别人给他写的？那就是情书了！

呵呵，原来没有她帮忙收情书，还是有情书到他手里呀。

不是，你之前不都不看情书的吗？为什么这封就看了？为什么这么烂俗的情话你还去上网查意思？

一瞬间，舒甜气到胸口疼。

舒甜深吸一口气，心里猛翻白眼，挤出个灿烂的笑容："挺好，这告白还挺有文化的，还能帮助你学习。"

江译观察了一下舒甜的表情，只见她的脸上挂着标志性的笑容，不疾不徐地说："我们接着看下一题吧。"

其实江译刚刚说完就后悔了，还不如直接说是课本上看到的，怎么就提起那句话了，说完之后头皮都发麻。而现在，确认过她的表情如常，不知道为什么，很奇怪，他居然有种隐隐松了一口气的感觉。

再怎么不想，国庆假期总得过完。

周一一早，舒甜因为假期睡眠充足，所以没有起晚，按部就班地吃了早餐之后，跟江译一起去上学。

和以前不同的是，路上两个人都很沉默。其实江译沉默也正常，他话少，早晨话更少，但舒甜就不太正常了。

舒甜自从上次去了江译家之后，就忘不掉"他看了别人的情书并且记住了那句情话还上网查了意思"这件事儿。她拼命暗示自己，江译连那人的名字都没记住，根本没放在心上，只是顺手查了查然后学了个知识点，但无果，还是气，气到爆炸。

舒甜觉得很神奇，喜欢一个人居然能变化这么大。她发誓以前真的没有这么小心眼儿，但这次不管怎么暗示自己，什么用都没有。

那天之后她没再上门给江译辅导作业，甚至在他问"今天来吗？"的时候，用全身的力气才控制住自己没打出"给你送情书的那人那么有文化，你去让她来辅导你吧，呵呵”。

他们到了路口，舒甜满脑子想着这些乱七八糟的事儿，没注意前面，一个不留神就差点儿冲出去，身边伸出一只手，一把把她的车拽停。

舒甜这才发现前面是红灯。

舒甜其实很惜命，平时自己走路都会格外小心，但是跟江译一起的话，就完全闭着眼骑。反正他会看路的，他总会拉着她的。

舒甜看着自己车把上的手，那只手手背上的血管跟白皙的皮肤搭起来格外好看，指骨修长有力，手腕处再往上一点儿是校服袖子的蓝边。她心里突然莫名开始不受控制地冒粉红色泡泡。

红灯还有 30 秒，舒甜转过头看江译。瞧瞧这大长腿，车座那么高都能支到地上，这得多长啊？看看这个撸上去的校服袖子，啧啧啧，这么土气的衣服硬是被他穿出了时尚感。再来看看这张毫无瑕疵的脸，配上勾人的桃花眼，这脸是按比例长的吧？怎么能这么好看？

只见这位大帅哥眉头一皱，唇角一抿，一脸严肃地说道：“你以后骑车子的时候要看路。”

江译一句话把舒甜从花痴的世界一下子拉回现实。他这句话的语气，怎么说呢，带着警告，冷冷的没有感情，跟以前一点儿都不一样。

我不看路还不是因为你在嘛！舒甜心里的粉红色泡泡一瞬间消失不见，她怏怏地哦了一声，然后说：“知道了。”

江译的手收了回去。

绿灯亮起，两人重新上路。

他们很快到了学校，推着车子到了车棚，上完锁，舒甜突然瞄到旁边一辆紧挨着的山地车，花里胡哨的车身都快看不出原本的黑色了，贴满了少女心的贴纸，这都没什么，最关键的是它有一个非常突出的车后座！车座是黄色渐变粉色，配黑色估计会很难看，但是因为这辆车已经被糟蹋得不成样子了，这么看着还挺和谐的。

这……这个太好了吧？！舒甜刚才的抑郁烟消云散，正好他不是说让她看路嘛，那要是他一个人骑车子就不用照顾她了吧？！多棒啊！

什么都还没开始，舒甜已经脑补了一幅又一幅蓝天白云下他载着自己的美好画面。

江译锁好车，看舒甜站在那边迟迟不动，走过去拍了一下她的肩，问：“锁出问题了吗？”

“啊？”舒甜转身摇了摇头，“不是不是，我锁好了。”

“嗯。”江译点了点头，有些疑惑，“不走吗？”

舒甜咬了咬牙，指着那辆奇葩山地车，问：“江译哥哥，你觉不觉得这个车子挺好看的？”

江译顺着她指的方向看过去，这是什么垃圾？还好看？

“好看。”江译看着少女亮晶晶的眼睛，违心地说道。

“你发没发现这个车子多了点儿什么？”舒甜接着问。

江译沉默了一会儿，答道：“车座？”

舒甜开心地道：“对对对，你不觉得这还挺实用的吗？”

你不觉得很省事吗？给你的山地车安一个，然后载我。舒甜在心里补充。

江译又沉默了一会儿，恍然大悟地道：“你想要？”

舒甜：“……”

“你也有车座。”江译看着少女愣怔的表情，安慰她，“而且那个丑，你这个白色的比它好看。”

舒甜：“……”

舒甜踢了一脚自己的车轮子，垂头丧气地往外走，还不忘对江译说：“回教室吧！”

难道是她暗示得太隐晦了？

山地车安车座，他为什么不往自己身上想想呢？这可怎么办哪？

这个假期，不少好姐妹、好兄弟一个星期没见面，一进教室，闹哄哄的一片，补作业的、书包还背在背上就抱在一起叙旧的，不一而足。舒甜一路跟人打着招呼，到了座位旁边，让江译先进去，自己才坐下。

“喂！好久不见哪舒同学，假期过得咋样？”舒甜正从书包里掏作业本，身后传来熟悉的声音。

“挺好的，闻人一同学，”舒甜回过头，“作业抄到哪儿了？”

“数学。”闻人一快哭了，“然而我还有政治、历史、地理、物理、化学、生物作业没抄。”

舒甜：“你加油。”

“对了译哥，”闻人一踹了一下江译的凳子，“运动会你参加不？”

江译：“不参加。”

“呵呵，”闻人一笑了两声，“白瞎你那大长腿了，你就参加一下为班级争个光能怎样？”

江译头都没回，道：“滚。”

一旦身边的人多了，闻人一就忍不住说话，他重新转向舒甜，道：“对了，出成绩了舒同学，你知道吗？”

舒甜本来在边听他们说话边整理桌子，听到出成绩了，动作顿了一下，假期这么长，差点儿忘了这回事儿。

舒甜刚想去看一眼成绩单，姚月是政治课代表，正好过来收作业，一开口就说了：“甜你考了第四名，超棒的！”

“嗯？”舒甜反应过来她在说成绩，“哦哦，谢谢哈。”

舒甜倒是没什么感觉，她初中也总是这个成绩，不拔尖，又挺好，第四五名考了无数次，而且考完试基本上就有数，答题卡不出问题，就不会有什么大的出入。

舒甜：“你怎么样？”

“第 11 名，”姚月眨了眨眼，“比我学号靠前，我满足了。”

舒甜看了眼靠在墙边玩儿手机的江译。

还没等舒甜开口问，姚月就非常有眼力见儿地凑到她耳边，用气声道：“江译考了倒数第四名，你正数第四名，你们真是太有缘了，成绩都要秀恩爱！”

舒甜：“……”

舒甜真是服了她了，怎么什么都能往那方面扯呀？

姚月没再待下去，接着收作业去了。

闻人一：“小蘑菇，咱俩这关系，给我一份抄抄吧！”

姚月：“我才不要，你自己写。”

闻人一：“蘑菇……”

舒甜的视线转向跟她很有缘的江译。

倒数第四名……虽然不是倒数第一名，也摆脱了倒数前三名，但是这依然不是能够心平气和地通知别人的名次。

不过，他好像也不在意。

就算不加滤镜，舒甜也觉得成绩这东西真没什么重要的，而且综合来说，江译热爱学习的心可以说是非常真挚了，虽然他还是控制不住在课堂上睡觉，但至少他课间知道学习呀！人家还买了“五三”呢！

另外，他还有她这个第四名做同桌，这个第四名还喜欢他，江译提升成绩指日可待。

还没等舒甜给江译送去鼓舞，物理老师就在一片嘈杂声中走进来。第一节课是讲解月考卷子，可能是假期里消耗了太多的精力玩耍，一时间大家也适应不过来学习节奏，班里睡倒一片，江译理所当然地属于这一片。

一下课，舒甜口渴了，拿着杯子出了教室，还没拐弯儿呢，校服袖子就被人扯住。

“同学你好，能麻烦你叫一下……”女生扎着马尾，画着眼线，涂了粉底。

舒甜突然有种不祥的预感。

女生脸上的红粉底都遮不住了，她吞吞吐吐地说完了刚才的话：“你……你能叫……叫一下江译吗？”

舒甜：“……”

果然她想什么来什么。

舒甜瞬间也不口渴了，在心里翻了个白眼，看了眼女生手里拿的东西，呵呵，粉色小信封。

江译在打下课铃的时候就醒了，等过了刚醒的那阵模糊劲儿，他坐直身子拨了拨头发，发现舒甜不在，闻人一也不在。

江译感觉喉咙有点儿干，拿起水杯，准备去接点儿水。他刚走到后门，就看见一抹熟悉的身影。

舒甜背对着门这边，头往左偏，应该是在跟谁说话，但她对面的人他看不清。

舒甜的声音没有刻意压低，直接就进了他的耳朵。

“江译不在。”舒甜说。

江译：“……”

这人是来找他的？江译脚步一顿，没再往前走。

接着，传来一句“那他去哪儿了？”应该是对方问的。

江译看见靠在后门边儿的少女抬手，细白的手指把长发顺了顺，语速很快，清脆利落：“他去厕所了。这个课间回不来的，你们快走吧！”

喜欢一个人没错，那为了不让别的女生跟自己喜欢的人告白也没什么错吧？她就是撒了个无关痛痒的小谎。再说了，这种事儿，人类每天必要的生理需求嘛，他现在不去，早晚也得去，而且那是我同桌，不是你们同桌，我让他去厕所他就得去。

舒甜看着面前两个女生面面相觑，最终尴尬地转身走了。她心里爽翻了天。

舒甜美滋滋地去打了水回到教室，一进后门，就看见江译已经醒了，正靠在墙上，目视前方不知道在看什么。

舒甜心里莫名闪过一丝愧疚，喀……愧疚什么，他又不知道。

舒甜脚步停顿了一下，接着往前走，水杯放到座位上还没等坐下，江译突然站起身。

舒甜顿时了然，往外让了点儿位置，问："你要出去吗？"

"嗯。"江译看了她一眼，神色淡淡的。

舒甜点了点头。

"我去……厕所。"

舒甜："……"

为什么他去厕所还要向她报备？为什么中间他诡异地停顿了一下？

不知道为什么，舒甜总觉得自己出现了幻听，总觉得他说的好像不是这句话。

一上午的课上得舒甜头昏脑涨，中午，舒甜一直被姚月和原弯弯缠着讲国庆假期里的事儿，一直到午休也没想起说早上那茬儿。

体育课上，体育老师强调了一些关于运动会项目的相关事宜就让他们解散了。

不知道林以桉怎么回事儿，他们两个班，一周两节体育课都一起上，加上这次，还有国庆放假前的那节课，她都没露面，说是病了。

江言从来没露过面，因为心脏有问题，舒甜可以理解。但林以桉能生病？舒甜不信，但微信上也问不出什么，她只能放弃。

体育课上，一般女生们要是不打乒乓球、羽毛球，就是跟闺密挽着手绕着操场一圈儿一圈儿地走，再不然，就是像舒甜她们三个那样，在操场边树荫下的草坪上找个小角落席地而坐，一起聊八卦。

她们连着两节课八卦的中心都是舒甜。

三个人跟周围的女生隔着一段距离，舒甜给她们讲完早上的事儿。

"哈哈哈……甜甜你真牛！我的妈呀笑死我了！"姚月往后仰头，差点儿直接躺下，"你怎么能就这么直接说江译去厕所？"

原弯弯笑完，扶着腰，神补刀："你怎么不再说一句'亲亲这边建议你们永远都不要来了呢，江译便秘哦！’”

“噗，哈哈哈……便秘……”姚月笑得要岔气了，“哈哈哈……原弯弯你滚哪！”她到最后直接喘不上气来，“哎哟，我肚子好疼……”

舒甜推了原弯弯一把，道：“原弯弯你说什么呢？”她推完，莫名其妙地自己也忍不住笑出了声。

“那个男人，又冷又酷，像雾像雨又像风，那可是咱们学校一半女生的男神哪，我的甜，”姚月双手做捧心状，开始演了，“你怎么能把他就这么拉下神坛了呢？”

“怎么就拉下神坛了？”舒甜问，“不是，你们俩不是正常人，不去厕所是不是？”

“我们当然是正常人，我是说江译他不是！他高贵如云间月，宛在水中央……”

舒甜：“姚小月你闭嘴！”

几个人笑完，舒甜把自己的怀疑说出来。

“我觉得，他应该是看见了。”原弯弯说，“不然就像你说的，他平时去厕所怎么没通知你呢？现在突然报备？”

姚月：“我觉得也是。”

“唉……”舒甜伸直了腿，手支在身后，抬头望天，“这可真是……”顿了顿，她突然把头低下，“你们说他要是真的看到了，他会怎么想我呀？”

“来告白的女生，我对她们说他去厕所了，那不就是把人给赶走嘛，那……”舒甜越想越不对劲，“他会不会怀疑我对他图谋不轨？”

姚月：“没关系的，妈妈允许你图谋不轨。”

舒甜无奈地道：“你给我好好说话！”

“其实没啥可纠结的，看到就看到呗，他又没问你，你怕什么？”

“问的话更好，”姚月清清嗓子，“那你就直接说，因为我喜欢你呀！”

舒甜：“……”

这天儿聊不下去了。

舒甜转移话题，问：“你俩参加运动会吗？”

“我参加，接力。”原弯弯说。

“我也参加，我是第一棒，她是第四棒，然后我还有个100米，她有个200米。”姚月说。

“行啊，你俩牛！”舒甜其实从平时这两个人拽着她往食堂跑的速度也能猜出来她们跑步很快，“到时候我穿啦啦队队服给你俩加油。”

姚月：“嘻嘻嘻，你是要让江译一饱眼福吗？”

舒甜一愣，忍不住伸腿踹过去：“你别把我想得那么龌龊！”

哼，她是那种人吗？！

“好好好，不闹了，不闹了。”姚月问，“甜，江译参加运动会不？”

原弯弯说：“我跟咱们班几个男生关系不错，听他们说，江译打篮球简直无敌，估计跑步什么的也不在话下吧！”

“你们可能要失望了，”舒甜笑着说，“我听闻人一问他来着，他说他不参加运动会。”

他何止不参加，还一脸冷漠地让人家滚呢。

“现在才周一，还有三天报名时间呢，”原弯弯不以为意，“他以前穿校服吗？不穿！他以前学习吗？会找你问作业吗？不会！一切皆有可能啊姐妹们。”

舒甜顿了顿，回道：“说得还挺有道理的。”

姚月本来正想附和，脑子里却自动开始回放原弯弯的话。

江译以前不穿校服，不学习，现在一直穿校服，而且舒甜说，假期的时候他还找她学习，还买了“五三”。自己告诉过闻人一两个信息：舒甜觉得男生穿校服好看、舒甜喜欢男生学习好。而且闻人一说他打探的消息都是帮兄弟问的，可是开学这么久了，每天也没见多少外班的人来找他，反倒是他无时无刻不跟在江译身边转。妈妈呀！

姚月突然的安静引来两人的注意，她随便含糊了两句：“我去教学楼……上个厕所，马上回来，你们俩先聊。”

“要我们陪你不？”舒甜说着就要站起来，“反正也没事儿。”

“不用不用，我自己去就行！”姚月说完，飞一般地跑远了。

自己应该是猜对了吧？是吧？这么巧，怎么会这么巧呢？最关键的就是，江译怎么会突然开始穿校服，而且时间刚好就卡在她告诉了闻人一舒甜喜欢穿校服的男生之后？

姚月到了篮球场，觉得自己的运气是真好，一来就看到闻人一没在场上，而是坐在一边的长椅上喝水。

“闻人一！”姚月叫道。

闻人一听到声音，愣了一下，转头看向篮球场门口处，只见姚月蹦蹦跳跳地跑过来，速度还不慢。

闻人一还没意识到的时候，就开始咧嘴笑：“哟，小蘑菇来找我吗？”

姚月很认真地点点头，道：“对。”

姚月有些喘，看着男生的眼睛，认真地重复：“对的，来找你。”

闻人一看着姚月又大又水润的眼睛，有些恍惚，她是跑着来的，一边喘气一边说话的样子十分可爱。

姚月：“我有最新情报。”

闻人一：“……”

情报？什么情报？噢，是江译布置给他的任务。

闻人一的心里温度骤降。

姚月袖子突然一紧，整个人被拽得往前趔趄两步，离闻人一更近了。

姚月愣了一下，低头去看坐在椅子上的人。

闻人一应该是刚打完球，脖颈上都是汗，额头上也是，却仍然看起来干干净净的。

闻人一站起来，拎起上衣领子边缘擦了把汗，姚月个子矮，整个人被罩在他的阴影里。

“喂！”男生笑得吊儿郎当，“你什么时候来找我，能是因为我的事儿？”

“你在说什么呀？”闻人一这句话说得不明不白，姚月突然觉得有些热，往后退了一步，“喂，我真的有事儿要说。”

“行。”闻人一点点头，“你说。”

“舒甜说……”姚月不常撒谎，努力稳住自己的声音，“我刚刚听舒甜说，她喜欢运动风的男生。”

闻人一：“……”

“你懂了没？”姚月觉得自己暗示得很明显了，但还是怕他无法理解，“就是在运动会上，能拿很多分的那种。”

闻人一：“……”

姚月：“你记得告诉你那个兄弟。”

闻人一笑道：“嗯，今天就说。”

如果……如果她传递完这个情报，江译又立马改口参加运动会……

如果是这样……天哪！姚月觉得自己有99%的概率即将撞破一个不得了的秘密。

周一最后一节是班会课。

马东立先是说了成绩方面，高一一共23个班，七班在年级里排名还比较靠前，这点从个人排名上也能看出来，舒甜在班里排第四，年级也能排进前50。

马东立这个老师好就好在他不会揪着一件事一直说，分析成绩也就是说说强弱科让他们自己心里有数，不重复讲，不唠叨。

“那，下面就轮到咱们喜欢的事儿了。”马东立话锋一转，“这个周四、周五呢，会开运动会。”

虽然大家早就在微信群里讨论过了，但听到马东立说，就差不多是之前得知的小道消息现在官宣了，七班瞬间爆发出一阵欢呼，拍桌子的、吆喝的，差点儿把屋顶掀翻。

“轻点儿！你们轻点儿叫唤，哎哟！”马东立嗓门儿扯到最大，“都安静！王主任就在附近转悠呢，别的班纪律那么好，你们是不是想让我去王主任办公室喝茶？”

马东立是位受学生爱戴的老师，大家也不想送他去喝茶，听到这话立马安静下来。

马东立清了清嗓子，道："运动会报名的事儿已经交给体委了，项目都得报够人数啊！"

"然后呢，还有个事儿，就是运动会最后一天晚上，是咱们学校的惯例了，有个文艺晚会，每个班一个节目。"

七班的人跟打了兴奋剂一样，一听这个，叫得比刚才还响。

舒甜听着身后闻人一扯着嗓子吆喝"万岁"，又看了看身边满脸冷漠写着"他在说什么怎么还不放学""跟我有什么关系"的江译，嗯，酷！

舒甜默默地收回视线，人和人果然是对比出来的。

同学们叫完已经是一分钟以后了，马东立看着很累，摸了把秃顶的脑袋，道："文艺委员，再加上班长，你们俩跟同学们商量着搞一搞，啊，你们的节目我就不跟着掺和了。"

马东立说完这些，看了眼时间，叮嘱道："还剩下点儿时间，你们自习，写写作业、看看书，打铃放学。"

说是自习，但刚听了两个这么激动人心的消息，根本没有人能静下心来学习，同学们基本上都在下边偷着玩儿手机或者传字条。

十分钟后，放学铃响。

舒甜跟江译一起走到车棚，舒甜正准备开锁，一弯腰就看见那辆花里胡哨满是贴纸并且有个不伦不类车后座的山地车依然停在她的车子旁边，没动过。

舒甜经历了从早上开始就很跌宕的一天，本来都快忘了，现在看着这辆车子，那个想法又冒了出来。

不行！男生骑车子载女生这么浪漫的事儿，这么容易有亲密接触的事儿，暗示他不懂，那她一定要找个机会明示。

舒甜还记得姚月分享的校园论坛里关于江译他俩骑车子的那个帖子，在国庆期间又被顶上首页好几天，楼都盖了快 300 层，舒甜看里边居然还有人写黑山地 x 白小轮——两辆自行车的爱情，想象力实在是令人佩服。

“锁有问题吗？”舒甜正发着呆，冷不丁头顶传来江泽的声音。

“啊，没有，没有，”舒甜瞬间回神，手上动作麻利地开了锁，“我们走吧。”

周一和周三，最后一节课是马东立——这个从不拖堂的好老师的课，通常他们班放学是全校最早的，因此路上基本没什么同学校的人。

现在不像平时放学人挤人、车挤车的盛况，而是比较安静，舒甜边看着前路边问身边的人：“江泽哥哥，你要不要参加个节目？”

“什么节目？”

“就是老马说的那个，文艺晚会呀，”这人一看就是没听讲，“听起来还挺有意思的。”

江泽沉默了一会儿，舒甜往他那边看了一眼，他刚好也看过来，问道：“你想参加？”

“嗯。”舒甜跟江泽撞上视线，被隔空电了一下，心脏加速跳动了一下，“我初中的时候学校基本没什么活动，运动会也就一天，我还挺想去凑热闹的。”

“那就去。”

“哦，”舒甜觉得江泽好像不想去，但还是不死心地问，“所以你不参加吗？”

舒甜偷偷地往旁边看了一眼，只见江泽扯了扯唇角，答道：“一般节目都是演话剧，上台的话……”烦得很。

“哦哦，”舒甜收回视线，“那别去了，我就是问问。”

他去了的话估计要被学校女生给拍照轮上论坛首页一个月，这可不行！她不允许！

舒甜更加坚定地重复了一遍：“真的，我没见过世面，所以好奇，你千万别去了。”

江泽看了舒甜一眼，眼底有一丝笑意，嗯了一声。

舒甜收回视线，没多久，耳边再度传来他的声音："你现在，往左拐。"

"啊？往左……"舒甜一时间没反应过来，脚上放慢速度，转过头疑惑地确认了一遍，"现在？往左拐吗？"

江译："嗯，拐。"

江译："没事儿，你不用下车。"

舒甜右脚支在地上，正准备左脚也落地，听他这么一说，又把脚放在了脚踏板上。

舒甜看了眼周围，有家商店，瞬间了然，他这是要买东西。那他直说不就行了，干吗这样？

舒甜还在疑惑，就看到一道影子在眼前闪过。他们俩本来车子离得就近，江译下了车绕到她面前，也就花了几秒钟。

身高的缘故，舒甜本能地抬头看他，还不忘问："怎么……"

舒甜话还没说完，面前的人突然蹲下，一下子消失在她的视野里。

舒甜愣了三秒钟，感觉到鞋上面有轻微的触感，才后知后觉地低下头。

她最先看到的是男生的发顶，放学的时间正好是太阳落山的时候，男生的黑发边缘被照得微微闪着金光，很有型，但舒甜还记得自己刚开学的时候给他压下去的那绺儿头发——看着硬，其实触感异常柔软。

头发是不是也会随主人？江译这个人，明明那么冷、那么酷，校园一霸，全市闻名，迷妹遍地都是，但她从来没觉得他跟传闻里有什么相似之处。他帮她推购物车，给她拧酸奶瓶盖儿，给她擦嘴，现在……给她系鞋带。还有很多，都算是些很小很小的事儿吧，但就是特别戳人，让人心软得不行。

舒甜眨了眨眼，将视线移到他的手上。只见他的手肤色白皙，指骨细长，连比例都恰到好处，特别像音乐家或者艺术家的手。

江译速度很快地帮她把鞋带打了个结，撑着膝盖立刻站起来，动作没有丝毫拖泥带水。

"你的鞋带开了，"似乎是看出她的愣怔，他语气淡淡地解释道，"不系紧的话，绞进车轮里很危险。"他的面部轮廓被黄昏时分的光沿着鼻骨分割成两部分，眼尾晕在光影里，没有笑，但眉眼都透着一股暖意。

“以后骑车子之前注意点儿。”他说。

舒甜说不出话，手紧紧地抓着车把，心跳加快，点了点头。

江译又提起早上的叮嘱：“还有骑车记得看路。”

舒甜又点头。

两轮下来，两个人沉默了几秒。

舒甜考虑到心脏的负荷，刚移开视线，忽地听到一声轻笑，声音很轻却很性感。

舒甜重新转头，看着他的唇角勾着个很小的弧度，清朗的嗓音带着清晰的笑意：“怎么总觉得……你还跟个小女孩一样？”

现在的气温不冷不热刚刚好；现在的氛围萦绕着一股莫名其妙的甜味也刚刚好；现在虽然是黄昏但还留有一丝暖意好得不能再好；他的声音既清朗又好听，仔细品，微微上扬的尾音还带着一丝若有若无的宠溺，但是他说的是，怎么还像个小女孩，这是什么比喻？

舒甜现在虽然心跳速度非常快，但是不怎么开心。

小女孩……会是想让人谈恋爱的那种吗？明显不是，大美女之类的才是。

舒甜还保持着双手握着车把的姿势，手紧了紧，张了张嘴，回道：“你也就比我大一岁。”

她还没怎么缓过神来，自己听着都没什么底气，于是又清了清嗓子，说：“而且你现在还跟我同桌呢。”

江译没明白她要说什么，直到她的下一句话说完。

“我已经不小了。”舒甜的脸颊粉粉的，眼睛又大又亮，一脸认真地强调，“已经不是小女孩了。”

江译愣了一下，随后像是听到了什么笑话，控制不住地勾唇笑道：“嗯，好，不是。”

江译一笑，舒甜觉得自己肚子里刚吹鼓的“气球”就这么泄了气。唉，美色误人。

舒甜伸手试了试右脚的鞋带，绑得紧紧的，没问题，然后深吸一口气，也对江译笑了一下，道：“那我们走吧。”

江译点头，从她的车后方绕到他的黑山地车旁边，跨上去，道：“走。”

“我说真的，江译哥哥你不要去参加那个节目。”

“嗯。”

“你会被女生也就是你的迷妹们淹没的。”

江译：“……”

“哎，我家的那个阿姨你还记得吗？陈姨回老家了，要一个星期才回来，所以最近都是我妈在做饭。唉，不知道我妈今晚会做什么……她做什么都好难吃哦，奇奇怪怪的。”舒甜抱怨道。

江译：“……”

“我妈吃不出来就算了，她自己做的，然后我爸也跟没有味觉一样，还拼命地夸。我真服了。”

江译：“……”

江译回到家的时候，江言看样子也刚到不久，衣服没换，坐在沙发上看手机。

江译打了声招呼：“哥。”

“嗯，”江言抬头笑了一下，“马上要吃饭了，坐着等会儿吧。”

“嗯。”

没多久，保姆做完饭就离开了，饭桌上就三个人，江母忍不住一直说话：“阿言，不然妈妈给你联系跳级？你待在高一真是不合适了，你看看这次考得这么好，完全没必要再学了呀！”

“不跳。”

“你这孩子。”江母继续劝，“你到底是为什么，之前一直在治病，你说怕跟不上进度什么的，这不完全跟上了吗？”

“阿译，”江母终于想起来饭桌上的另一个人，“你也不劝劝你哥，让他跳……”

“妈，”江言提高了点儿声音，“吃饭。”

江母叹气：“行，我是说不动了，等你爸出差回来的。”

“还有阿译，你那个成绩呀，亏着你爸还没回来。唉，也真是，你看你哥耽误了那么久……”

“妈，”江言放下筷子，一瞬间想起很多相似的场景、相似的话语，他稳着声音，头一跳一跳地疼，“能不能吃饭？您跟爸能不提了吗？是不是从今往后每次考试又跟之前一样，非要来这么一回？从小说到大，没说够吗？”

江母：“……”

十分钟后，江译放下筷子，说了吃饭以来的第一句话：“我吃完了。”然后他拿上手机回了房间。

江译带上门，在门边站了一会儿，手机突然一连振动了好几下。

江译垂着头给手机解锁。

舒甜：“江译哥哥，我抢到了角色，哈哈哈哈哈哈！咱们班表演白雪公主那个故事，我演皇后，反派！哈哈哈，开心！”

江译在看到舒甜名字的瞬间，眼神柔和下来。

他秒回：“那恭喜你。”

舒甜：“嘿嘿。你吃饭了吗？”

江译：“吃了。”

舒甜：“呜呜呜，我现在去吃了，不知道我妈今天做的得多难吃。”

江译忍不住脑补了一下小姑娘的表情——哭丧着脸，眼角、嘴角都耷拉着，委屈得不行的样子，心里软了一块儿。

他打字：“嗯，去吧。”

江译想了想，又安慰似的补充了一句：“不会难吃的。”

七班的文艺会演话剧定题为《白雪公主》。

他们周一晚上用了一个小时在微信群里确定了话剧的出演人员，舒甜自己争取了一个角色——全剧最大的反派——恶毒皇后。

闻人一围观了他们的讨论，最后名单确定后忍不住冒出一句："原来这年头儿仙女都喜欢恶魔人设，绝了。"

文艺晚会定在周五，学校非常人性化地把周二、周三下午的最后一节自习课改成了自由活动，留给学生们练运动会项目和排练节目。其实这点儿时间依然不够用，但聊胜于无。

舒甜一开始是十分期待这次的话剧表演的，长这么大她还没演过话剧，但文艺委员薛子音的创意实在是令人大失所望。

她选白雪公主的剧本，这个无所谓，它本身很经典、很好看，也是舒甜小时候的心灵圣书。剧本稍微改变改变，跟现代结合结合，不就很有意思吗？但是剧情一点儿不改，还把自己设置成白雪公主，是不是目的太明显了一点儿？脸是不是有点儿大？尤其是今天上午的大课间，舒甜在补觉，半梦半醒间，听到的声音都比较模糊，像是隔了一层膜，但可能是因为江泽是她的心上人，她的耳朵准确地捕捉到了"江泽"两个字，并且这两个字来自一个甜腻腻的女声，弄得她瞬间睡意全无。

那道甜腻腻的女声说："江泽同学，请问你想参加话剧演出吗？我们还有一个主角的位置空着呢。"

舒甜："……"

还有一个主角的位置？不会是王子吧？

怪不得呀——王子这个角色，昨晚上微信群里有些男生想选，她非要留到今天决定，原来算盘打到这里了！

舒甜唰地从臂弯里抬起头，不满地道："他不演。"

与此同时，江泽冷冷的声音响起："我不演。"

两道声音完美契合。

舒甜跟诈尸一样，说完就重新睡觉了，就是……嘴角快咧到耳根了。

一共就剩下三天时间，到了晚上放学，所有敲定好角色的参演人员都得留下来排练。舒甜早就跟江译打好招呼，他放学直接回家。

江译临走之前问："你晚上大概什么时候结束？"

舒甜想了想，道："可能得晚自习第一节或第二节的时候吧。"

"那么晚？"江译闻言，背书包的动作一顿，"那你怎么回家？"

"一会儿给我爸打个电话，他应该来接我。"

江译看了她一眼，说："我来接你吧！"

这下，轮到舒甜的动作顿住了。

"舒甜，就差你了。"薛子音的声音传来。

舒甜循声望去，一堆人站在班级门口打闹，文艺委员抱着胳膊往这边看，一脸不耐烦。

"不用了吧，太晚了，而且我不知道具体几点结束。"舒甜把头转过来，语速很快地说完，"你直接回家就行啦！"虽然她挺想让江译接的，但是这也太折腾了。

"那我先走啦江译哥哥，你回家吧。"舒甜把书包拎在手里，另一只手挥了挥，就快步走到门口跟其他人会合了。

有运动会项目的人得去操场练习，时间冲突，不能排练，所以姚月、原弯弯都没来，舒甜跟隔壁宿舍的一个女生一起走的，好在她们就算座位离得再远，一个月下来大家也都算得上比较熟悉了，聊个天儿什么的都不会尴尬。

这个时间点儿没有课，学校艺体楼有很多空的阶梯教室，七班大部队到的时候，一楼的阶梯教室已经全部被占，他们选了二楼的第一间教室。

"大家来我这里领一下剧本。"薛子音喊道。

“不是，皇后跟猎人什么时候成情侣关系了？”舒甜目瞪口呆地看着那行字——“皇后问完话，把魔镜放下，招来猎人，并依偎进他的怀里”。

“我们改编了，”薛子音一副“你是没见过世面吗”的样子，“用得着这么惊讶吗？”

舒甜：“……”

舒甜心说那你怎么不把你跟小矮人改编在一起呢？

舒甜越想越不对劲，问：“那猎人跟皇后是伴侣，为什么还会放走白雪公主？你这不合逻辑吧？”

“没什么不合逻辑的，”薛子音说，“本来猎人就是因为白雪公主的美貌和善良不忍心杀她呀，那现在也一样。”

舒甜：“……”

一样个锤子。

得，她先不跟这人计较，这才一处，计较这一处，还有很多处，等往后的。

一个半小时后。

舒甜：“薛子音，你确定皇后的结局是当了公主的仆人？”

薛子音指点江山一样地摆摆手，道：“差不多啦，这个样子比原著里的结局要好吧？我觉得原著那个结局太血腥啦。”

舒甜：“……”

皇后是个反派，但是故事内容跟舒甜设想的差了十万八千里。

总的来说，皇后就是个蠢到极致的恶毒女人，结局不残忍，成了白雪公主的仆从。对了，她还有个违背旨意被美貌迷惑的伴侣猎人。

所谓一山不容二虎，一个班里好看的女生基本上都是敌对关系，有个别的可能还能和平相处，不过但凡这俩女生中间扯上了一个男生，那这关系就有意思了，可以用一个字概括——仇。那种仇，都不是表面的仇，而是在心里的仇，伺机待发，有机会才露出来，比如现在这样。

舒甜没权改剧本，也不好直接说“我反悔了，这皇后谁爱演谁演”，只得忍着一肚子的气完成了第一遍彩排。

其实不光是舒甜，这处处透着玛丽苏（Mary Sue 的音译，特指自恋、自大、脱离现实逻辑的作者心理影射）味道而且全程以捧和舔公主的剧本让女生参演者都不太满意，除了薛子音的几个好姐妹、小跟班演得开心，就连男生——七个小矮人的扮演者都觉得不太对劲。

舒甜听着众人的意见，心里大概有数了。

薛子音排剧本的时候没想那么多，班长宋林不负责这块儿，他运动会有项目，话剧的事儿算是全权交给她了。她以为自己的戏份够少了，没想到还有这么多人不满意。

服装什么的还都没弄，剧本又引起不满，薛子音咬了咬唇，正准备再来过一遍剧情，却听到两声敲桌子的声音，她抬头看过去，发现是舒甜。

尽管她讨厌舒甜讨厌得要命，但也不得不承认这个女生长得比她漂亮多了。

舒甜站起来，清了清嗓子："同学们，我说两句呀。我认为咱们剧本的主旨有点儿问题，具体问题呢就不说了，我想了个新版本，你们听听。首先，开篇皇后问魔镜的问题不是'世界上谁最美'，而是'谁学习最好'。"

本来吵闹的教室瞬间安静下来。

"再然后，白雪公主长大了、变聪明了，魔镜的答案变成了白雪公主。皇后没有想杀掉白雪公主，只是驱逐了她，想要做皇宫里第一聪明的人。

"白雪公主在外面遇到了七个小矮人，这七个小矮人以前是小混混，在遇到白雪公主之后开始学习。王子的作用呢，我还没想好。

"最后皇后明白了只有努力学习才能打败白雪公主，驱逐她是没有用的。结局是，皇后、公主和好，一起学习共同进步，整个国家都掀起了一股学习热潮，happy ending（幸福的结局）。

"总之咱们的中心思想就四个字——好好学习。"

教室里安静了几秒钟，紧接着爆发出一阵哄笑和掌声。

“哈哈哈……三观这么正的吗舒甜？”

“牛呀舒甜，笑死我了，主旨是‘老子心中只有学习’！哈哈哈。”

“咱们班演这个能得第一名吧？！王主任不得开心死？哈哈哈。”

“虽然听着好傻，但我觉得这个创意好。”

…………

他们居然全赞不绝口？薛子音瞪大了眼睛。

“那个，我爸妈催我回家，不好意思我可能要先走啦。”舒甜的表情没多大变化，她依然笑得眉眼弯弯，好看又有灵气，“关于我刚才说的，最后剧本改不改还是得看大家，我就是提供一个想法给大家参考。”

“好好，路上小心，我们也快结束了。”

“参考什么呀，直接用你的了，哈哈哈。”

薛子音看到舒甜临出门前，边跟室内的人打招呼，边往这边看了一眼，挑衅的眼神，嘴角甚至还翘着，顿时一股莫名的挫败感袭来。

舒甜走出艺体楼，吹了吹风才舒服了点儿。她虽然说了一大通，但还是一肚子气，一想到薛子音那副样子就恶心。

舒甜在女校待了三年，其实算是熟知女生之间明争暗斗的那些事的，不管是她围观过的还是参与过的，薛子音这种段位的放到她们学校敢这么个搞法，头早就被打歪了。

薛子音长得不错，人品却不太好，这都不是她生气的点，她就是气这个人竟然是自己的情敌，而她要在情敌面前演一个卑躬屈膝的无脑角色，卑微地讨好情敌，凸显情敌的美貌和智慧。这怎么可能？她怎么就那么傻白甜呢？

另外，薛子音改编的剧情简直，自己现想的剧本都比她的更合理一点儿。

因为他们是用了晚自习的时间排练，所以校园大道上没什么人。

舒甜已经在食堂吃过晚饭，因此想去校门口买杯奶茶自己走回家。

舒甜还没到校门口，刚经过附中校园那棵标志性的大树，再往前走十米就是校门口，突然胳膊一紧，整个人被一股猛力带得往旁边的暗处走去。

舒甜心里咯噔一下，挣不过手臂上的力道，保安室就在附近，她瞬间就想大喊，没想到隐匿在阴影里的人突然开口："是我。"

这个声音……舒甜犹豫着抬头，借着远处微弱的灯光仔仔细细地观察了一番，惊讶地道："江译哥哥？"

对面的人没答话。

"你吃饭了吗？没吃饭的话一会儿会胃疼，我带你去……啊！"

舒甜话还没说完，突然被江译箍着肩膀整个人转了个圈儿，后背抵在大树上。

还别说，她靠在这里居然还挺舒服。

舒甜不知道江译要干什么，咽了好几次口水，心跳压都压不住。

"我刚刚，看到你们彩排了。"江译突然说。他的声音不像平时那么清朗，有一点点鼻音，声音又低又哑。

舒甜张了张嘴："啊……"

不知道为什么，她蓦地想起跟那个"猎人"陈楚靠近的瞬间。其实就算是瞬间，她都有点儿受不了，但主要当时一堆人看着，直接回绝的话，都是一个班的同学，会让对方下不来台，而且自己争取来的角色总不能拒绝吧？

江译突然提起，再加上这个语气，舒甜闭上嘴，抿了抿唇，为什么觉得有点儿心虚？

"你去看了？"舒甜故作轻松地道，"什么时候？我都没看到你。"

"别演了！"江译打断她。

舒甜一愣："啊？"

"我说，"江译的手重新揽上她的肩膀，"别去了，话剧。"

少年身周的香味奇特又好闻，好像还有点儿醉人。舒甜忍不住深吸了一口气，差点儿溺毙在这股诱人的气息里。

江译一手放在舒甜的肩上，一手撑着她身后的树干，舒甜整个人几乎是被他圈起来的。

还没等舒甜为这个帅惨了的壁咚激动完，江译突然毫无预兆地把头垂到了她的肩窝处。

舒甜瞬间连呼吸都屏住了。

两个人就这么在黑暗一角，隔着这棵参天大树，背后就是保安室，还有学生说笑打闹的声音从后方不断传来，但舒甜全听不见，只能听见江译的声音，只能感受到他温热的呼吸喷在皮肤上的感觉。

“我说，”江译重新开口，声音有些沙哑，重点强调，“那个什么话剧，不准去了。”

这样的姿势，这么近的距离，肌肤相贴，让舒甜突然之间感觉像是回到了很小的时候。

那时候她去江家玩儿，他们窝在沙发和茶几的空隙里，坐在柔软的地毯上，手里拿着玩具和零食。小孩子之间的亲密接触可太多了，你摸摸我的脸，我拍拍你的屁股什么的，细节记不清，但舒甜记得不管是幼儿园的邻床，还是小学的女同学，全没这待遇，她也就跟江译这么亲近过，只有江译。长大后，她和女生倒是有了这种亲密的举动，但男生还是只有江译。

舒甜理智尚在，说：“他不清醒你清醒啊！快推开他，你们又不是小时候了！”然后又蹿出来一个感性的自己说：“推什么推！连投怀送抱都要推的话是佛祖吗？”

对呀，这投怀送抱，你情我愿的，推什么推？

舒甜又开始纠结自己现在做个什么动作比较好，是这么戳着什么都不干还是伸手抱一下他？还没等她纠结出个结果，本来靠在她肩上的人突然抬起头。

舒甜肩膀一轻，一时间还有点儿不习惯，黑暗里她只能看出他的大致轮廓，江译的声音清晰地传来："听见了没？"

舒甜："……"

这是舒甜第一次见到江译这个样子，好不容易逮到一次，她突然不想老老实实地顺着他的意思说了。

她装没听懂，问："听见什么？"

江译没立即回答，好像叹了一口气，随后，还搭在她肩膀上的手微微施力，重新低下头："不准去演那个什么剧了。"

舒甜没吱声。

江译没得到回应，有些不满地捏了一下她的肩膀，跟按摩一样，嘴里发出了个单音节字："嗯？"跟他平时说话的冷酷风格完全不同，这次不是很干脆利落，反而有些拖着尾音，最后微微上扬的音调勾得人心里发痒。

舒甜感觉江译的这个"嗯"好霸道！她好喜欢！

"好。"舒甜的头皮都快麻了，她强忍着不去摸头发，点点头，"我不去了。"

其实舒甜刚才就想过，她走了之后，人员倒是不用担心，那个剧本里公主有五个女仆，她们的戏份少又没头脑，基本就是无效角色，随便谁都能直接舍弃，换个别的角色演。

舒甜虽然觉得对不起即将替代她的那个女生，但是不知道江译是因为什么这么在意这件事儿，而且她本身对那个剧情也很恶心，因此决定回头找个什么理由推掉算了。

江译得到舒甜的答复，这才满意，还伸手揉了揉她的发顶，语带笑意，腻得不行："真乖。"

江译刚才的一举一动都在指向一个结果。他独自走路完全没问题，不会踉踉跄跄，下盘很稳，跟他平时一样风流倜傥，甚至现在还要更加随意、慵懒一点儿。

江译的心头患解决之后，他就很好哄了，舒甜问什么他说什么。

舒甜拽着他的校服袖子把人弄出学校，现在不是放学的时间，外面没什么家长，舒甜就站在路边问他："你吃饭了没？"

"没有吧？"他说。

舒甜深吸一口气："你到底吃没吃？"

"没吃。"这次他倒是很认真地回答问题了，并且很认真地盯着她，"你别生气。"

"谁生气了？"舒甜被他说得有点儿脸红，眨了眨眼，"我为什么要生气呀？"

江译摇头，道："不知道。"

舒甜："……"

她在他心里的形象难道是容易生气吗？摸着良心说，重逢的这段时间她哪有生气过？她什么时候……啊！好像是在前两个星期，他的迷妹疯了一样来教室找她的时候她生气来着，而且把情书甩人家桌子上，语气也不太好，说你自己的情书自己去收。

好吧！她确实生过气。可是也就那一次呀，再说了她生气也是有缘由的嘛！

舒甜不信他就因为这一回记了这么久，于是继续套话："我经常生气吗？"

路灯下比刚才的环境要亮得多，江译身后几米远就是马路，一辆车经过后，他说："没有经常，舒甜没有经常生气。"

突然被点到大名的舒甜一愣，原因是江译好像从没叫过她的名字，这是第一次。

舒甜还没反应过来，江译再次开口："但我不想她生气。"

舒甜："嗯？"

"所以，我没有收过女生的情书，也一封都没看过。"

舒甜：“……”

舒甜丝毫没有想起，他既然没看过情书，那之前的两句情话是从哪儿得知的。

江译一句一句说得很零散，舒甜在脑子里把它们连起来，大概就是：他不想让她生气，所以在上上个星期之后，没有再收过情书，原来的情书也一封都没看过。

所以，他潜意识里认为，她是因为帮他收情书才生气的？

舒甜深吸了一口气。其实也是，她当时的举动他这么想也没毛病。其实就算是她自己，现在回想起当时的情景，也不能说自己就是因为被吵到睡觉所以才生气，睡觉被吵醒在教室里再正常不过了，之前都没事儿，怎么偏偏就那次发了脾气呢？而且她特地要来情书甩在他的桌子上，甩完了还去偷偷观察人家怎么处理。

可能不只是那一次，可能很多东西在她还没意识到的时候就已经偷偷埋下种子，生根发芽，等她回过神来的时候，已经长成了参天大树。

舒甜问出来他没吃饭，但也不好再问，于是打开手机查了查附近的饭馆，找了家最近的面馆，照着导航走过去——拉着异常乖巧的江译。

舒甜的手机在口袋里振了好几次，但由于她空不出手来看消息，就暂时没理，不过这个发消息的频率，估计不是宿舍群就是姚月的私聊。

他们很快到了面馆，舒甜准备进去的时候，却发现拽不动身边的人了。她回过头，看到江译仰着头眯着眼，看表情应该是在看面馆的名字。

他问：“这是哪儿？”

江译现在仰着头，白皙的脖颈拉成一条线，喉结凸出，说话的时候，喉结上下滚动，特别性感。

舒甜盯着他的喉结看了又看，默默地将视线移到他的脸上，回道："嗯……就是一个吃面的地方。你不是没吃饭吗？带你吃饭啊！"

舒甜觉得江译会继续好说话，没想到下一秒发生的事儿出乎她的预料。

江译蓦地低下头，道："我不吃。"他只说了简短的三个字。

他明明面无表情，脸色也很冷，但这三个字说出口，用的却是非常幼稚的、小孩子挑食的那种语气。他的眼睛眨也不眨地跟她对视，脚下生根一样，站在门口一动不动，无声抗议。

这种反差，莫名就戳到了舒甜的萌点，对着这样的眼神，她一瞬间特别想摸摸他的头发，然后揉乱它们。

不过舒甜迅速收起不该有的奇奇怪怪的小心思，说："你不吃饭胃会疼的，走啦。"

江译还是不动，倔强地道："不吃。"

舒甜："为什么不吃呀？"明明之前都很乖呀！

江译："这家店，名字太土。"

舒甜："……"

她之前没注意店名，就是看到地图上有餐馆标志，看到名字里有个"面馆"就来了，现在抬头一看，五彩 LED（light emitting diode，发光二极管）灯上有几个大字：张大脚面馆。

舒甜："……"

店的名字是有点儿土，但是他不至于不进门吧？！

"你不能因为名字难听就不进去呀！"舒甜没想到事情发展到了现在这个地步，"就算名字不怎么好听，但这家肯定超好吃，相信我。"

江译："……"

舒甜："去吧！"

江译："……"

舒甜："那我陪你吃，我也没吃饭。"

江译的表情突然很诧异，他忙问："你也没吃饭？"

舒甜其实吃了，但看他好不容易有所松动，立马点头道：“对对对，我要饿死了。”

她的话音刚落，没有任何停顿地，江译反握住她的手，抬腿就走，并催她：“那快走吧！”

舒甜还没反应过来，人就被一股力道拽着向前，再一眨眼，就到了灯光明亮的室内，空气中都是饭菜的香味。

她刚才就是想把他骗进来吃东西，随口一说，却没想到这招有奇效。

他们吃面花了半个小时。

舒甜刚才就是随口一说，没想到这家面馆做的面真的非常好吃，好吃到她宁愿撑到自己也要把点的那份面吃完。

江译也是，他虽然没夸，但看表情是很满意的。

舒甜偷偷打了个嗝，手机又是一振，刚好她现在吃饱了，总算有时间看微信了。

她果然猜对了，是姚月在刷屏。

半小时前：

姚月：“啊啊啊啊啊！”

姚月：“我的妈呀！”

姚月：“我刚刚问了体委，江译报了运动会项目！”

姚月：“舒小甜！呜呜呜，我这两天在做侦探，现在终于有了结果！你快回复我，我要跟你说件大事儿！”

五分钟前：

姚月：“回我呀！呜呜呜……”

舒甜不知道她咋咋呼呼的要干什么，于是打字：“我在外面呢，情况有点儿复杂，总之没法一直看手机，你就说呗。”

“我去付钱了。”江译突然出声。

“嗯？”舒甜抬起头，“我付完了，之前点完单就付了。”

“哦，”江译点点头，“那我们走吧。”

舒甜收起手机，跟着他站起来往外走。

他们刚吃完饭有点儿热，一推开面馆的门，初秋的夜风吹过来，舒甜舒服地叹了口气。

她正准备说“回家吧”，江译就抢先一步开口：“我们回家。”

舒甜：“……”

“回家”和“我们回家”就差了两个字，但是说出来的感觉差了十万八千里。

莫名又被撩到的舒甜点点头，雀跃地说：“好哇！”

他们从出了校门，大概算是绕了一个大圈儿，现在是从另外的方向绕回家。

舒甜很少走这条路，但江译一副轻车熟路的样子，她也就放心了。

现在已经八点了，在能看到小区楼层的时候，梁韵发来一条短信，问彩排结束了没，要不要去学校接她。

舒甜拿着手机回复“我马上到家了”，结果“了”字的拼音“le”刚打了个“l”，有两只手插进她的腋下往上一撑，舒甜的脚突然离开地面，整个人腾空了一秒钟，随后坐在了一个硬硬的东西上。

这一系列动作快到她都没来得及叫一声以表惊讶，就结束了。

舒甜还维持着低头的姿势，看清了身下坐着的是一块石头。

这里好像是连着小区的一个小公园，老年人最爱来，刚刚他们一路走来，花花草草，以及路边这种类似假山的石头很多，她现在就坐在其中一块石头上。

跟她同行的人只有江译，刚刚是他把她抱上来的？可是为什么？

舒甜心里快速地过了很多弹幕，还没过完，脸颊一热，脸突然被人捏住。

舒甜茫然地抬起头，看着面前站着比坐着的她高三个头还多的江译，问：“你这是干什么呀？”

江译没有丝毫自己做了奇怪的事情的觉悟，反而勾唇笑了一下，说："突然不想让你走了。"

舒甜："……"

他怎么突然开始说偶像剧台词了？

舒甜忘了手里的手机还有没回复完的短信，而且刚才手机好像又振了两下，估计是姚月给她发的那个什么秘密，但谁还有心情管什么秘密呀，她现在满脑子都是 3D 立体环绕音效在说"不想让你走了"。

啊啊啊……为什么？这一晚上到底是怎么了？舒甜觉得自己的头要炸了。

月朗星稀，路灯昏黄，本来就好看的人在月色下就像加了柔光滤镜一样好看。他的眼神不太清明的样子，眼睛睁得挺大，跟平时总是半耷拉着眼皮看人不太一样。

江译说完那句话之后，两个人默默对视了得有一分钟。

不然舒甜实在不知道该怎么解释他这些行为，还是他先打破沉默。

江译挑了一下眉，一副回忆什么事儿的样子："你之前在语文课上，不是说，"在这里停顿了一下，他接着道，"我小时候总是亲你。"

舒甜："……"

她有吗？哦，她好像是说过，在那节讨论青梅竹马的课上。

"对，我说的。"舒甜眨了眨眼，"怎么了？"

江译指了指她身下的石头，说："好像在这里玩儿的时候，也有亲过。"

舒甜："……"

他们在这个公园亲过？有吗？所以他现在其实是触景生情？

舒甜仔细想了想，大脑还是一片空白，犹豫着开口："可能是吧，我忘了。"

"忘了没事儿。"江译说，"那你想不想，回忆一下？"

回忆？回忆什么？

“我……”舒甜只来得及说一个字，接下来的话就被江译截断了。

江译突然弯腰，双手撑在石头上，放在她腿边。他笑了笑，眼睛雾蒙蒙的，深处又像是有光在闪。他说：“你想。”

第十一章

过来抱一下

舒甜认识的人里，有两个人喜欢喝酒。

林以桉能喝，但林以桉觉得喝酒很没劲。

舒爸爸也愿意喝，一喝高就黏着梁韵，梁韵干什么他都跟在后边，在公司里堂堂董事长级别的人物，在家像个狗皮膏药一样。

当然，舒甜自己也喝过酒，但从来没喝醉过，跟林以桉一样，都只是在家长的监督下尝尝。

江译，舒甜不知道该怎么形容，他生理上好像是正常的，不会踉踉跄跄，走路还带风，但是心理和大脑一定是不正常的。

舒甜想打破沉默，叫道："江译哥哥……"但不知道为什么声音发生了变化，话一出口，她被自己的声音吓了一跳，这黏糊糊的声音，跟撒娇一样，听得人起鸡皮疙瘩。

舒甜被自己恶心到了，观察江译的表情，发现他的眸色似乎深了一些，下一秒又恢复正常。

舒甜清了清嗓子，用正常的语调说："那个，你会断片儿吗？"

你会忘记这些吗？忘记你不让我去演话剧，忘记你说"突然不想让你走了"这种话。

舒甜不知道自己是希望他记得还是不记得。要是记得这些，那他一定也记得她全程没有拒绝，跟个傻子一样的反应，应该不难猜到她喜欢他吧？但是假如他忘了，那这么难得的夜晚就只有她记得了。

唉，让人纠结又让人甜蜜的烦恼。

江译动了动唇，舒甜屏住呼吸，睁大眼睛看着他，静待他的回答。

江译也认真地盯着她，吐出清清楚楚的三个字："我不会醉。"

舒甜："好的。"

简短的对话结束后，舒甜跟江译对视了一眼就移开了视线。她有理智，也清醒，她做不到像竹马哥哥那样淡定，她害羞。

舒甜的手里还拿着手机，手机屏幕还亮着，停留在短信回复界面，她回复梁韵的话打到一半儿，就差最后一个"e"，一句完整的话就完成了。

舒甜低头打上那个"e"，把信息给梁韵发送过去。

手机屏幕上突然出现了一滴水。

嗯？通常情况下，在偶像剧里，这算是一种表现手法——拍摄掉在手机屏幕或者桌子上的晶莹剔透的眼泪，这意味着男、女主人公谁哭了。

她这个女主人公没哭，那难道是？

又是一滴水落到手机屏幕上。

嗯？他真的哭了？

舒甜还没抬头，头顶传来江译的声音："下雨了。"声音平静，波澜不惊。

哦，不是他哭了。

舒甜抬头的时候，刚好有雨滴落到脸上，冰凉的雨水和滚烫的脸相接触，刺激有点儿大，她不由自主地啊了一声。

“真的下雨了……”舒甜觉得有点儿郁闷，这就不得不回家了。

这雨怎么说来就来呀？江译此时简直是个天使，这么难得的机会就被一场雨给搅和了！

“那，我们回家吧。”舒甜说完，撑了一下手，想直接跳下来，却被拽住了胳膊。

舒甜所有动作顿住，眼看着雨越下越大，抬头问：“怎么了？”

他不会又要说“还没待够”吧？可是他要是说了该怎么办？她又完全无法拒绝！

好在他没说那句，而是说：“你等一下。”

“好。”舒甜点了点头。

她刚点完头，就看见江译开始脱衣服。男生白皙的手指捏着拉锁往下拉，露出一截劲瘦的手腕，动作利落地脱了外套，拎着外套，展开，双手一抬，她眼前一黑，这次是真正意义上的眼前全黑，头上微沉，盖着他脱下来的校服。

舒甜还没来得及说话，整个人就被蒙着头抱到江译胸前。舒甜在黑暗中默默伸出一只手捂住了嘴。

舒甜没怎么被人抱过，就着这个姿势，她的另一只胳膊就搂上了江译的脖子，江译全程都沉默着，舒甜放下了捂着嘴的手，犹豫了一会儿，搭在了他的肩上。

她真的受不住了呀！呜呜呜，为什么竹马哥哥这么有偶像剧男主的潜质？！

江译走路的时候很稳，让人很有安全感。舒甜鼻端全是他衣服上好闻的味道，虽然眼前是黑的，但头顶上不时有雨滴砸下来的微弱重量提醒着她这个外套的作用。

真的，她现在有种整个人都浸泡在粉红色泡泡里的感觉。

舒甜知道自己这样很做作，但还是忍不住问出口：“你为什么把校服给我？”

江译的声音没有之前那么清晰，但辨识度依旧很高：“头发不湿，你就不会感冒。”

她问：“那你呢？”

他应该是听到了，但没答话。

舒甜一边觉得甜蜜到要死了，一边怕雨下大，稳着声音说：“我自己有校服的，我脱下来盖着就好，你把校服穿上吧。”

“不用，我不会的，别担心。”他说得很笃定，莫名地透着一股霸道的意味。

舒甜：“……”

这偶像剧一般的剧情与台词，超越偶像剧无数倍的切身体验，虽然她早就坠入爱河，但今晚她觉得自己也是被爱的。

舒甜被包在江译的校服里，隔着一层衣服，她的世界里，铺天盖地都是他的气息，而外面是淅淅沥沥的雨声和他的脚步声。

舒甜把头悄悄地靠在江译的肩上，闭上眼，忍着想要尖叫的冲动，笑得无声无息。

舒甜到家之后，发给江译的微信全有去无回，打电话对方是关机状态。好在她有江言的微信，每次问，江言都回复说江译在睡觉。

第二天早上也是同样的状况，江言没多说，她也没多想，觉得那行吧，江译可能今天上午不去学校了。

舒甜早上是自己去上学的，到了教室，还没等她坐稳，身上扑过来一个重物，她感受了一下，知道这熟悉的触感来自昨天那个在微信里尖叫着要跟她分享秘密后来却莫名其妙消失的人。

“你干吗呢？”舒甜推了推她，“起来说话，别埋着。”

“甜！你出来一下，我要跟你说我昨晚没说完的那件事儿！”姚月蹦蹦跳跳地说，“我忍了十几个小时，就是为了当面跟你讲！”

舒甜没拒绝，把作业本拿出来放在桌子上，就跟在姚月身后出了教室。

姚月带着舒甜去了走廊最隐蔽的角落，整理了一下自己的蘑菇头，总算开始了演讲。

姚月："我先坦白一件事儿，甜甜你不要生我的气。"

舒甜："你说。"

"之前，闻人一说他有个兄弟特别欣赏你，让我给他提供情报，就是告诉他你喜欢什么样的男生，我本来不想答应的，你也知道我是希望你和江译在一起的。"说这句话之前，姚月看舒甜的眼神飘忽不定，说完这句话，突然间整个人像是被点燃了一样激动，"但是，他说得超级可怜，他说他兄弟特别欣赏你，我就心软了。"

舒甜被姚月突然大起来的嗓门儿吓了一跳，顺了顺气，戳了姚月的脑袋一下："你怎么一惊一乍的，吓死我了。"

"呜呜呜，我忍不住嘛！"

"那你接着往下说。"舒甜说完，又觉得奇怪，"那你给他提供了什么情报？我好像也没跟你说过我喜欢什么类型的男生吧？"

她只说过自己喜欢江译！

"我都是拐弯抹角问的啦。"姚月有点儿不好意思，"就是之前，我问你男生这个年纪穿什么比较好看那次，你说的校服嘛！"

舒甜："……"

"然后还有一次，我发了段视频在群里，问了句你们俩觉得这男生怎么样什么的，你说了句，这种学霸很牛，认真学习的时候看着不错。"

舒甜："……"

"我就说，你觉得男生穿校服好看，可能比较偏爱学习好的男生。"

"姚小月你真牛！"舒甜把胳膊搭在姚月的肩膀上，"你去当侦探呗，在这儿屈才了。"

姚月笑嘻嘻地吐了吐舌头，问："那你没生气吧？"

舒甜完全不在意，说道："这我生什么气，其实都是很大众的特点吧？"

"所以……"舒甜拖长了腔调，"秘密是什么？"

"就是！就是我那天回家翻了翻微信聊天儿记录，看了眼时间，"姚月伸出手开始掰指头，声音也压低了，“我告诉闻人一校服那件事的时间，是九月十一号。”

“嗯，然后呢？”

“然后九月十三号，据说上学以来从没穿过校服的江译就穿上了校服！”

舒甜：“……”

“十月二号，我们去野营回来的路上，我告诉闻人一学习好那件事。”

舒甜：“然后呢？”

“然后据你说，咱们解散之后，当天下午你遇到了从书城回来买了‘五三’的江译！”

姚月的话说完，舒甜的心里开始像是有什么东西在往外冒，有一个答案呼之欲出，可又觉得太不可思议。

舒甜觉得嘴里发干，忍不住接着问：“然后呢？还有吗？”

“有哇！”姚月这一声没控制住音量，清了清嗓子才神神秘秘地说，“这个，就是我确定下来这个秘密的关键事件。”

舒甜：“……”

“你前天体育课上说，江译不参加运动会。”

“对。”舒甜依然记得江译说的话，“他自己说的，怎么了？”

“我就……嘿嘿，我就去做了个试验。我告诉闻人一，你喜欢运动型的男生，我还特地暗示他，就是在运动会上出风头的那种，他说他晚上就回去转达。”

舒甜：“然后呢？”

“然后第二天，也就是昨天，”姚月忍不住了，双手捧着脸低着头，“啊啊啊……”

舒甜吓了一跳，她的胳膊还搭在姚月的肩上，顺势伸手捂住姚月的嘴，于是“啊啊啊”变成了“呜呜呜”。

十几秒之后，姚月平静下来，但她的笑不怎么平静，本来挺小的嘴巴、挺大的眼睛，现在嘴快咧到耳朵根儿了，眼睛眯成了一条缝。

姚月：“昨天我问了体委，江译报了运动会项目——短跑。”

舒甜看着说完这句话又开始捂脸尖叫的女生,脚下生根一样地愣在原地。

姚月说的话没毛病，时间也全对得上，舒甜无法说服自己这只是巧合。

江译喜欢她?

昨晚的画面争先恐后地闪过：他说“突然不想让你走了”；他说“你记得吗?不记得也没关系，我帮你回忆一下”；他说“头发不湿，你就不会感冒”；他脱了衣服把她的头盖起来，打横把她抱到小区又上了楼。

舒甜觉得自己自恋却又觉得好像挺合理。她拍了拍胸口，看向身边向她爆出这个秘密的大侦探——姚月。

姚月就没停下来过，一直吆喝着：“啊啊啊，你信我吧！我求你了甜，江译不喜欢你我单身一辈子。我从小到大除了纸片人就嗑过你们这一对CP，求求你让我愿望成真吧！”

舒甜回过神来的时候，就看到姚月一脸期待，脸颊红红的很可爱。

姚月说：“我知道我的行为举止有些过于夸张了，但是我追起CP来真的就是这样真情实感！你不要觉得我在做戏呀！”

姚月做双手捧心状，问道：“你相信我吗?我现在能得到正主的亲口承认吗?我最爱的CP会成真吗?”

听完这几个直击灵魂的拷问，舒甜忍不住摸了摸姚月的蘑菇头，想到昨晚的少年，脸颊发热。

“那必须的！”舒甜笑了，“绝对会成真的！”

舒甜想了想，深吸一口气，又加了句：“快了。”

江译睁开眼的时候头痛欲裂，已经很久，好像是初中之后，他就没再经历过这种头痛了。

他回忆了下昨天发生的事儿。好像最开始，是因为想等舒甜，所以他放学之后没走，去看了眼他们的排练。闻人一跟着凑热闹，也去了。

他俩到的时候，排练已经开始。闻人一在教室外的走廊上玩儿手机，他靠在后门那边，从窗户往里看。

本来刚开始的时候还好好的，虽然有些人的动作看起来有点儿傻，但是江译记得去年的文艺晚会也是这个效果，因此也很合理。

江译觉得舒甜大概是里面演得最像的一个。他看到小姑娘拿了面破镜子照来照去，表情、神态跟平时完全不同，走的是夸张路线，皇后反派的那种嘚瑟、让人恨得牙痒痒的感觉都演得特别好，跟木着脸的白雪公主形成鲜明对比。

江译本来看得好好的，突然，舒甜身边冒出来一个男生，他的额头上贴了张纸，上面写着“猎人”，随后，贴着“皇后”字条的舒甜看了眼剧本，转过头说了句什么，再转过头的时候表情有点儿纠结，停顿了得有五六秒，对猎人点点头。江译看见猎人咧着嘴张开手臂，两人也不能说是抱，因为舒甜很快就闪开了，但还是靠了一下。江译愣住。

江译看着那个“猎人”的脸，每天都能见到他自然有些印象，但记不起来对方的名字。

他把闻人一叫过来，问了名字，原来“猎人”叫陈楚。他一瞬间想起来似乎上个月的某一天，闻人一说他的室友在宿舍里讨论女生，把舒甜从头夸到脚，其中一个就是陈楚。

说不上来的一种感觉，上一秒江译还抱着欣赏的态度观看，下一秒江译想揪着陈楚的领子把他拽出来，然后把安排“皇后”跟“猎人”拥抱这个剧情的人也揪出来一块儿收拾。

江译的无名火或者说名为吃醋的那股火烧得很旺，因此闻人一说以前高一那帮人要去散散心他去不去的时候，他一口答应了，再然后……

江译虽然反应慢，但是昨晚的每一幕都能完完整整地出现在脑海里。

他以前最多做点儿傻事儿，被闻人一念叨念叨，很快就过去了，但这次，简直是晴天霹雳。

这可怎么办？

舒甜的反应他记不太清了，但她好像问过他好多次“你断片儿了吗？”

江译的脑子里灵光一闪，对，不是他要干的，他没有。就让她以为他发疯吧！

江译想到对策，松了口气。

他刚才可能是用脑过度，现在，这才清醒了没几分钟，本来就疼的脑袋更疼了，像是被人摁着太阳穴狠狠地捶过一样。

江译缓了缓，撑着上半身坐起来的时候，看了眼窗外，外面大亮，不是那种清晨的亮，阳光的亮度显然已经到中午了。

江译的手机在枕头底下，他摸出来看了眼屏幕，11:50，课都上到第四节了。

舒甜早上给他发了不少消息，闻人一也发了。江译看完，揉了揉头发开始打字，除了舒甜，别人的他都没回。

舒甜虽然不算多自律的学生，作业多起来也会偷懒不完成，但上课都是认真听讲的，而且会总结、会抓重点，80% 的精力是集中在课堂上，所以看起来学得好像特别轻松。

舒甜听完姚月早上的爆料之后，第一次走神儿这么多次，浑浑噩噩地过完了上午。

中午，姚月在宿舍里给原弯弯讲了一遍她做侦探的过程，两个人尖叫了好久。

舒甜在看手机，江译是上午第四节课给她回的信息，简短的八个字：“不好意思，我刚睡醒。”

舒甜之前就觉得他肯定是因为起不来所以才没来上课的。

舒甜回复：“那你下午来上课吗？还是直接不来啦？”

舒甜等消息的时候，一边希望他来，一边又怕自己控制不住上来就问他一句“你别装了，你是不是爱慕我？”

江译："来。"

舒甜发了个 OK 的表情，两人没再聊别的。

打完午休铃，邻床的姚月探头过来想找舒甜说话，却看见她正在奋笔疾书，有些好奇，问："甜，你在写什么呢？作业？"

"不是，"舒甜摇摇头，"是咱们班文艺晚会节目的剧本，临时改的，我想的所以得我写。"

她昨晚回家洗完澡之后，班级群里不少人 @ 她说想采用她的那个想法，虽然薛子音没出面，但是听他们的意思，薛子音也是同意的。

既然要换剧本，那之前的彩排也就都不作数了，舒甜趁机说了句自己不能参加，但会帮忙写剧本，这么合情合理的事儿，大家都同意。

"啊，剧本得你写呀？写这玩意儿好麻烦的……"姚月吐了吐舌头，收起想找她聊天儿的心思，"那好吧，你加油，我睡啦。"

舒甜点头："嗯。"

舒甜写了半个午休时间，睡了一会儿，下午刚进教室就看到了一个熟悉的身影——江译已经坐在座位上了。舒甜的脚步顿了顿，她才接着往前走。

舒甜把书包放下的时候碰了一下水杯，发出的声音很清脆，江译往这边看过来。

舒甜对上江译的视线后笑了一下，尽量神态自然地打了个招呼："早哇。"

江译："……早。"

舒甜说完，才反应过来现在已经是下午了。正当她尴尬得不知如何是好的时候老师进来了。

上课之后，舒甜没往身边看，但心里有无数的问题：该怎么办呢？他为什么什么表示都没有呢？昨晚的事儿他真的全忘了？断片儿这种事儿是真实存在的吗？

“不对，你不是昨天还希望他断片儿的吗？”舒甜心里冒出一道声音。

“可是我今天知道了，那我肯定不希望他断片儿啊！”另一道声音回复。

自己跟自己对什么话，太傻了，这不符合她的形象设定。于是舒甜就想起了传字条，这绝对不是因为她不敢直接问，也绝对不是因为㞞！她是个好学生，她上课从来不说话！对，就是这样！

舒甜从书立里抽了个本子，撕下来一张纸，想了足足一分钟，才找到合适的措辞：“江译哥哥，你记不记得昨天来找我的事儿？”这句话既提到了昨天，又没提那些两人亲密接触的细节，拐弯抹角又开门见山，简直完美。

舒甜把字条推过去的时候，眼睛才终于看向那边，只见江译的脸半侧着，睫毛很长，但是眼睛是闭着的。

舒甜：“……”

他睡了一上午？

虽然上课都 20 分钟了，按照江译的作息，10 分钟的时候就该入睡了，但是舒甜还是有些没反应过来。

既然江译睡了，字条送不出去了，舒甜只得默默地把字条放到桌洞里。

江译是被下课铃声叫醒的。他的头还是疼，不光是疼，眼皮和头都很沉。

江译坐直之后，用手撑了一会儿头，隐约感觉到校服袖子被拽了拽，听到舒甜的声音：“江译哥哥你怎么了呀？”少女的声音清脆，带着点儿疑惑和着急。

过了那一阵发晕的感觉，江译睁开眼转过头，回道：“没事儿，刚有点儿头晕。”他感觉像是发烧了，“我去趟医务室量体温。”

他要去量体温？舒甜愣了一下，问道：“你发烧了？”

“好像有点儿。”

舒甜还没反应过来，就看到江译站起来，于是身体自发站起来给他让道儿。

江译走到后门，舒甜回神，快走了两步追上去，说："哎，我跟你一起去。"

"不用，"江译转过身，"你帮我跟老马请个假。"

舒甜还是想跟着去，于是说道："我可以下节课再去请假呀，我陪你一起去吧！"

江译看着她，突然浅浅地笑了一下，抬起手，很熟练地摸上她的发顶，安慰她道："没事儿的，就量个体温。"

"哦，"舒甜被美色收买，答应下来，抬头观察他的脸色，感觉没任何异样，但是还是担心，"那你量完了跟我说一下。"

江译点了点头，没说什么，揉了揉她的头发就走了。

老马这人是真关心学生，也是真有点儿话痨。舒甜去语文教研组办公室找到了正在喝着茶批作业的马东立，请假的事儿马东立倒是一秒钟就答应了，但之后舒甜被马东立拉着足足回答了五分钟有关江译的身体状况才回去上课。

假如江译生病的话，那肯定是因为昨晚了。他校服里是个很薄的短袖T恤，淋了雨，还穿那么少，生病也不足为奇。

舒甜刚刚看他睡觉，本来只觉得他是嗜睡，根本就没往他生病这方面想过。

上课没多久，一直密切关注手机动静的舒甜收到了消息。

江译："有点儿发烧，我先回家了。"

他真的发烧了！

舒甜捏着手机低着头，咬着唇打字："那放学后我去看你。"

随后，她飞快地解释道："我退出了那个话剧表演，所以放学很早。"

江译："好的。"

舒甜把没写完的剧本拿出，手机重新放回桌洞里，没再回复。

他要是不脱外套，应该不会生病，虽然不是她让他脱的，但是舒甜总觉得他生病跟自己有最直接的联系。想起刚才他睡醒了撑着头的样子，舒甜就觉得心里被揪成一团。

唉！舒甜长叹了一口气。

周三下午的课不太重要，舒甜下午上课的时候一直在埋头写剧本，放学之前写完交给班长后就骑车子回家了。

舒甜跟梁韵简单解释了一下今天回来这么早的原因，把书包放下换了身衣服就去了对门。

江言给舒甜开的门，他肯定不会参加运动会、文艺晚会，这些也不像是他感兴趣的，因此这么早回来也不奇怪。

舒甜跟江言打过招呼，江言直接说："他在房间里躺着，说你来了直接去找他就行。"

舒甜："……"

"你进去吧，想喝什么一会儿出来拿。"

一放学就来探病的舒甜觉得自己好像表现得太着急了，有点儿羞耻，但是突然想到，其实她跟江译将来应该有很大的概率会……所以好像也没什么好丢人的。

舒甜用几个念头给自己做好了心理建设，笑着谢过江言，走到江译门口象征性地敲了两下门，听到里面传来一声嗯，就推门进了江译的房间。

江译仰躺在床上，一只手拿着手机，白色的耳机线从手机尾部延伸到他的耳朵处。

舒甜除了手机什么都没带，走到床边，与江译对视几秒，清了清嗓子，道："你怎么样了呀？"

"吃完药了，"江译说，"应该很快可以退烧。"

舒甜哦了一声。

“那你困吗？”药不是都有催眠的作用嘛，舒甜问，“你要睡会儿吗？”

江译：“不困。”

他把药吃了，现在也不困，那好像也没什么能干的了。

舒甜想到刚才他的手机屏幕是横着的，于是想问问他在玩儿什么，自己可以陪他玩儿，她的话还没问出口，江译的声音先传来。

“我一天没上课了。”江译突然说。

舒甜没理解，只是点了点头，附和道：“是呀！”

江译把手机放下，一边的耳机拿下来，枕头往上提了提，半靠着枕头对她说：“所以你有空的话，给我讲讲，老师上课讲了什么吧。”

舒甜：“……”

江译这副好学的样子，让舒甜一下子联想到姚月的那个结论。

“认真努力，学习好”，他在往这方面靠拢？

病号一心求学，她能拒绝吗？不能，她只能满足。

舒甜答应之后，看了一眼他的桌子，上面好像有一摞书，她走过去拿了今天讲的历史书，又走回来。

舒甜控制着自己很自然地坐到江译床边——反正上次他直接把她抱到床上坐着了，那她也可以直接坐的吧？

舒甜大概坐在了中间偏上的位置，距离江译也就几十厘米远，能感觉到他的视线一直跟着她。

“你桌上只有历史书是今天讲过的。”舒甜装模作样地翻到今天讲的那课，清了清嗓子，“那我讲了呀！”

江译：“嗯。”

十分钟后，舒甜看着某人的睡颜，真心实意地想要给他拍下来，配字：我不困。

舒甜放下书，开始光明正大地欣赏江译的美貌。

她看得出来他的枕头很软，虽然之前被他立起来一点儿，但不知道什么时候已经重新倒回去了。

舒甜记得自己发烧的时候脸会红成猴屁股，应该丑得要命，但江泽就完全不一样，他的脸不光不红，反而比平常还白，唇色也是那种发白的淡粉，额发很软地垂下来，闭着眼的时候，长长的睫毛阴影面积很大。他穿着领口宽松的上衣，露出来的喉结、锁骨都非常诱人。啧啧啧，真好看哪！说实话，这场病完全无损他这张脸，除了嘴唇看起来有些干裂。

舒甜伸手勉强够到床头柜，碰了一下柜子边上的玻璃杯，里面的半杯水已经凉了，得，出去重新倒吧！

舒甜想起身去拿杯子，刚站起来一点儿，屁股离床也就几厘米的距离，手臂突然被抓住。

舒甜僵住，回过头去看的时候，发现江泽不知道什么时候把眼睁开了，抓她胳膊的也是他。

江泽看上去虽然睁开了眼，但从神情和眼神来看，眼睛像是蒙着一层什么，很迷茫，明显还没清醒，也没缓过来。

江泽张嘴说话："你……"但他只说了一个字就停住了，随后喉结上下动了动，又补充完整，"你去哪儿？"他说这几个字的时候，嗓子发干，一直皱着眉，应该是烧得有些嗓子疼。

"我去把书放回去。"舒甜解释完，想再去给他倒点儿水，"你渴不渴呀？我去换杯水给你吧，那个凉……"

舒甜话还没说完，就被江泽干脆利落地打断："不准去。"

舒甜愣了一下："啊？"

随后她解释道："我去给你倒水呀，你不难受吗？嗓子什么的，喝点儿热水就会好点儿。"舒甜的语速很快，她也不知道江泽听没听清。

"嗯，难受。"江泽回答了她刚才的问题。

下一秒，江泽毫不讲道理、任性地重复了一遍"不准走"这句话。

舒甜："……"

她就是去倒个水，他肯定是没听清，再加上很明显是睡蒙了还没清醒，但说句实话，她很享受现在。

舒甜激动得心快跳出来了，脸颊也开始升温。

短暂的沉默后，江译突然蹦出两个字：“诺诺。”

舒甜瞬间瞪大了眼睛，她都不记得他有多少年没有叫过她的小名了，可没想到这么久没听到，从他嘴里说出来会这么顺溜。

舒甜以前看小说的时候，总看到作者描写小鸟依人型的女主刚刚睡醒，往男主怀里钻，蹭来蹭去撒娇的样子，之后男主的心一定软得一塌糊涂。她突然觉得江译跟这种描述也有点儿像：生病发烧神志不清的时候，搂着她不让她走，叫她的小名，头还蹭来蹭去的，这不是撒娇是什么？

舒甜面对江译的这个举动，虽然不至于心软得一塌糊涂，但也超级受用。

江译说完那句“给我抱一会儿”之后，就没再出声，而且呼吸声越来越平稳，好像没几分钟就变得绵长而富有节奏感了。

舒甜之前还能感觉到他眨眼的时候睫毛刷在锁骨上的感觉，很轻，有点儿痒，现在已经完全体会不到了，也就是说这人睡着了。

这有点儿快吧？！所以他刚才到底是醒着还是没醒？看他的动作是很顺畅又熟练的，最关键的是，他说的话和做的动作都跟他平时大相径庭，这就很有可能是下意识的举动，应该是没醒。

这么激发人类少女心的时刻，又是不清醒的时候，真“开心”呢！舒甜控制着自己磨牙不磨出声，翻了个白眼。

她上一次跟人躺在一起睡觉还是初中。初二的时候有次她看了个鬼片，吓得睡不着觉，死皮赖脸地爬上林以桉的床，抱着人就不撒手了。

舒甜第二天醒来，发现自己跟个八爪鱼一样缠在林以桉身上，据说林以桉多次试图把她踹下床，但均以失败告终。

舒甜忍耐了一会儿，试探着叫江译，但只说了一个字：“喂。”

江译没回应。

舒甜顿了顿，又叫：“哎，江译哥哥。”

江译还是没反应。

按说她都靠得这么近了，他平常一打下课铃准时就能醒，应该能听到才对，难道是药效发作了？

舒甜又清了清嗓子，叫他的大名：“江译。”

这下江译终于有了反应，但似乎是有些不满她的乱动，手臂动了动，在她耳边说：“别闹。”

江译虽然只说了两个字，但也听得出来他的声音里带着浓浓的鼻音，很有几分低音炮的感觉，听得舒甜耳根一麻。

舒甜低下头，以一个很刁钻的角度看过去——他闭着眼，还是没醒，但好像听到重复的声音是会下意识地给出反应。

舒甜张了张嘴，又闭上，又张开，停顿三秒，又闭上。

啊啊啊！她问不出口啊！好羞耻呀！

算了，她问吧，他又不一定会回答。舒甜给自己做心理建设，眼睛一闭一咬牙，问：“你对我有好感吗？”

好的，他果然没反应。

舒甜第一句问出口之后，接下来好像就顺畅了很多。

“江译，”舒甜睁开眼，盯着他，“你对我有好感吗？”

江译没反应。

“江译，江译，你对我有好感吗？”

江译没反应。

“你对我有好感吗？”

舒甜这句话问出口，江译终于被骚扰得有了点儿动静，发出了个不耐烦的啧声之后，说道：“别闹。”

舒甜看到他闭着眼又说出一句话：“你乖一点儿啊！”

他的声音像是过了电，语气却特别腻烦，特别像那种男朋友熬夜到很晚，女朋友清晨闹他起床的时候，他无可奈何又带着宠溺的语气。

舒甜隔着一层被子紧紧贴着他，整个人被电得又僵又硬，咬着嘴唇，脸颊一点点升温。

啊啊啊，她真的服了，生病发烧的人就不能控制一下自己的魅力吗？你听听这说的是什么话？这谁顶得住？

舒甜这次缓了大概两分钟，重新拾起话题，不死心地又问："你对我有好感吗？"

江译好像是习惯了这样的对话，闭着眼皱着眉问："谁？"

"舒甜。"舒甜报出自己的名字，又不知道他能不能反应过来，于是补上自己的小名，"诺诺。"

"嗯，"江译秒答，虽然声音渐渐弱下去，但声音就在舒甜耳边，"喜欢哪。"

这是多么自然而然、多么理所应当、多么流畅的回答。

舒甜快炸了。姚月之前是怎么说的来着？后空翻？舒甜现在就想原地起跳来一个托马斯全旋，再来一千个后空翻，以庆祝这个时刻！她唯一后悔的是没录音。

舒甜虽然心里激动，但这些动作注定是做不成了——她还是无法挣脱这人的怀抱。

舒甜其实在姚月说完那些事儿之后就已经信了江译心里有她，但分析出来的跟当事人亲口承认的，完全不是一个感觉呀！

舒甜的嘴已经闭不上了。

舒甜得到满意的回答之后，江译开始动来动去。舒甜本来觉得他有了要醒的趋势，但仔细观察一下，发现他不是要醒了，而是觉得热。

江译的额头开始冒汗，两个人贴得太紧肯定会更热，所以他抱着她的手也松了很多。

舒甜趁着他一个小幅度的翻身，又像最开始那样坐在了床边。舒甜突然觉得自己的腰功不错。

像是说好了一样，舒甜刚坐起来不到一分钟，敲门声响起，下一秒，江母就端着水杯进来了。

江母这要是早一分钟他们就被看到了呀！舒甜忍不住想。

舒甜从床边站起来，叫道："阿姨。"

江母虽然上了年纪，但跟梁韵一样，也是每天花重金保养皮肤，从脸上完全看不出来已经有两个这么大的儿子了。

"嗯，"舒甜看到江母笑着应了，视线却突然停在她的脸上，"诺诺，你的脸怎么这么红啊？"

"啊？"

"哎哟，不像是正常的红啊！"江母走过来想要摸她的额头，"我摸摸，你是不是也发烧了？"

舒甜心想还不是你儿子撩拨的，却装模作样地挤出一个笑容："没事儿阿姨，我没发烧，我是热的。"

江母："江译发烧，这屋里也不能开空调，你看看给你热成这样……"

舒甜假笑："呵呵，没事儿，没事儿。"

江母走到床边摸了摸江译的额头，说："应该快要退烧了。"随后她转过身笑道，"我也觉得这屋里有点儿热，他都睡了，你也别在这里待着了，出去凉快凉快。"

她们刚刚说话的声音都不大，怕吵醒江译。

舒甜点了点头，跟着江母出去了。

舒甜仔细想了想，她好像也不知道应该怎么面对醒了之后的江译，他撩拨人都是在梦里，没有一点儿心理负担，而她是被撩的那个人，清清楚楚地知道所有事情的那个人。

舒甜在江母的热情邀请下在江家的客厅吃了点儿水果，到了饭点儿才回家。

舒甜吃过晚饭，没多久就收到了江译的微信。

江译："你什么时候走的？"

舒甜回了个大概的时间，然后问："你退烧了吗？"

江译："退了。"

舒甜发了个"恭喜你贺喜你"的表情包。

舒甜不知道该跟他说什么，最后发了句："那你好好休息。"

江译秒回："好。"

舒甜没问江译会不会去学校，她本来以为他会再在家待一天，但可能是他的身体好吧，第二天一早，舒甜一推开防盗门，就看见江译靠在楼道的墙壁上玩儿手机。

穿着校服的少年，衣服拉链规规矩矩地拉到锁骨处，嘴里叼着个有些干瘪的牛奶袋子，垂着头，睫毛很长、很密。

大清早的就这么大美色冲击，舒甜觉得有点儿把持不住。

舒甜定了定神才走过去，伸出一根指头戳他的手臂："早啊！"

江译抬头看过来，跟她对视了三秒钟，伸手把嘴上叼着的袋子扯下来扔到了一旁的垃圾桶里，回头对她笑了一下，道："早。"

说实话，这一来一回，让舒甜产生一种他们这两天的那些亲密举动都没发生过的错觉，他也太自然了吧？

可能是今天开运动会的缘故，路上骑车子上学的学生没几个穿校服的，搞得舒甜觉得两人简直是异类。

他们等绿灯的时候，舒甜已经吐槽完梁韵昨晚做的饭有多难吃，现在没什么可说的了。

舒甜最后还是没憋住，叫江译：“喂，江译哥哥。”

“嗯？”

“你还记不记得那天晚上发生了什么呀？”

江译的眼神发生了变化，随后他给了答复：“不太记得了。”

舒甜：“那你记得你来学校门口找我吗？”

这个要是他都忘记了也太假了吧？

江译：“记得。”

舒甜又问：“那你记得那棵树吗？”

江译控制着面部表情，问：“什么树？”

舒甜有些挫败，但还不放弃：“我们绕到后边回小区的时候，路过一个公园，路边还有个大石头。”

“什么大石头？”江译硬着头皮道，“我没什么印象，就记得我去找你，我们吃了饭，然后一起回家。”

舒甜：“……”

江译：“中间的事儿，忘了一些。”

舒甜：“哦。”

你可真会忘！你忘的都是最重要的你知道吗？！

绿灯亮起。

结束了这番对话，舒甜气结，又没法直接说这两天的种种，只得忍着一肚子的气，就这么一路沉默着骑到了学校。

学校虽然开运动会，但学生依然是先在教室里集合。

舒甜早上出门急没来得及上厕所，因此到学校后把书包放下就去上厕所，路上遇到了哼着小曲儿的闻人一。

闻人一冲着舒甜扬了扬下巴：“早上好啊美女。”

舒甜灵光一闪，拦下他，说：“我问你个事儿。”

“啊？”闻人一停下脚步，点头，“你问呗。”

“江译前天晚上，你们一起吧？”

“对呀，”闻人一点点头，“是跟我一起的，但你要是问我什么事儿我可能想不起来。”

“哦。”

“你要问什么去找译哥呗，”闻人一纳闷，“他没事儿，跟正常人差不多，但就是打架不太给力。”

舒甜：“……”

闻人一打开了话匣子，开始讲故事：“去年有人来找事儿，趁着黑灯瞎火把我们揍了一顿，第二天译哥就把场子找回来了，每一个人的脸他都记得，”闻人一吧唧两下嘴，“你就说牛不牛吧！”

舒甜：“牛！”

真是把他牛坏了！

舒甜回到教室，怎么想都不明白，他全知道、全记得，那为什么要骗她？还有野营那次骗她说自己夜盲，那时候，会不会……难道是为了……为了……跟她牵手？

舒甜清了清嗓子，突然觉得有些不好意思。

江译喜欢她，让闻人一去打探情报，还搞这些有的没的，都一个月了吧？他为什么不直接说呢？

舒甜莫名地联想到了《你问我答》上面的那个小男生。他也是，暗恋不敢告白，在自己的建议下去玩儿恋爱游戏。江译难道也是不敢告白？

舒甜转头看了一眼同桌。他正在打哈欠，打完之后，眼角发红，眼尾水润润的，很好看，随意往墙上一靠，都是一幅画。

小男生不敢告白可能是不太自信，但江译长这样，他怕啥？

舒甜看了眼时间，还有十分钟才八点，马东立还没来，她起身走到最前面，拉走了正在摆弄自己号码布的运动员姚月。

姚月被拽到门外，手里还拿着自己的那块号码布，一脸疑惑地看着舒甜，问："甜，你干吗？"

"啊！"不等舒甜说话，姚月兴奋地道，"是有新消息了？嗯？"

舒甜压低声音说："我觉得你说得对。"

"我说得对？"姚月想了半天，"啊，你说的是我说说得对？"

"嗯。"

姚月激动地道："怎么回事儿？他跟你表白了？难道昨天探病探出感情了？呜呜呜，妈妈……"

"你等会儿。"舒甜拍了拍姚月的蘑菇头，"他应该短时间内不会跟我告白。"

姚月瞬间蔫了，问道："为什么不会表白呀？"

舒甜吐出一个字："㞞。"

他敢做不敢认，敢喜欢不敢告白，㞞得简直不像大家认识的江译。

姚月："……"

"你帮我个忙。"舒甜说。

姚月立即点头："请吩咐。"

"我觉得，之前说的那些条件太好达到了，他做起来轻而易举。"

姚月："……"

"假如有一个他肯定做不到的，他就会放弃这些拐弯抹角的直接表白了。"舒甜虽然这样说，但其实也不确定，不过她想试试。

"所以你下次去告诉闻人一新情报的时候，"舒甜深吸一口气，在姚月满怀期待的目光中缓缓吐出几个字，"你就告诉他，我喜欢男扮女装的。"

姚月："......"

姚月咽了口口水，说道："甜，我冒昧地问一句，你说的男扮女装，就是……字面意义上的那个……男扮女装吗？”

姚月读过无数小说，知道在文里面有人专门喜欢男扮女装梗，但她一个言情选手……也可能是她思想太过保守，完全吃不下这个梗。

姚月此时已经忘记了舒甜之前讲过的理由，突然觉得自己要是真的原原本本地转达了这个信息，估计自己粉的CP要凉——江译那么酷的男人会穿女装吗？他肯定不会，不仅不会，他的心可能要碎一地。

“甜，你再好好考虑考虑，”姚月试图唤回舒甜的理智，“你之前那些理想型特征都挺正常的，突然这样……这么……”姚月想了半天，想出一个词，“突然变得这么小众，他就不会怀疑吗？”

“怀疑了更好，”舒甜说，“怀疑的话他就可能直接问我呀，”她笑了一下，“我本来就是为了让他露馅儿。”

姚月：“……”

姚月依旧觉得不妥，可怜她年纪轻轻，一颗心都要操碎了。

“真的要这么说呀？”姚月左右看了看，小声说，“他会不会就这么放弃呀？”

舒甜这么甜甜小仙女的人喜欢男扮女装的？这也太扯了吧！谁信哪？

“哦，你担心这个？”舒甜面无表情地问，“那你看他没放弃，这都打听消息一个月了吧，他有行动吗？有要告白的意向吗？”

姚月：“好像没有。”

“你觉得我们俩这么下去，等他说得等到什么时候？”

姚月摇了摇头，诚实地道：“不知道。”

姚月觉得江译也不是一事无成，替他辩解道：“我觉得虽然他没告白，但是依然能让我找到这么多甜甜蜜蜜的小细节，”姚月总结，“他也是很牛的。”

舒甜：“……”

那是你的滤镜太多好吧！舒甜一瞬间甚至要怀疑说出这种话的姚月是不是在他们身边安装了针孔摄像头。

她们俩说了好几分钟，已经有班级开始在走廊集合了，人声嘈杂，马东立也从楼梯口走了过来，舒甜搂着姚月的脖子回了教室，临走之前在她耳边说："记住了姚小月。"

马东立进来之后说了注意事项，舒甜一句都没听进去，一直在走神儿。江译打听消息的初衷不就是想知道她的理想型，然后好变成那样嘛，然后呢？他变成了那样然后呢？目的是什么呢？

舒甜觉得江译这人一定在变为她理想型的道路上忘了点儿什么最重要的东西，她得帮他想起来。

舒甜以前逛贴吧的时候，看过附中开运动会的照片。怎么说呢，财大气粗就是好，方队、国旗队的衣服都是定制的，还有各种彩旗队，数量都很多，她看的那张图好像是从高空俯拍的，堪称盛况。

七班的人过来的时候女生一队，男生一队，舒甜是跟姚月、原弯弯一起走的，顺便听姚月跟原弯弯吐槽她的新主意。

而原弯弯居然站在舒甜这边，但她的出发点跟舒甜完全不同。

"我觉得你这个想法大胆又新奇，我太支持你了。"原弯弯凑在舒甜耳边，"你想让江译穿女仆装还是JK裙（参考日本女高中生校服板型标准做出来的裙子）？我想看JK裙，要是穿了能照相吗？好姐妹有图要分享啊！"

舒甜："……"

这都什么人哪！她怎么就不盼着点儿江译好呢？

附中操场的看台宽敞又明亮，带着遮阳棚，新得跟刚建好一样。

马东立把他们带到地方，笑嘻嘻地道："随便坐呀同学们，跟谁关系好就跟谁坐，老师不限制你们。"说完，他就跑去跟他的好朋友九班班主任聊天儿去了。

舒甜虽然有点儿气江译为什么那么㞞，但是依然屁颠屁颠地坐到江译旁边——毕竟运动会可是开两天，她才不会浪费这么好的机会呢，他㞞，她可不㞞。

高一、高二、高三都有各自的座位区，平常还能根据校服颜色区分年级，但显然今天所有人都知道可以不穿校服，于是只能靠学校提前标好的文字来辨别区域。

舒甜看了一眼自己和江译身上的校服，又观察了一下周围，七班除了他俩，居然就只有班长穿了校服。

“哦，对了，”舒甜转过头对江译说，“你的项目取消了，今明两天都不用跑。”她探病的时候就该告诉他的，“我昨天去找你的时候忘说了。”

江译看过来，疑惑地道：“为什么取消？”

“我不是去跟老马请假嘛，你也知道他那么关心同学，听说你发烧了，而比赛项目在比赛开始前一天取消的话好像不会有什么影响，就直接帮你取消了。”

半晌，江译回道：“哦。”

江译没说别的，但就这么简单的一个字，舒甜从里面悟出了诸如“区区发烧怎么能影响我发挥”“我明明已经康复了，呵呵”“一群无知的人耽误哥耍帅”“老马真是多管闲事”等一系列情绪。

舒甜忍住笑，转移话题：“前面那个是咱们班方队。”她观察了一下，啧啧称赞，“这方队队服居然还有点儿好看……早知道我也加入了。”

江译看了一眼前面的方队，白衬衫、黑裤子，也就那样吧。他又看向方队最前面，举牌的女生穿着衬衫和蓝格子短裙，看不清脸，但背影显得比别人出众。

对于这个位置，江译有很深的印象。不管是初中运动会还是高一那次，举牌这个事儿好像总能在那批自以为长得好看的女生中引发一场明争暗斗，十分令人费解，但那几场斗争都或多或少地给他留下点儿印象。

“最前面那个是谁？”舒甜听到江译问。

“嗯？”舒甜看过去，辨认了一番，说，“哦，咱们班举牌的是杨翠翠，学习委员，老马钦点。”

舒甜记得薛子音当时跟体委说她想举牌，但是得知方队练习时间跟话剧排练时间冲突了，两相对比之下，她选择了在舞台上当白雪公主。

舒甜虽然打心底看不上薛子音，但女生的这些事儿女生之间八卦就行了，她不想跟江译说。

“怎么了？”舒甜有些好奇，“你怎么突然问这个？”

江译没立刻回答，像是在回忆什么的样子，整个人靠在看台座椅上，两条长腿微微敞开，很随意的坐姿，突然抬起胳膊，一手搭着舒甜座椅的靠背，说道：“我记得，运动会举牌的不都是长得最好看的嘛！”

“啊？”舒甜被江译的这个坐姿给帅到，大脑短路三秒钟。

随后，舒甜看到江译挑了一下眉，脸上有很明显的、不加掩饰的疑惑：“那你怎么没去举？”

舒甜的心跳加速，他这是在夸她长得最好看吗？

举牌这件事儿的确挺微妙的。马东立在指定学习委员之前，是体委负责选人的，体委第一个找的就是舒甜，但舒甜当时心系恶毒皇后，直接推了。

舒甜从小到大总被人夸，以前觉得自己对于这种赞美是真的免疫了，没想到还是不行，江译的这个夸奖让她有点儿找不到北。

舒甜的内心在疯狂尖叫，表面却十分平静。她非常官方地说：“我之前想去演恶毒皇后，时间冲突了。”

江译点点头，回道：“嗯。”

江译重新看向前方，眯了眯眼。

舒甜盯着江译的侧脸看了会儿，忍不住说道：“喂，江译哥哥。”

江译偏头：“嗯？”

“你刚刚是在夸我，”舒甜顿了顿，勉强厚着脸皮说完，“长得好看？”

江译：“……”

方队已经开始走了，操场上是响亮的口号声，看台上是学生们或看热闹或打游戏、聊天儿的吵闹声。

舒甜看见江译的脸色变得越来越不自然，搭在她座椅靠背上的手动了一下，而后抬起来，直接摸上她的头发，声音很低地承认了："嗯，对呀！"

江译："笑什么？"

舒甜："没什么……我开心。"

江译："……"

方队走完，就开始了田赛和径赛的检录。七班的人精力旺盛，参加运动会也很积极，有好兄弟、好姐妹前去加油助威的，也有去看热闹、看帅哥和美女的，广播一说检录，班里瞬间没了一半人。

女子组 100 米、200 米的比赛顺序好像还挺靠前的，舒甜准备去给姚月她们加油，就听见前排马东立的吆喝声："你们先去吧，一会儿找同学给你们送过去，好好比呀，加油同学们！"

嗯？这是要送过去什么？

舒甜咬着根刚拆开的棒棒糖，戳了戳前排的同学，问："嘿，老马说什么呢？"

同学回过头，答道："就是水的事儿，学校之前说每个班都会给一箱矿泉水发给运动员，结果不少人就没自己带水，然而比赛快开始了，水还没到。"

"哦。"舒甜点了点头，"谢了呀！"

舒甜没把这件事儿放在心上。

20 分钟后，水来了，可能是她跟江译后面太空，看起来太显眼，马东立点了他们："江译、舒甜，你俩下来一趟。"

他们下去之后，马东立先是问了一句："江译，你还发烧吗？"

江译："不了。"

马东立："都康复了？"

江译："嗯。"

"那就好。"马东立说。他指了指塑胶地上的纸壳箱子："你们俩我看了，都没项目，也没在晚上的演出名单里，老师给你们个任务。"

舒甜突然有种不祥的预感。

"你看，你俩关系又好，还是同桌，长得也好，"马东立笑眯眯地说，"给咱们班运动员送温暖的任务就交给你俩了呀！"

"好的老师。"舒甜接下任务。

舒甜看了眼地上的箱子，纸壳两边有两个给手提留的空儿，江译没说话，直接弯腰提着那个箱子，又直起身对她扬了扬下巴："走吧！"

舒甜："哦。"

他们走了有一段路，马东立的吆喝声从后方传来："你俩记得先给跑步的，他们马上要跑了。"

舒甜不想大嗓门儿地跟他对喊，就回头挥了挥手。

这里离百米起跑线不算远，舒甜看着江译轻轻松松地提着箱子的样子，忍不住说道："我们俩这算不算是天降大任？"

不等江译说话，舒甜又纠正了一下："准确地说，好像对你来说才是天降大任。"毕竟她什么也不用干。

舒甜说完，视线从江译的手上移到他的脸上，忍不住感慨他在阳光下精致好看的侧脸。

江译本来直直地看着前方，却像是察觉到了什么，突然转过头，一下子对上了舒甜的视线。

这好像有点儿尴尬，偷看被抓包的舒甜张了张嘴，却不知道该说些什么，但她脑子转得飞快，转而提起另一个话题："你之前不是说不参加运动会了嘛，那为什么后来又参加了呀？"

江译重新看向前面，口不对心地说：“就……突然想参加了。”

他突然想参加了，呵呵。舒甜咬着牙，心想江译你就装吧，看你装到什么时候。

他们到了 100 米起跑线附近，江译放慢脚步，说：“一会儿你去送。”

舒甜立刻点头，没问题，她懂，江译的风范必须有，他怎么能去给人送水呢？不可以的。

隔了两秒钟，江译解释道：“我不认识他们。”

舒甜服了，应道：“好的。”

说实在的，就算江译认识，舒甜也不想他这么大威慑力的一个存在去给班里的运动健儿增加心理负担，而且，围着那么多女生，她也不想江译过去引起轰动，那样不太好，她去就行了。

他们很快送完这边，然后进军田赛场。

舒甜没怎么看运动会秩序册，但隐约记得前后左右几个男生都是报的田赛。

远远看见跳高的杆子，舒甜听见身边的人先开口：“这边的我认识。”

“我也认识，”舒甜把话接过来，“还是我去就行了。”

江译：“……”

“你看你搬了一路，我去发正好，我们分工合作嘛！”舒甜从箱子里抽了几瓶水出来，抬头对他笑了笑，“那你在这儿等我，箱子放地上就行。”

江译：“嗯。”

江译看着舒甜抱着水小跑到跳高场地，找到闻人一、刘然，还有另外三个男生，没说太多话，把水给他们之后，很快就笑着往回跑。

江译一直看着那个方向，视线突然被一群人挡住，这些人里有几个胸前别着号码布，好像是某个班结队过来参加跳高、跳远比赛的。

江译没想太多，从口袋里掏出手机看了眼消息，挑着回复了几条，再抬头的时候，那群人还没走，舒甜也没回来。

那群人就堵在那儿，好几分钟了都没动过，而且全是男生，江译这一上午本来心情挺好的，瞬间就不好了。他想起舒甜早上问他“你是在夸我长得好看吗”时的样子——小姑娘的眉眼都像是能发光一样，带着一点儿笑，梨涡特别可爱。

江译突然生出一种想把舒甜藏起来的冲动。

舒甜不知道为什么自己回去的路上突然就杀出来这么一群人高马大的……高二还是高三生，她也不知道。他们嘴里口口声声叫她“小学妹”，应该是看她的校服颜色认出来的。

“小学妹，别这样，给个联系方式能把你怎么着？”

“就是呀，没带手机，你可以直接说手机号。”

舒甜想绕绕不出去，烦得不行，正想直接指着他们身后说“我上面有人，我大哥就在那儿呢，你们不想被打死就赶紧滚”的时候，一道声音传来。

“不记得。”

嗯？舒甜循声望去，很好，她的大哥来了。

大哥手上没了箱子，走起路来都带风，整个人像是披着一层光辉向她走来，浑身都写着“帅气”“无敌”“魅力”等词，就是脸色不怎么好。

舒甜正在心里感叹呢，突然看到江译手里拿着校服外套，上身只穿着纯黑色的T恤。

江译从这群人身后绕到舒甜身边，做了个她异常熟悉的动作——伸出一只胳膊直接搂上她的肩膀。

然后舒甜就看到面前刚才要她微信要得最凶的那个人突然就蔫了，声音也小了：“……江译？”

江译：“嗯。”

舒甜真是服了，就这类流里流气的学生里，还有不认识江译的吗？还有吗？从最开始的职高虎哥，到鸡哥，还有现在这群人，江译到底是怎么打下这片牢固而有威望的“江山”的呢？

“我们就是想认识认识她。”对面有人说。

“这学妹是你……”那个最先蔫了的人问，“你的女朋友？”

舒甜默默地翻了个白眼，觉得会听到一句“不是的，但她是我妹妹”。

舒甜叹了一口气，偏头去看江译的侧脸。

“你都知道了，”江译唇角似笑非笑地勾着，低低的声音从舒甜的右上方传来，“那还不赶紧滚！”

第十二章
我喜欢你，比任何人都多

最近有点儿降温，没了九月份又湿又闷热的天气，十月份的风刮到脸上很舒服。

舒甜感受着肩膀上微微下压的重量，怀疑自己最近几天是魔怔了，想江译想疯了，出现幻听了。他这是承认“女朋友”三个字了？他承认她是他的女朋友了？

面前这群人趾高气扬而来，但一见到江译自动变身，好像被江译的话吓得不轻。

舒甜就看了一眼，也没注意他们是什么时候走的，反正他们不重要。

那群人一走，几乎是下一秒，舒甜就感到肩膀一轻。

江译跟没事儿人一样把胳膊拿下来，看了舒甜一眼，说：“还有谁要比的吗？”

“比什么？”

“比赛，”江译指了指远处被扔在草地上的箱子，“送水。”

“我也不知道。”她是真的不知道。

其实本来也就只有田赛和径赛，箱子里的水大概还剩下一半，估计是下午比赛的时候用的。

江译停顿了一下，说：“那我们回班里？”

“好。”

舒甜刚说完，就看见身边的人若无其事地向前走的身影，就好像刚才那场闹剧是她的幻觉一样。

舒甜默默地跟了上去，正想开口，前面的人突然转身，江译把手里的校服递给她，说：“帮我拿一下。”

“哦。”舒甜接过校服。

舒甜抱着江译的校服外套，上面有一阵阵熟悉的香味飘来。舒甜看着江译弯腰，她站在他身后，能看到在黑色上衣的包裹下，他的腰部线条紧绷而瘦削，感觉很有劲儿，也很有弹性，抱着应该很舒服。

舒甜这么一想，胳膊都开始痒痒了。

停！她问正事儿要紧！舒甜把自己的思绪从十万八千里外拉回来。

“那个。”舒甜看着江译提着箱子直起身，还是没有忍住，戳了一下他的腰——绝对没有私心的那种。

江译的背僵了一下，动作缓慢地回过身，他非常正常地看着她：“嗯？”

舒甜觉得她应该是没有病，刚才也不是她的幻觉，于是清了清嗓子，用聊天气的语气说道：“你刚才，就是那群人问你的话……”

江译的心脏猛地一跳，完了，她要提了。他怎么办？他该说什么？他上头了不小心说了心里话？那他不就直接暴露了？

舒甜接着说：“你不是跟他们说我是你女……”

江译控制着语气和表情，非常及时地在这里打断她的话：“你之前在超市的时候，不是跟我说过嘛。”

舒甜没反应过来："啊！"

"你不是说，再遇到类似的情况，你也在的时候，就说你是我女朋友？"

舒甜："……"

她是说过，但是……

"刚刚，"江译觉得这个理由好像可以混过去，"这种情况，我觉得跟上次差不多。"

舒甜："……"

差太多了好吗？

江译："所以我就直接承认了。"

所以你就直接承认了？兄弟你的良心不会痛吗？你刚才眼风扫人家的时候那股霸气劲儿呢？啊？你看看你现在这副敢做不敢认的样子，像个大哥吗？你𡱁什么𡱁？

舒甜一口气憋在胸口，又发泄不出来。

空欢喜一场，她无法做到在这样的情况下还笑脸相迎，直接就翻篇了。

舒甜哦了一声，率先往前走："那走吧。"

他们才走了三步，身后传来江译的声音："你不回班级吗？"

舒甜不想回头看他，没停下脚步，但给出了答案："回呀！"

江译："你走反了。"

舒甜："……"

舒甜叹了口气，停住，重新走回江译身边，耳边突然钻进来一句："你别生气。"

舒甜愣了一下，再次站住，转头看着江译。

身高的原因，每次他们一离得近了，江译就得低头看她，他的眼瞳在室外看起来剔透无比，很真挚、很无辜、很纯真。

舒甜一想到他的那些做法就觉得生气，但一看到这人的脸，什么气都消了，甚至还想笑，还觉得他很可爱。

舒甜拼命给自己暗示不能就这么心软，于是面无表情地仰着头，回道：

“我没生气。”

江译：“……”

你明明满脸都写着“我不高兴”“快来哄我”。

江译犹豫了一下，说：“我下次不说了。”

她生气应该也就只有这一个原因了。

舒甜：“不说什么？”

“不说你是我女朋友了。”江译秒回。

舒甜：“……”

“谁在气这个呀！”舒甜瞪大眼睛反驳他，“我让你说你就说呀！我又没生气！”

江译：“……”

他们对峙了几秒，舒甜强忍着翻白眼的冲动，一把将手里本来抱着的校服给江译搭在肩上，绕了一圈，还顺便给他在脖子前打了个结。

舒甜看着江译疑惑的眼神，语速很快地道：“我去找姚月还有原弯弯，这箱水拜托你送回去了江译哥哥，辛苦了。”说完，她转头就走。

舒甜觉得自己现在像是坐了云霄飞车之后的感觉，大喜、大悲、大怒，快虚脱了。

她得赶紧去催一下姚小月。

我和我双向暗恋的对象该如何打开死结？

天灵灵，地灵灵，求你让他开窍吧！

中午和下午的这段时间，高一五班、六班、七班的人都发现了一个怪现象：七班看台区，以某人为中心，五个椅子以内都没有一个活物靠近，而那个某人，就是远近闻名的江译。

大家能明显感觉到江译的心情极差，浑身散发着生人勿近的气息。平时围在他身边的人一个都不在班里，所以大家虽然关心又好奇他的状况，但是一直到临近晚上了，七班也没有一个人敢去问。

江译还不知道自己被人围观了，这一下午，舒甜都没回来，他就坐在看台上，一直玩儿游戏，充电宝都快没电了。

江译玩儿着手机里的游戏，感到很郁闷。舒甜明明早上和上午都好好的，他们的对话气氛也很好，结果全被那群男生毁了。

江译玩儿了半天也没有什么有用的剧情，上《你问我答》找那个人，也没回应，于是锁了手机，刚拨了拨头发就听到有人叫他。

“那个……江译。”耳边响起一道女声。

江译没理，将声音自动过滤了。

“江同学？”又是那个声音。

江译这时才意识到这道女声叫的是他，后知后觉地抬头，看到身侧不知道什么时候站了一个身上穿着白纱裙，戴着小皇冠的女生，长得好像有点儿眼熟。

江译现在情绪比较低落，不想说太多话，也不想动弹，就给了一个字：“嗯？”

“那个，马老师说让我找个男生回教室拿一下晚上演出用的服装，你介意……”女生有些不自然地摸了摸头发，脸也莫名地红了，声音也越来越小，“你有空吗？能帮我拿一下吗？”

江译听完，有些纳闷。

看台棚顶已经有亮起来的灯，打在面前的人身上，薛子音从来没有这么近距离地接触过江译，盯着男生毫无瑕疵的脸，看着他撩起眼皮懒散的样子，觉得心跳加速。

江译没动弹，说：“我不懂。”

薛子音愣了一下，问：“什么不懂？”

“你刚刚说的，拿东西，”男生的语气里满是疑问，“到底是帮你拿，还是帮老马拿？”

薛子音不懂他为什么这么问，咬了一下嘴唇，疑惑地道：“有什么区别吗？”

“当然有，帮老马，我就去拿，帮你的话……”男生站起来，歪了歪脖子，舒展身体，很随意地说，“还是算了。”

江译回到班级的时候，闻人一也在。这人一整天基本上没在班级看台待过，江译心情不好，也没看他，直接走到讲台上，开始翻柜子里的东西。他找到了两个贴着“演出用服装”字条的大袋子，拎出来，一手一个，正准备走。

“译哥！你去哪儿？”

江译没回头，答道：“送衣服。”

“一起呀，一起呀！”闻人一从桌子上蹦下来，走过去搂住江译的肩，“我充电宝早上落教室了，没拿，玩儿了一天手机没电了，现在才有空回来。”

江译：“……”

他们走出去七八步，闻人一清了清嗓子。

江译：“说。”

“译哥，我希望我接下来说的这些话，”闻人一顿了顿，放下胳膊，离江译又远了点儿，“你听完了，不要揍我，我是无辜的，我只是个信使而已。”

江译看了他一眼，不耐烦地道：“快说。”

“就是吧……虽然我也觉得很不可思议，但是你也知道舒甜的室友，就那个小姑娘她很乖很可爱的，她也是不会撒谎的那种，她说什么应该就是什么了，然后……”

江译听得额角直跳，当即长腿伸出去作势要踹他，威胁道：“你能不能说人话？”

闻人一往旁边一躲，心说我还不是怕您老承受不住。

闻人一深吸一口气：“那我直说了，”不管了，早死早超生，他接着道，“我觉得，你要是想继续往舒甜的理想型这条路上发展，估计得一条路走到黑了。”

江译：“……”

闻人一：“也就是没戏。”

闻人一密切关注着江译的脸色。

江译先是愣了一下，随后像是消化了他的话一样，脸色瞬间阴沉下来：“你什么意思？”说着他停下了脚步。

闻人一也跟着停下脚步，咽了口口水，说：“那我真说了。小蘑菇过来告诉我，舒甜最近转变口味，改喜欢……男扮女装的了。”

闻人一说完，甚至不敢去看江译。妈妈呀，这得是多大的打击呀！毁灭性的呀！

“女装……大佬？”江译的大脑有那么一瞬间的空白，“那是什么？”

“就是……有些男生，会有穿女装的这么一个爱好，啊，我一个纯直男我也不太了解，”闻人一挠了挠头，“你上网一搜就知道了。”

江译：“……”

闻人一：“我觉得你不要再执着于这个了。直接去表白吧译哥，你长得这么帅你怕啥？你看看你的后援团，有点儿信心哪！”

闻人一还没说完，刚充上电重新启动的手机开始疯狂振动，他看了眼来电显示，对江译说：“齐速他们叫我去打牌，译哥你去吗？高二看台就在……”

江译被他聒噪的声音闹得头痛，不耐烦地道：“你快滚。”

“嘤嘤嘤！”闻人一往后退了两步，“你叫我滚……那我滚了哈！看开点儿啊哥！”

江译听着闻人一的脚步声在空荡荡的走廊越来越远，慢慢地停下了脚步，把袋子放到墙角，掏出手机，靠在墙边，然后打开了搜索引擎。

舒甜上午跟江译不欢而散后，没找到林以桉，就一直跟姚月她们在一起，而且开个运动会还遇到了不少初中校友，大家都互相假笑着问好以示友好，这一下午也不算空虚。

到了晚上，姚月、原弯弯去买零食，舒甜提前到晚会现场占座，结果却在这里跟暗恋对象狭路相逢。

江译离她还有五米远的时候，两个人很有默契地一起停下了脚步。

舒甜想自己是说“哈喽”还是“嗨”还是“你好”，还是啥也不说，保持着生气的样子，结果想了一圈觉得都不好，最后只得跟江译尴尬地对望了半天，还是她先忍不住破功。

舒甜上下看了眼江译，面无表情地问：“你拉锁是忘记拉了吗？”

什么拉锁？江译低头，看到之后：“啊，对。”

他刚才在看台上本来没穿外套，被那个穿着白裙子的女生叫去拿东西，就随便把校服套在身上回了教室。

舒甜的眼睛不受控制地又开始瞄江译，心里也不受控制地想这么穿不冷吗？你要帅也得分季节呀！

“这里风好大呀！”本来想打个招呼就走的舒甜捂着自己被风吹乱的头发，看着江译一直往后乱飞的校服，明明心里吐槽吐得飞起，却装得漫不经心，“那……我帮你拉上？”

江译愣了一下，反应过来她在说什么，站在原地，半天才回：“好。”

舒甜松开捂着头发的手，走到江译身边。

舒甜刚刚看到他的双手都被袋子占着，就下意识地想要过来帮他拉，完全没有意识到只要他把袋子放在地上就能自己完成这个动作。

舒甜伸手的时候才觉得有点儿不对劲——江译比她高，她的手放在拉锁最下面……好像有点儿羞耻。可是话都说了，她总不能现在说不帮他了。

舒甜低着头，又往前站了一点儿，大概是一抬头就能碰到江译下巴的距离。她速度飞快地对上了他的拉锁两边，往上一拽，给他拉到锁骨往上一点儿的地方，然后松手，站好。

不是，不对劲吧！她为什么就跑上来给人家拉拉锁了？那他说话了吗？人家说冷了吗？他没说！舒甜你是不是欠？！

可能是被风吹的，也可能是想发火，舒甜的脑子一抽，她又一次抬手，把刚拉上去的拉锁又给拽到最底下，拉开，本来江译拉上的校服重新变成敞开的状态。

舒甜：“你求我。”

江译：“……嗯？”

“你求我，”舒甜梗着脖子，眼睛一眨不眨，“我就给你拉回去。”

两人之间，登时陷入死一样的寂静。

“你求我”通常情况下来讲，是个情趣话，很适合小情侣之间讲。舒甜突然觉得自己好像有些过分，越界了，有点儿突兀。而且他也没干什么，拉拉锁也是她要求的，她太无理取闹了吧？！

被风吹了吹，舒甜清醒了点儿，觉得自己实在是勇敢，大概从来没有人敢对江译说这三个字。

舒甜抿了抿唇，正准备撤回自己的话，当作玩笑哈哈过去，让江译不用在意，然后再给人家把拉锁拉回去。

舒甜刚一抬头，就对上了江译的眼睛。

江译的眼神有些惊讶，夜色衬得他的瞳孔漆黑，深不见底。

舒甜盯着看了一会儿，有些招架不住，视线顺势往下移，移到他的喉结处，似乎更……招架不住。

算了，舒甜也不管脸红不红了，直接抬头，继续跟江译对视。

舒甜惊讶地发现，听到这样有犯尊严的话，江译的唇角居然还勾了个不太明显的弧度。

少年一双桃花眼微微上翘，眼睛里有什么东西亮得惊人，弯着唇，突然哦了一声，随后，舒甜听见他的声音随着晚风飘到耳朵里：“求你。”

江译说这两个字的时候，声音很低，语速很慢，没有一下带过，反而把这两个字咬得很清楚。他的表情让舒甜觉得，假设她现在换一句，比如让他说“我是大坏蛋”这样的话，他也能毫不犹豫并且面带微笑地说出口。

舒甜觉得心跳加速已经不足以形容她现在的状态了。

你身边有这样的人吗——他从来都是傲视群雄，站在金字塔顶端，却因为你一个无理的要求，低头干干脆脆地笑着说“求你”；这个人跟你一起长大，从小到大为你摆平了无数次幼稚的纷争，脾气差、不爱说话，却唯独对你极有耐心。

舒甜蓦地生出一种错觉，他这样的语气，让她似乎把两个字听成了四个字。

她疯了吧？她一定疯了！

舒甜恨不得现在去洗个冷水澡清醒一下，只听说过有被男生追得头痛的女生，像她这种，想被告白想到魔怔的女生绝对是第一个，都出幻觉了。

舒甜咬了咬嘴唇，含混不清地嗯了一声。她也不知道该说什么，盯着他的眼睛瞟向别处，然后手伸出去，重复了一遍拉拉锁的过程，兑现“你求我我就给你拉回去”的承诺。

舒甜心不在焉，没注意手上的位置，松开的时候才发现她给人家拉高了，导致校服领子立了起来。

算了，她不管了，就这样吧。再说，他长这样，怎么穿都行，这么立起来一点儿也挺好看的。

“拉好了。”舒甜本来想往后退一步，但想了想，不太舍得，就站在原地没动，抬头看江译，“你手里的，是要去送的东西吗？”

江译点了点头：“嗯。”

“老马让的？”

“嗯。”

之前那个女生被他质问得脸色不太好，但他都那么直白地说了，她当然知道他的意思。女生虽然语气不怎么好、不情不愿，但还是说了句是老马要求的。因此，他尽职尽责地去拿了袋子，现在还得把这两袋子衣服送过去，没想到路上会遇到一下午都没见到的舒甜。

“对，送到后台那边的休息室。”

闻言，舒甜完全忘记了自己身负占座的重任，往旁边迈了一步，从跟江译面对面变成了跟他并肩站：“我正好没事儿，跟你一起去吧。”

江译看了舒甜一眼，不是很明显地笑了一下：“嗯。”

演出场地就在操场，舞台是拆开后从艺体楼运过来的，看起来已经拼好，有工人在调试灯光。

现在是六点多，校园里的路灯都没亮，除了舞台周围，一片昏暗，舒甜跟江译这么明目张胆地并肩走在一起，跟不少人擦肩而过，却没怎么被注视。

舒甜本来想帮江译提一个袋子，却被干脆利落地回绝了，虽然他只说了“不用，你拎不动”，但她已经自动翻译成“我来就行了，你拎着会累坏的，乖”。天哪，太美好了！

舒甜隐约看到舞台后方有穿着花里胡哨衣服的人，正准备跟江译求证，耳边突然传来他的话。

“上午的时候，对不起。”

舒甜愕然地回头，看着他有点儿不太自然的神色，愣愣地开口：“你为什么要说对不起？”

“因为你……”江译本来想说“生气”，脑子里蓦地想起她睁大眼睛说“我没生气”的样子，临时改口，“因为你不开心了。”

“哦。”

他道歉了，虽然没从根本上意识到他的错误和她生气的点，但是他说，因为让她不开心了，仅仅是这个，所以说了对不起。舒甜那些柔软的小情绪都被调动出来，她好像浑身都在冒泡泡，还是粉红色的。

舒甜觉得自己上午的那些烦躁，在这一刻，真真正正、彻彻底底地不见了，而她现在走路都带风，恨不得飞起来。

两个人像是说好了一样，前行的速度越来越慢，一阵风吹来，舒甜抬手顺了顺头发，压了压唇角，低头看着塑胶跑道，清了清嗓子，说道："那我也，对不起吧。"

江译愣住，不自觉地停下脚步。

舒甜是继续往前走了两步才察觉到他停在原地的，江译看到她迅速回头。

小姑娘平常都留着刘海，薄薄一层，平常偶尔课间睡觉，睡醒之后刘海乱飞的样子特别可爱。现在她站的角度正好迎着风，长发全被吹到了后面，露出了整张脸，额头光洁，脸很小，下巴尖尖。

江译看着她，嗓子发干，喉结滚了滚，问道："为什么？"

"我说对不起是因为，就上午的时候，我不是让你一个人回去了嘛！然后下午，我一直在外面，也没回班级。所以我猜，"舒甜突然笑起来，梨涡漾在唇边，声音清甜，"你应该也不开心。"

舒甜觉得刚刚自己好像撩到了暗恋对象，具体表现为，他躲闪的目光、发红的耳垂、加速的脚步、匆匆离去的背影。

舒甜摸了摸脸，笑了，有点儿满意。

江译送衣服回来的时候，操场上的人陆陆续续多了起来，都在往班级集合点走。

舒甜看着工作人员调试灯光，口袋里的手机突然振动起来。

"喂，"舒甜原地蹦了一下，"怎么了？"

"什么怎么了？"姚月那边的声音很杂，"你在哪儿呢？不是占位置吗？我们俩回来没看到你呀！"

舒甜瞬间停止了蹦跶，她忙着跟某人花前月下呢，哪还记得什么占座位呀！

舒甜尴尬地笑了两声：“啊，月月，我这边出了一点儿状况，一时半会儿……好像解释不清楚。”

“你就说跟江译有没有关系吧！”姚月直截了当地说，“你要是说你碰到了江译然后见色忘友了，”停顿了一秒，小蘑菇声音洪亮地补充完整，“那我就原谅你。”

舒甜松了一大口气：“对，你说得对，”她被爱情冲昏了头脑，是她不对，“是我见色忘友，你们俩的零食我报销了。”

姚月很开心地哼了一声：“那你快去继续见色吧，我挂啦！”

舒甜把手机从耳边拿下来，还没锁屏，就听见有人问：“什么见色忘友？”

舒甜猛地回过头，江译不知道什么时候站在她身后，挑着眉，眼神有些疑惑。

“就是……一个成语……”舒甜顿了顿，“其实你听错了，不是见色忘友，是忘恩负义。”

江译：“……”

这都什么跟什么呀？

江译扫了一圈儿看台，问：“晚上的位置还跟白天一样吗？”

“嗯？”舒甜顺着他的视线看过去，“哦，你说看台位置呀？”

“嗯。”

“不一样的，因为舞台在最中央，所以全校的人都得坐在同一侧，”舒甜边说边往看台走，还用手指了指，“你记得学校看台白天空了很多吧，往上继续坐就可以了，座位是够用的。”

座位虽然够用，但是人来得越晚，就坐得越靠上。而看台是阶梯式，越靠下视野越好。

舒甜没想到大家占座这么积极，她跟江译看了一圈儿，要找两人连着的座位，居然只剩下上面几排才有。

行吧，他们只能选那里了。

舒甜坐下之前，看了眼身边的江译，安慰道：“没事儿的，我们坐得高，看得远。”

江译没说什么，在她身边坐了下来。

“而且我们又不近视，”舒甜接着说，“不过就是看着人小了点儿。”

江译看着她一脸认真的样子，点了点头，道：“对。”

最上面几排都挺空的，因为实在离得太远，所以基本没什么人。

江译发自肺腑地说了一句：“这里挺好的。”

年轻人玩儿手机是最基本的休闲方式。

舒甜一下午都没怎么好好玩儿手机，等晚会开场的时候闲着没事儿就回了回消息。

舒甜退出微信，发现《你问我答》上有未读消息的红点儿，点进去。

上午的时候，有一条消息。

gosk08：“喂，我好像惹她生气了。”

下午的时候，也有一条消息。

gosk08：“我突然觉得，她应该不会喜欢我了。”

舒甜仔细想了想，好像至今为止，这个男生跟江译一样，屃得不行，而且心思一大堆，但是现实生活中好像什么进展都没有。

舒甜顿时就来气了，噼里啪啦开始打字回复。

Snlwkst：“你太屃了呀！喜欢这么多年了就表白啊！

Snlwkst：“就算被拒绝了，听没听说过‘追’这个字？啊？你被拒绝了不会去追吗？你不告白，怎么会有女朋友！”

舒甜越想越生气，发泄一样地敲着屏幕。

Snlwkst：“听没听过爱要勇敢说出来？你就在这儿憋着吧！憋死你！一辈子都谈不了恋爱！”

舒甜快气死了，这人和江译一样，都是木头。

舒甜回完消息，锁了手机，吹了吹风冷静下来，然后拉着江译随便聊了两句七班的话剧。

十分钟后，文艺晚会准时开始。

主持人说的词儿像是从很多卫视的晚会开场词东拼西凑组合而成的，就是大家熟悉的那几句，很亲切，也很专业，很有春晚的感觉。

主持人聊完，舒甜跟着大家鼓掌，又默默地把手缩回了校服袖子里，拉链拉到下巴处，领子竖起来，感觉有点儿冷。

什么坐得高看得远，舒甜感觉自己都快被冻死了，而且越高的地方风越大，四面八方吹来的风让人直打冷战。

舒甜想直接走人，但又心系两样东西。一个是她做编剧的七班话剧，她实在是很想看看这个剧演出来的效果；再一个就是身边既愚钝又甜美的暧昧加暗恋对象，她不想放弃这么好的独处机会。

得，她忍了吧！

高一一班的同学表演的是合唱，舒甜没仔细听报幕，不知道什么歌，只看到台上每个人手里都有乐器。她眯着眼辨认了一会儿，挨个念出来：“吉他、二胡、小提琴、架子鼓，那个人手里的是……葫芦丝，哈哈哈！”舒甜伸出一根手指戳了一下江译，“江译哥哥你快看，我从来没见过这几样乐器搭在一起过，会不会很奇怪？哈哈哈。”

结果她身边的人半天没动静。

舒甜觉得奇怪，转过头想叫他，刚好对上他略带疑惑的眼神，听见他问：“你是……冷？”

舒甜一愣，听到他这么问，才突然意识到自己现在正缩着脖子，为了活血热身，腿也没停下抖动——总之就是一副冻得发抖的样子。估计在他看来，她应该是整个人身上贴了五个大字——“我要冻死了”。

舒甜的校服很宽松，她的手完全包进了袖子里，还能甩动的那种长度，她啊了一声，不动声色地直起腰，伸长脖子，在寒风中稳住自己的声音：“不怎么冷，就有点儿。”

哎，不对呀，她为什么要装？她这时候应该抖得更厉害，然后眼泪汪汪地吸吸鼻子，哭唧唧地说“我好冷”才对吧？她真是太不懂得把握机会了，万一江译真的信了她不冷该怎么办？

舒甜耳边突然响起拉链拉开的声音，一转头，就看见江译正准备脱外套，立马伸手制止了他的动作，说：“不用，不用的，你脱了的话今晚肯定会感冒！而且你发烧刚好，别脱呀！”

舒甜看着江译把校服外套穿好，刚松了一口气，气还没喘完，就见他突然在她面前摊开左手，声音淡淡地说：“手给我。”

舒甜猝不及防地啊了一声。

江译没有再说话，隔着校服抓住了她的右手。

舒甜的心跳开始不受控制地加速，他……他们隔……隔着校服牵……牵手了！

下一秒，江译的手钻进舒甜的校服袖子里，很准确地抓住了她有点儿凉的手。

舒甜感受着他的手掌包裹着自己的手，温热的感觉从指尖蔓延到胳膊，沿着脖颈到脸颊。

两个人在校服袖子里很隐晦地牵手，江译做着这样的动作，脸上还是没什么表情，就那么看着她，眼睛亮晶晶的，也不说话。但舒甜觉得他很喜欢这样，因为她也是。

舞台上的音乐声很大，但舒甜感觉好像隔着一层东西，听不太真切，离她很远。

舒甜一直没有移开视线，对着江译眨了眨眼，鬼使神差地递出自己的左手，说：“这个也要，不然它会吃醋的。”

就像电影院有最佳观影区一样，看台上也是，但大部分人是在最佳观影区之外，而最上面的几排，基本上是最差观影区，又冷又远，不少人坐了不到十分钟就走了。

看台最后一排，就剩下两个人还在吹风。

舒甜看着前方的舞台，但也时不时地低头往下瞄，看两人交握在一起的手。

他们才牵手四五分钟，她现在居然完全不冷了，这也太神奇了吧？这就是爱的魔力吗？舒甜简直想冲到台上跟他们一起高歌。

舒甜的手不冷了，虽然还是比江译的手温度低，但已经能够清晰地感受到肌肤的触感。她悄悄松开江译的手，手指继续向前摸索。

江译蓦地抬头看她。

他们四目相对，但江译感觉有什么凉凉的、滑滑的东西钻进了袖口，经过手腕，又往上一点儿，到了小臂才停下，紧接着，她微凉的手包上来。

江译浑身僵住。

舒甜对着他笑了一下，说："我换个地方，你的手都被我弄凉了，不够热。"

江译："嗯。"

舒甜就觉得江译不会拒绝她——谁会拒绝自己的暗恋对象摸自己呢？不可能的。

舒甜摸了一阵，发现江译的胳膊虽然瘦，但不是皮包骨那种，摸起来很有弹性。

舒甜突然想起江译轻轻松松把她抱起来的样子。怎么着她也有八九十斤呢，也是一米六五的标准身高，他抱她，轻松得就像是拎着书包一样。

舒甜没多想，手继续往上游走，下一秒，胳膊抽走了，她的手被反握，牢牢扣在江译的掌心。

舒甜疑惑地抬头，看见江译别过脸，眼睛没看她。

江译："别闹。"声音依然淡淡的，却染上了一丝不自然。

舒甜没说话。

舞台上有旋转的照明灯，远远打来一束光，她看到江译的侧脸，只见他抿着唇，耳朵红红的。

轮到高一七班表演的时候，主持人报了幕，台下就开始有了笑声和议论声，毕竟这话剧的名字太奇葩了点儿——《白雪公主 is studying（正在学习）》。

“啊！我们班的。”舒甜激动地捏了捏江译的手，“开始了，开始了。”

舒甜现在没有那么冷了，因为之前拉两只手就得面对面，那姿势实在是不太正常，她就抽出了另一边的手，两人重新并肩而坐。

江译点头。

过了会儿，江译问：“你后来退出了？”

舒甜：“……”

舒甜心想不是你把我摁在树上不让我去演的嘛，现在还说这话，哼！

“也不算完全退出，”舒甜说，“我后来写了剧本，只是不参与他们的表演了。”

“嗯。”

背景音乐响起。

这么一会儿工夫，旁白已经交代了大概背景，舒甜转过头，伸长脖子，集中注意力看看台上。

开场的时候舞台氛围营造得很足，帷幕拉开的时候，虽然提前知道了都是廉价道具包装之后的样子，但舒甜还是真心实意地哇了一声。

场景很欧式，极大地还原了童话书内置插图的场景。一开场，先出来的是大反派皇后，她穿着一身黑裙子，头上戴的皇冠很高，手里的魔镜造型夸张，不光金灿灿的，好像还带闪灯。

皇后坐在椅子上，一边摸自己的脸一边照镜子，说的话通过话筒传到每个人的耳朵里：“魔镜啊魔镜，告诉我……”不但是人们熟悉的台词，而且表演者这欠揍的语气把握得也很到位。

皇后停顿了一下，接着道："谁是咱们国家学习最好的人？"

本来吵吵闹闹很不屑这年头儿还在用白雪公主这个题材来演话剧的人惊呆了。这是什么剧情走向？皇后说什么？谁是学习最好的人？难道你不在乎美貌了吗？

皇后问完，还没等蹲在皇后身边、脸上贴着"魔镜"字条的魔镜扮演者回答，下面就炸开了锅。

"哈哈哈，哈哈哈，谁学习最好，我的妈呀，我喝奶茶呢，珍珠直接吞下去了！"

"这是想让年级主任给他们投票吧？哈哈哈，笑死我了。"

"这个改编头回见哪，这是哪个班？"

"高一的，不是六班就是七班。"

…………

舒甜听了听前排同学们的讨论声，也忍不住笑了。

哄笑声和讨论声过去之后，魔镜答："是您哪，皇后，您美丽又聪明，是咱们国家学习最好的人！"魔镜慷慨激昂地道，"是我们全国人民学习的榜样！"

舒甜改编剧本的时候，在这个剧里想了个梗，紧贴主题，围绕着学习的。

正常背景下，双方见面的第一句话，也就是打招呼的用语，一般都是"去哪儿啊？""吃饭了吗？""最近过得咋样啊？"舒甜不，她设置了一个特别的打招呼用语。

台上，皇后跟来送水的女仆第一次见面，女仆问候皇后："早上好，请问皇后今天什么时候学习？"

"下午，"皇后回问，"你今天学习了吗？"

女仆摇摇头："没有呢。"

"哎哟我的上帝！"皇后喊道，"来人哪，赶紧带她去学习。"

…………

故事进度很快，白雪公主长大了。

既然白雪公主长大了，那皇后就不是国内学习最好的人了。这个故事里，皇后没有想要白雪公主死，她只是单纯地想让白雪公主滚出自己的国家，这样她就能继续霸占王国第一学霸的位置。

于是多年后，猎人奉命进宫见皇后，请安的第一句话是："皇后，您今天学习了吗？"

猎人领了命令驱逐白雪公主，而白雪公主自然是要让猎人生出恻隐之心的，但这次不是因为美貌，而是因为白雪公主给猎人拼好了猎人买回家十年都没能拼好的六面魔方。

这也太聪明了，公主肯定学习特别好。这么想着，猎人敬佩而感动，遂直接在国内的小树林里把白雪公主放了。

后来，白雪公主见到了七个小矮人，并跟他们打招呼："你们好哇，今天学习了吗？"

这句话第三次出场。看到这儿，同学们都快笑疯了，舒甜耳边充斥着"鹅鹅鹅"和"嘎嘎嘎"的各种奇葩笑声。

舒甜悄悄偏过头，看了眼江译，他也在笑，虽然笑容很淡，但侧脸线条都变得柔和了。

江译平时很少笑，他话少，笑点又高，现在这样的表情，不知道为什么，让舒甜生出一种隐隐的满足感。

故事继续。

后来，公主遇到了邻国王子。王子被这个全国最聪明、最会学习的女孩子深深折服，不可救药地迷恋上她，并且决定带她重回王宫，向皇后讨个公道。

最后的最后，皇后醒悟这样做是不对的，当成绩和智慧被人超越，她不应该驱逐白雪公主，而是要从自身找原因，更加努力地学习才是根本。

于是皇后与白雪公主和好，并且两人签订了《公平公正地竞争王国第一学霸条约》。此番行为在国内掀起了新一轮的学习热潮，史称"学霸革命"。

全剧终。

也不知道是剧情傻，还是表演者刻意夸张的表演，或者是时不时加上英美腔的台词——“哦，我的上帝，他居然不学习！”“我用我妈妈的眼睛发誓我要狠狠地踢那个不学习的人的屁股！”“哦，你知道吗，你再不学习就会像乔治家的狗一样笨！”等等，七班的话剧在一众才艺表演中脱颖而出，收获了目前为止最多的喝彩。

舒甜看完七班的表演，彻底没了心事，跟着众人啪啪啪鼓掌，很卖力，鼓完掌回过头，先问江译：“你还要看吗？”

“我？”江译说，“看你。”

舒甜：“……”

什么看你？这是猝不及防的情话？

舒甜还没想好自己该怎么回这句情话，可能是她的表情太过惊讶，江译重新解释了一遍：“我是说，看你要不要接着看，我无所谓。”

舒甜：“……”

哦，好吧，是她自作多情了。

“我等到现在就是想看一眼咱们班的节目，”舒甜站起来拍拍屁股上不存在的灰尘，“那我们走吧。”

江译跟着站起来。

他们从最边上的楼梯下去，一直到离开操场100多米远，还能听见音乐声和欢呼声，只是不太清晰，越来越远。

他们快到车棚的时候，舒甜拉住了想要去取车的江译，说：“江译哥哥，我们今天走回去呗！”

她主要是希望他们单独相处的时间久一点儿，骑车子嗖的一下就到家了。

舒甜都准备好了，要是江译问为什么，她就说今天突然很想散步。

但江译没问，他很干脆地点头答应了：“好。”

他们出了学校大门，操场那边晚会的乐声才完全消失，取而代之的是马路上的人声、车声。

他们走出校门口，江译走在舒甜斜后方，看了一眼她的背影。

舒甜心情好的时候，走路会踮脚，有一种跳跃感，长发披在身后，发尾也跟着跳，就像现在这样。看样子她现在很开心。

江译收回视线，笑了一下。

江译其实在闻人一那里得到最新情报，并且搜完“男扮女装”这个词的时候，心情是非常不好的。

江译之前搜的是词条，但是搜索词条的时候会有相关图片展示出来，看完词条介绍之后，他点了返回，视线不可避免地往下那么一扫，一下子就看到了图——一个男人，穿着黑丝袜，头上戴着……脸上画着……还穿着粉色……江译一下子就关了网页，差点儿把手机扔窗外去。

“男扮女装”这四个字其实不难理解，他猜也猜得到，但是看完图片后的那种冲击力，还是很让人一言难尽，而且最关键的是，舒甜居然说她喜欢，她之前说的那些，他都能去努力，那些都不算什么，但是这……

其实有那么一瞬间，江译怀疑自己是不是被耍了，但是下一秒，这个想法就被他否定了——舒甜不会，她根本不知道这是他要问的，她的室友也不知道，而耍他这种事儿，闻人一又不敢。因此，一切都指向这消息是真的。

江译觉得他长这么大，这将近20年的人生里，好像没有哪个时刻比那一刻更加挫败。

这种心情一直持续到后来见到舒甜，小姑娘一开口就要给他拉拉锁。他跟她在一起的时候，有很多事儿不刻意去想也能暂时抛到脑后，一见到她，视野里就只剩下这一个人，周围都打着一层薄薄的马赛克。因为喜欢，所以当她出现，别的都不再重要。

江译一直觉得最开始意识到自己喜欢舒甜，是刚上初中的时候，十二三岁，但现在想来，或许更早一点儿就有了征兆。

比如，看到所有来跟他示好的异性，他内心一点儿反应都没有，但看到任何好玩儿的、好吃的、好看的都想带给舒甜，想看她很开心地笑起来的样子。

或许那时候他还不能算作喜欢，因为还不成熟，但那是一种很独特的冲动。

后来他长大了点儿，但一直都觉得她太小，不过那也没关系，他可以等。

其实这漫长的几年里，中间大部分时间他跟她是分开的。初中三年学校不同，舒甜一周才回家一次，再加上他们家搬离了京园，没有接触的机会。

不过也幸亏他们是分开的状态，不然，就像高中这样经常相处，他真的不确定自己能不能忍得了那么久。

闻人一下午说，他走这条路是走不通了，不如直接去向舒甜告白；他刚才在看台上看了眼手机，《你问我答》上的那个人也回复了他，说不告诉她，她永远不知道。

江译长舒一口气。

舒甜觉得出了校门之后，江译的情绪就变得有些低落。

刚刚看节目的时候，她一直在跟他聊天儿，吐槽这个服装，谈谈那个跑调什么的，他也会回应，表情什么的也一直很正常。她在路上也试着找很多话题，他都跟看晚会时不太一样，虽然有问必答，但兴致缺缺。

舒甜不会读心术，不知道为什么他的心情突然不好了，红灯过了，再有五分钟就该到小区了，她开始绞尽脑汁地回忆最近有没有看过什么笑话，好挑着给江译讲讲让他开心开心。

还没等舒甜想出来，耳边传来一句话："问你个事儿。"

舒甜一愣。一路上，这是他第一次主动说话，而且语气听起来还挺正经。

"啊，好哇，"舒甜点点头，"你问呗。"

"你……"江译停顿了一下，继续说，"你觉得什么样的事情会影响你的学习成绩？"

舒甜："……"

舒甜咕咚咽了口口水，他这是什么意思？

舒甜太激动了，因为这短短的一个问句，偷偷深呼吸了两次，心跳勉强平稳了点儿，才开口回答。

“你这么一讲，我也无法列举，”舒甜说，“我学习成绩一直一个水平，不敢说多么拔尖，但一直很稳定。早恋什么的，肯定不会影响啊！”

早恋肯定不会影响的，你放心哥哥！舒甜在心里咆哮着补充。

舒甜这句话说完，江译就像卡壳了一样，明明之前两句话都很顺，这回半天没说话。

舒甜忍不住问道：“你问这个干吗？”说完，她就一直盯着他的侧脸。

江译没看舒甜，而是盯着前方，沉默了几秒钟后，神色有些微的挣扎，最后眨了眨眼睛，说：“没什么，我就是问问。”

舒甜：“……”

你就问问？！哼！

江译这个神奇的男人，他能用两句话把她撩拨得心花怒放，也能用一句话把她的心花给连根拔起。舒甜真想敲开他的头，掰开看看里面的构造是不是实木的！

舒甜觉得肺都要被气炸了，气到炸开连渣都不剩的那种，几乎是从牙缝里挤出来一个字：“哦。”被冷水浇下来都没有这个惨，她这怕是被北冰洋的冰块给直接捅穿了心脏，凉得透透的。

过了红绿灯之后的路比之前路上的灯光要暗，一路上不光两侧有树，旁边的楼和楼之间还有小胡同，舒甜撞见很多次小情侣在小胡同里做一些亲密又羞涩的事情。

舒甜以前最喜欢这条路，发现自己的少女心思之后，每次路过小胡同她都得脑补一番他们两个羞涩的画面。

这次什么画面都不用想了，就按照他这个速度，可能他们要拖到大学毕业，最后都互相不喜欢了也不一定能听到他的真实想法吧。

舒甜被气得头痛，怎么想都气不过，咬了一下嘴唇，直接伸手推了他一下——理所当然没推动。

江译回神，看着少女睁得大大的眼睛，有些发愣。

“我现在心情非常不好，”舒甜红润的嘴唇一开一合，清脆的声音里带着罕见的小脾气，“所以我就自己回家了，明早也是，我自己去上学，你不用等我了。”

舒甜语速很快地说完这一长串话，连个道别都没有，偏过头转身就要走。

江译从来没有经历过这种情况，大脑中警铃响起，身体行动先于大脑，下意识地伸手拉舒甜，一把把她拽回来。

舒甜转过头的一瞬间，一股力道从手腕处传来，接着被往旁边一拉，转了大概半个圈，眼前瞬间暗了几度，背后靠着硬邦邦的东西。

这好像是……她喜欢的那个让人羞涩的小胡同。

舒甜现在如愿以偿地靠在了小胡同的墙壁上，但非常不开心。

舒甜仰头看着江译，问：“你干吗？”

光线太暗，舒甜看不清江译的表情，江译也没说话。

他不说，那她说。

舒甜挑起话头：“你刚刚说到早恋。”

“嗯？”江译的声音带着疑惑。

“我们学校不是很多人早恋吗？或者说，”舒甜换了个说法，“有很多人想早恋。”

江译皱了皱眉，听不明白她想说什么：“什么意思？”

“你不知道吗？你收那么多情书不都是她们想跟你早恋吗？”多到她都快被醋淹死了。

“我是没收到过情书，”不管心里想的什么，舒甜还是面无表情地道，“但就最近几天吧，不知道为什么，突然也有不少人跟我告白。”

像是一道雷砸下来，江译那边沉默了好一会儿，他的手还放在她的手腕上，另一只手抓着她的肩膀，半天才问道："都是谁？"

舒甜开始掰着指头数，认认真真地回答问题："三班有一个，六班有两个，还有今天下午的时候路上遇到的高二学长，不知道名字的……"

舒甜的话还没说完，手正比画着，整只手突然被江译抓住，伸展不开，也没办法继续数了。

"怎么了？"舒甜的眼睛适应了黑暗，她借着外面路灯微弱的光抬头跟江译对视，"你为什么不让我数完？"

江译："……"

"不是你问我都是谁吗？我在告诉你呀！"

江译没有回答她这个问题，黑沉沉的眼睛里有光闪过，又消失沉寂。他抿了抿唇，声音有些哑："你拒绝他们了吗？"

"我拒……"舒甜差点儿脱口而出"我拒绝了呀"，硬生生给吞了回去，画风瞬间转变，"我为什么要拒绝？"

这次，又是至少长达十秒钟的沉默。黑暗中，舒甜好像听到了他呼吸加重的声音。

半晌，江译终于说了下一句："他们对你说，欣赏你吗？"

这是什么问题？告白不说这个还能说什么？

舒甜理所当然地点了点头，道："对呀，说了。"

"你不要相信他们。"江译这次回得很快。

什么叫不要相信他们？

"不信他们？"舒甜眨了眨眼，"什么意思？"

江译放在她肩膀上的手力道在缓缓加大，舒甜已经有了痛感，但她没有说话，也没有提醒他。

舒甜像是感应到了什么，心脏停跳了一下，接着开始毫无章法地狂跳。

江译的轮廓有一半还看得清，一半隐匿在黑暗里。他眨了一下眼，睫毛的阴影打在脸上，整张脸轮廓好看得惊人。

"信我。"他说。

舒甜蓦地睁大眼睛，呼吸都停住了。

下一秒，她肩膀处的力道放轻，江泽松开了她，她整个人被往前带着落入一个怀抱，怀抱里是她熟悉又喜欢闻的木香。

舒甜背后江泽的手在收紧，他们之间的缝隙越来越小，舒甜能感到他弯了点儿腰，下巴刚刚抵在她的颈窝处，就像之前他生病时抱着她的那种姿势。

“信我，”少年的声音低哑，轻得像是呢喃，“我对你的喜欢，比任何人都多。”

——你不要相信别人。

——信我。

——我对你的喜欢，比任何人都多。

舒甜提着一口气，把他说的话完整串联起来之后，不知道为什么，鼻子有点儿发酸。

舒甜的大脑跳跃着，她一下子联想到之前姚月告诉她的，闻人一说的那个兄弟喜欢她“喜欢了很多年”。她不知道这几个字是闻人一为了夸张胡编乱造的，还是怎么样，但是在这一刻，在江泽终于能把“喜欢”对她说出口的这一刻，她除了感动和狂喜，还觉得心疼。可能是他抱得太紧，像是生怕她要跑掉一样，紧得快要把她勒死，也可能是因为他的语气一点儿也不像他平时那么淡定，不像他跟闻人一、季文斌他们说话时的那种酷。现在他不光嗓子哑，连尾音都很不稳，一下子就能听出来不安。

舒甜一直都不明白江泽那些小心思，就算现在也不懂。比如，明明就是想牵手，为什么要撒谎说自己夜盲；为什么死活也不肯承认；明明就是喜欢她，为什么要让闻人一旁敲侧击地问她的理想型，然后自己还一个劲儿地往那上面靠。可能不止这些，可能还有更多被他藏起来的小秘密，她还没发现。

一直到现在，她给他出了个大难题，终于让他意识到自己往理想型上靠是靠不上去了，才逼得他问出了今晚这几个问题，也终于能够说出自己的想法。

可她还是不懂他到底在不安些什么，她觉得自己表现得足够明显了，这人到底在怕什么？

舒甜的心情起起伏伏，又开心又心疼，弄得大脑都处在短路状态，她一时间不知道该说什么。

直到江译再次出声："你生气了？"

舒甜蒙了："我生什么气？"

他不会是觉得，告个白还能把她给惹生气了吧？

"我不生气呀，我现在……"舒甜故意拖了个长腔，然后一字一顿地道，"超开心。"

舒甜保证："真的，撒谎是小狗。"

舒甜说完，因为两个人现在依然贴得很紧，她感到江译整个人都僵住了。

随后，江译放在她颈窝处的下巴撤离，整个人也从她身上移开，慢慢直起身来，重新跟她对视。

"开心？"江译的表情有些错愕，还有点儿复杂。他像是在组织语言，过了会儿才问："你，不觉得……奇怪吗？"

江译想说的本来不是奇怪。虽然最近舒甜的很多举动会让他陷入一种短暂的疑惑——她是不是对他也不是无动于衷，但这种疑惑总是一生出来就被掐死了，他觉得不可能。最关键的是，她从小到大，一直把他当哥哥，之前还被他撞见过她跟林以桉说他简直比亲哥哥还好。被一个自己当作哥哥的人告白，她不觉得奇怪，或者说厌恶、反感吗？

江译眼睛一眨不眨地观察着舒甜脸上的变化。

舒甜脸上的疑惑不是装的，她微微皱着眉，很是茫然："我要奇怪什么？"

江译莫名一愣，他想问"那你开心什么呢？"但他没有。

喜欢她这话说出口之后，他的压力并没有减轻，反而更强。告白，然后被舒甜拒绝的场景，江译幻想过没有上千次也有几百次，所以在说出口之后，每一刻都像是煎熬，每一秒都提心吊胆，生怕她突然间挣开他；生怕她说"不好意思，你这样说我很困扰"。

江译虽然满脑子都在想"万一她反感了怎么办""万一她拒绝了怎么

办”“万一她拒绝了以后不跟他来往了又怎么办”，但还是有一个声音藏在心底，很微不足道，它在说：“万一，她也欣赏你呢？”

是呀，他想，万一呢？

路上有电动车经过的声音，车灯扫过，江译看到面前的少女微微发红的脸，眼睛亮得惊人，一闪一闪地在发光。

舒甜看了他一会儿，突然笑了一下，说：“你不知道，我其实等很久了。”

江译看着她甜甜的小梨涡，轻声问：“等什么？”

“等你说……”舒甜顿了顿，突然咬了一下唇，很不好意思的样子，“就是你刚才说的话呀！”

她等很久……他刚才说的话？

江译想了想，喉咙有些干，试探着问：“我对你有好感？”

舒甜突然抬起手来，摸了一下自己的脸颊，然后又迅速放下。她抬起头，郑重其事地点头：“嗯，就这句。”

可是，她为什么等？江译的心跳开始加速，他像是突然意识到什么，但又不敢确认。

还没等江译做出什么反应，舒甜突然掏手机，说了句“你等我一下”，然后开始打字。

舒甜打完字，抬头问他：“我打字，你念出来，好不好？”

虽然这个话题跳跃得有点儿突兀，但江译很快点头，道：“好。”

舒甜举起手机，上面是备忘录的界面，写着：今天天气真好。

江译清了清嗓子，念出来：“今天天气真好。”

舒甜另起一行，打下一句：我今天很开心。

江译：“我今天很开心。”

舒甜点点头，又开始打字。她打字速度很快，没几秒又举起手机，上面写着：我今天很了不起。

江译已经习惯了这个模式，虽然不知道她要干什么，但他愿意陪她玩儿，于是继续语调平平地照着读：“我今天很了不起。”

这几句让江译放松了警惕，基本上连辨认都不需要就直接照着读。

等又过了一句无关紧要的话，舒甜打出了最后一句：你对我有好感吗？

江译看到的时候，并没有任何觉得不对的想法，直到他读出来：“你对我有好感吗？”

意识到这句话的含义，江译一下子屏住了呼吸，他刚刚问了她“你对我有好感吗？”

江译愣怔着看面前的人收起手机，舒甜像一只得逞的小狐狸，笑得眉眼弯弯，大大的眼睛里有着细碎的光，像是藏了星星。

她先前生气，用手给他数最近的追求者，而现在，她双手抬起来，慢慢环在他的腰上，抓紧他的校服，手指屈起攥成拳。她抱着他，头靠在他的胸前。

江译听到少女又轻又软的声音传到耳朵里，带着无尽的甜：“当然喜欢啦！”

“我觉得叔叔阿姨……就算将来不反对，也不会想让我们现在就在一起。”江译说，“我今晚说出来，也并不是想让你做我女朋友……我只是想让你知道。”知道他真正的想法，知道他藏了这么多年的喜欢。

舒甜点了点头，道：“我懂你的意思。”

她今晚这番旁敲侧击，也并不是想要确定什么身份，只是想知道他到底是怎样的心情，到底闻人一和姚月说得对不对，到底自己喜欢的人喜不喜欢她。

“江译。”舒甜叫他，“我们才高一，高中还剩下很多很多的时间……我希望，我们可以上同一所大学。”

“我也想。”江译抿了抿唇，“你……剩下的两年半里，不准答应别人的告白，不准喜欢别人。”

“你也是。”

“高考结束，在一起？”

“嗯。”

上天的感觉如何？江译觉得很好。他刚才整个人震惊到说不出话，还是舒甜把他拽出小胡同的。

江译看着走路重新恢复成一蹦一跳，心情明显变好的小姑娘，还是觉得这一切很魔幻。

他现在感觉自己周围的一切都蒙上了一层光晕，亮晶晶、水润润，在星空夜色下格外迷人，每样东西上都刻着一行字——舒甜喜欢江译！

江译突然明白了为什么《走近科学》《动物世界》有那么多人看，因为这个世界真是太美妙了。

他们出校门时，舒甜没有能力预料到接下来这一系列匪夷所思的发展，她给梁韵发了个消息说自己半小时后回家，然而现在她还在外面不想回去。

“现在才八点多。”舒甜看了眼手机，噼里啪啦地给梁韵发短信：我突然觉得节目挺好看的，所以今晚九点半才回家。

舒甜把手机重新放回口袋，面不改色地回头看着江译撒谎：“我之前跟我妈说九点半才会结束，我们现在在外面待会儿？”

江译看过来，秒回：“好。”

舒甜得到江译的肯定回答，想了想，说：“那我们去上次那个公园玩儿一下？”

江译觉得他的脑子大概已经不怎么会转了，也听不太清她说的是什么，很机械地点头：“好。”怎么都好，只要今晚不是幻想，不是做梦，是真实发生过的，怎样都好。

舒甜走了两步，突然停住，不懂为什么江译一直跟在她的斜后方，虽然不远但也不近。

“可我不认识路，”舒甜拽着江译的校服一角把他拉过来一点儿，“得你带路。”

江译没答话，却像是突然回过神来一样，先是垂眸看了一眼她拉着他校服的手，才又看向她的脸，问：“什么公园？”

舒甜：“……”

你这是刚告白完就开始梦游吗？

“就是，”舒甜提示道，“你上次带我去的那个公园。”

江译没说话，就那么看着舒甜。

舒甜觉得这人八成是要开始撒谎了——说自己忘了。

可是她现在是真的想去公园啊！

“你再回忆回忆，就是那个有很多假山、石头，总有老爷爷、老奶奶去散步的，有很多树、很多花的公园。”

“嗯，”江译总算给了点儿回应，“我大概记得在哪儿，走吧。”

你大概记得？呵呵。舒甜没有拆穿他，笑着点了点头。

舒甜现在很亢奋。她一直在压着，觉得自己刚刚听完他说的话之后，那绝对算是颅内高潮——思想和感情方面的高潮。

江译带着舒甜拐到了另外的方向，距离那天也没过去太久，舒甜隐约对这条路还有点儿印象。

江译现在没走在她的斜后方，而是在她身边，跟她并排。以前这样就算了，他们今晚刚刚确定彼此的心意，她喜欢他，他跟她告白了，那既然都这样了，牵个小手什么的应该没问题吧？

舒甜思维跳跃，跳得自己都无语了。他们身边是正常的空气流动，他们的步伐、速度也很正常，但舒甜就觉得哪里变了。

舒甜偷偷看了眼身侧同样沉默着的人。

江译对这里应该是熟悉到可以不看路的程度了，今晚出了小胡同之后，他好像就一直不在状态，沉浸在一个人的世界里，整个人都离线了。

尽管江译人不在状态，还发着呆，尽管这条路比刚才的光线还要暗，但他的侧脸依然好看。

舒甜仗着江译没发现，就这么一会儿瞄一眼，一会儿瞄一眼，看了一路，一直到江译一路上第一次开口：“到了。”

舒甜往正前方一看，就看到了那晚她被抱上去坐着的大石头。

“哦，”舒甜点点头，“那我们过去。”

江译嗯了一声。

大石头是放在公园侧门的，他们进了公园，经过石头的时候，舒甜还是没忍住：“那块石头，”她伸手指了一下，“就在那儿。”

江泽看了一眼，问：“怎么了？”

“没什么，就是突然想起来，”舒甜顿了顿，“坐上去特别舒服。”

江泽：“……”

除掉标志性的大块假山石，公园里的构造其实挺普通，这里老人多的原因没别的，现在年轻人的娱乐活动一般不会选在公园，但他们是例外。

舒甜提议来这里，就是觉得这个时间，这儿应该很安静，人又少，尽管空间大，但也很有二人世界的感觉。

舒甜不自觉地抬起手，摸了摸一直就没匀速跳过的左胸口，想叹气，一口气没叹完，江泽的声音从左侧传来：“我才发现。”

舒甜转头看他：“嗯？”

江泽正仰着头，看着正上方：“今天晚上，好像有很多星星。”

身材修长、高挑的少年抬着头看着星空的样子，非常迷人。舒甜看着他这个姿势，默默地在脑子里给他拍了一张美照，才吃下他的安利，也抬头看天。

舒甜瞪着一片灰蒙蒙的天空，满头都是大问号。她是瞎了吗？哪里有星星？在哪儿呢？

舒甜疑惑地跟江泽求证：“我没看到有……”还没等她说完“星星”两个字，手就被熟悉的触感包裹住，脸颊边突然一凉，湿润的、异常柔软的触感，一触即离，但留下的触感越来越热，像是带着火，迅速灼烧起来。

舒甜被江泽拉住的手心开始冒汗，心跳也越来越快。

江泽比舒甜高很多，现在他俯身在她脸旁，侧着头说：“对，没有星星。”

“不好意思，”江泽捏了一下舒甜的手，保持着这个姿势，弯唇笑了笑，眼尾狭长上翘。

第十三章

舒甜世界第一好看

这里虽然几乎是专属于老年人的小公园，但是一般老人家的散步时间也不是八九点钟，所以他们周围一个人都没有。

这么安静的时候，一点点的声音都能听得很清楚，比如风吹过的时候，树叶的沙沙声，比如呼吸声。

舒甜咽了口口水，咕咚一声。

江译刚才并没有用多大音量，轻飘飘的，语速也慢悠悠的，声音像是自带回声一样，一圈一圈地围着她的脑袋转。

舒甜本来以为江译的离线状态会持续一段时间，虽然不知道具体要多久，但看他的反应，至少今晚应该都是她主动才对。而且他之前在她心里盖的章就是一个大写的“㞞”字，就连今晚意想不到的告白其实也有一部分是她的功劳——无意间激发了醋坛子的潜能才得以完成。

刚刚，也就是几分钟前，她看着身边跟机器人一样只知道走路、不知道说话的人，还想着今晚要怎么骗他把手给牵了，很苦恼。

舒甜又激动又害羞，还莫名有点儿老母亲的欣慰感，种种感情交织，像是个快要爆炸的、会喘气的雷，又像是某种正在被蒸的食物——舒甜现在整个人都要熟了，从头到脚冒烟的那种。

舒甜僵硬地转动脖子，眼睛都忘了眨，看着江译近在咫尺的脸，他俊朗的轮廓，配上月光下泛着柔光的桃花眼，看得舒甜脸上止不住地越来越烫，心里也是小鹿乱撞，想去跟江言要点儿速效救心丸。

舒甜深呼吸，吸气、呼气，吸气、呼气，然后左手微微一动，反扣住江译的手。其实她想这么做也很久了。

江译大概是七班最能睡的人，没有之一。他们同桌一个月，舒甜每天都能近距离地看到他的睡颜。

江译的睡姿没什么特别，就是趴着，但很奇怪的一点是，不管最开始的时候他的脸是朝向墙那边还是埋在胳膊里，不管怎么折腾，最后脸一定是朝向她的。这个规律一度让舒甜很费解，他又不可能是装的——谁能每天装那么多个小时呀？

她想不通就不想了，但爱美之心，人皆有之嘛，在舒甜对竹马哥哥没有那样的心思前，她只是单纯地欣赏他的美色；在她对竹马哥哥有了那样的心思后，面对喜欢的人一张毫无死角、干干净净、随便拍拍都能让女性尖叫、令人垂涎欲滴的脸，谁能顶得住？

舒甜觉得班里除了她，怕是谁都顶不住，也就是她能仗着跟他从小一起长大，对美的抵抗力强于常人，才能抑制住自己的冲动。

舒甜是顶得住，但心里不可避免又理所当然地生出了邪念。

江译挑了一下眉，无声询问。

舒甜迎着江译疑惑的眼神，拉着他的手又攥紧了一点儿，说："你闭眼。"

江译没说话，盯着她看了三秒钟，非常听话地闭上眼睛。

舒甜看着他和平常睡着时分毫不差的模样，飞快地侧过头，蹭了一下他的脸颊，大概比刚刚江译那个速度还要快。

江译一下子睁开眼睛。他刚找回来点儿感觉，现在又傻了。

江译看着舒甜脸上晕开的粉色，又大又明亮的眼睛，喉结上下滚动，失声一样地停了一会儿，才吐出一个字：“你……”

江译话还没说完，就被舒甜打断。

舒甜抢过话头，说：“我也是。”

江译又是一蒙：“什么你也是？”

舒甜突然抿了抿唇，松开了紧握住他的手。

平时，舒甜大概到江译肩膀的高度，现在故意低着头，就刚好抵在他胸前。

隔着两层衣服，江译感受着她的肌肤传递过来的热度，似乎被灼出了痛感。

舒甜好像很不好意思，胳膊搂得很紧，声音闷闷地传来：“就……跟你一样啊！”

江译将双手抬起，一只手搭在舒甜的肩上，另一只手摸着她柔顺的长发，问：“什么跟我一样？”

“喂，你不要这么健忘好吧！”舒甜的语气有些抱怨，也带了点儿揶揄。

江译喉咙很干：“嗯，是。”

“对呀，我说我也是。”

江译：“……”

舒甜：“真巧。”

江译：“……”

他们站了不知道多久，两个人也不是没说话，但舒甜就是死活不抬头，江译觉得有些奇怪，姿势不算太熟练地摸了摸她的头发，问：“你怎么了？”

舒甜微微扭动了一下，过了几秒，她的声音扭捏又做作，还带着一点点无奈：“我就是害羞。”

江译：“……”

江译突然想起刚才在拉着她进小胡同之前，她甩开他的手说心情不好的样子跟现在截然相反。

她刚才心情不好，估计是因为他没说完的话——问她想不想早恋什么的。可是问什么早恋哪？这一听就是消极的词，不被家长、老师所允许，不如直接问恋爱。其实他就是单纯地觉得，他找错词汇了，正在想该怎么重新换个角度提起这件事儿，舒甜突然就生气了。

江译伸手把舒甜的头抬起来，问："累吗？"

舒甜感受了一下，其实她的腿刚才就开始软了，于是诚实地点点头，说："有点儿。"

江译："那找个椅子坐会儿？"

舒甜自然毫无意见。

她真的被甜到只想嘿嘿嘿地傻笑，能怎么办呢？

他们没走两步就看到了椅子，但跟公园不太搭的地方在于，这儿的休息长椅是铁质的，不像别的地方的都是木质长椅，椅子反光，看着怪怪的。

舒甜也没多想，拉着江译就过去了。

江译先坐下，舒甜挨着他也坐下了，结果屁股刚挨上去，整个人立刻弹跳起来——这是块冰吧！

舒甜跟学校里大部分女生一样，宁愿挨冻也不多穿一条裤子。校服裤就是薄薄的一层，里面还有网，根本不顶事儿，基本上就是皮肤直接坐在了冰上。

舒甜看了一眼江译。

江译盯着她，很奇怪的眼神，问："你怎么了？"

舒甜："不然我们不坐了吧。"

江译："嗯？"

舒甜想到刚才的触感，怀疑他们两个坐的根本不是同一个凳子，于是问道："你不觉得这个凳子……真的特别凉吗？"她有些不好意思，"我刚才就是被凉到了，然后……啊！"

舒甜话还没说完，突然手被江译猛地一扯，她没控制住力道，直接往江译扑去。

舒甜的胳膊刚才找支撑点的时候就搭到了江译的肩膀上，她维持着这个坐在他怀里搂着他肩膀的姿势，愣愣地看着江译勾唇笑着问她：“这样还凉吗？”

舒甜摇摇头，回道：“不凉了。”不仅不凉了，她还觉得这个椅子好舒适呀！

他们和喜欢的人互诉衷肠，但第二天一早，还是得上学。

舒甜吃了早饭，浑浑噩噩地出了门，第一眼就看到了江译，只见他背靠着墙站在楼道里，正在抬手拨头发，脖颈线拉长，低着头的样子都散发着魅力。

舒甜忍不住在心里感叹：我的竹马哥哥真帅！

舒甜被美颜治愈，心情重新亢奋起来。

江译没有戴耳机，耳朵上干干净净，舒甜开门的动静一下子吸引了他的注意。

江译转过头的时候，舒甜发现了江译的脸上有一个跟她同款的东西——黑眼圈儿。虽然颜值够高的话黑眼圈对人不会有什么影响，但皮肤白的人脸上的黑眼圈儿还是挺明显的。

他们对视的一瞬间，空气明显有一瞬的凝滞。

“那个，”舒甜先清了清嗓子，“走吧，要迟到了。”

江译没有问“你是没睡好吗”这种显而易见的问题，而是点了点头，说：“好。”

江译一晚上不是没睡好，是几乎没睡。

他先是做了个梦，梦里有很多场景，乱七八糟的，全是舒甜的脸，到后来，变成舒甜一遍遍地说“我也喜欢你”。他回家之后明明洗了冷水澡，后来只好又洗了一次。然后江译不敢再睡，怕再出现相似的情况，就直接打游戏到天亮——可能是告白成功的关系，再玩儿那个游戏的时候，很多选项他似乎一下子就无师自通了。

江译其实现在状态不怎么好，但是一见到舒甜，就像广告词里形容的运动功能饮料一样，瞬间重燃动力。

他们可能是因为实在太熟悉了，这两种身份的转变好像并没有想象中的那些尴尬，两人并肩进了电梯，不说话也不会觉得不妥。

电梯里，舒甜一直在思考一个问题。她即便熬夜，第二天也不会像他这么明显，鼻音极重，嗓子还哑，虽然听起来很是享受，毕竟低音炮那么受欢迎也不是没有道理的，但男女生刚起床的声音差别居然会这么大吗？

他们一起下了楼，舒甜本来想跟平常一样去取车，但走了两步，手腕一紧，被身后的力道拽住了。

舒甜一个字都没来得及问，就发现自己靠到这个单元楼转弯处的墙上了。

“我们……”江译好像只是把她拉到一个隐蔽的地方，并没做其他动作，而是抿了抿唇，说，“你昨晚好像说……喜欢我。”

舒甜有些无奈地动了动肩膀，说：“嗯，对，是我说的。”

“我们还说……高考结束，就在一起。”

“对，我说了。”顿了顿，舒甜忍不住问，“你失忆了吗？”

“没有，”江译被问得神色不太自然，“就是，确认一下。”

舒甜：“……”

这有什么好确认的？

舒甜不知道江译想干什么，低头看了一眼手机上的时间，头顶上江译的声音再次传来：“那我是不是，可以预支一下？”

他说话的语气舒甜没听错的话，好像带着点儿撒娇的感觉。

舒甜耳朵一麻，仰头看着他。清晨的日光偏白，他的肤色本来也很白，这个地方光影交错，这么看过去，他的脸立体又俊朗。一大清早，舒甜就被撩红了脸。

舒甜的脸很快烧起来，她试图从江译的胳膊底下逃跑，猫了一下腰，掩饰性地道："快走，要迟到了。"却没想到她一下子被重新拉了回去，顶在墙上，摁住——逃跑失败。

舒甜叹了口气，咬着唇抬头，道："你还要干吗？"

江译好像真的很困，半眯着眼。

舒甜满头问号。

舒甜看到他微微偏过头，修长、白皙的手指在右脸下颌骨附近轻轻点了点。

舒甜背靠着墙，盯着面前的人很随意的站姿，看着他异常勾人的动作，脚下像生了根一样，眼睛也忘了眨。

舒甜啊了一声，一下子想起昨天晚上自己跟他坐在看台上的时候，他本来只给她暖了一只手，然后她伸出另一只手递给他。

舒甜服了，行吧，他不光掌握了知识点，还学会举一反三了。

舒甜都怀疑江译是不是背着她偷偷去跳崖了，遇到了个精通情爱的世外高人，然后收他为徒；再不就是崖底下有个丘比特雕像，他磕了几个头得到了本秘籍，要不然为什么一夜之间他像突然打通了任督二脉一样脱胎换骨了？

舒甜心里咆哮归咆哮，看着他的动作，还有他侧过来的脸，当他视线扫过来的时候，非常没出息地脸红了。

江译好像是不太满意舒甜长时间的沉默，放下手，径直伸到她面前。

舒甜睁大眼睛，眼睁睁地看着那根修长的手指离自己越来越近，然后戳了一下她的额头。

江译的声音还是哑的："发什么呆？"

舒甜移开视线，抬手摸了摸耳朵。

江译："……"

"那你别站在那儿不动，"舒甜抬脚，用鞋尖碰了一下江译鞋子的边缘，声音小得像蚊子嗡嗡。

江译："啊！"

江译没想到这一步，既然她都吩咐了，他当即抬手撑在她身后的墙上。

江译侧过脸之后，盯着别处笑了，还不忘提醒舒甜：“好了。”

舒甜的心跳加快。

她还稍微踮了一下脚，这次就不用了，只用往前凑一下，就碰到了他近在咫尺的脸。

舒甜刚才被整得有点儿害羞，现在就想碰一下赶紧完成任务。

舒甜咬着下唇，瞪他。

江译脸上的笑容比刚刚要大得多。

舒甜现在的心情大概是羞和气都有，羞更多，那点儿气，瞪着瞪着这人的美颜也就散了。

“走了，”她又用鞋尖踢了一下他的鞋，泄愤一样，尾音却很不争气地发软，“要迟到了。”

江译嗯了一声。

舒甜说完就钻出了这个狭窄的单元楼间的缝隙，没看江译，一个人在前面走得飞快。

江译不紧不慢地跟在她身后，看着少女纤细的背影，因为走得快，长发一甩一甩的，发顶颜色有些浅，阳光在上面晕出来一个光圈。

他们走了得有十米，江译看到舒甜渐渐放慢脚步，停下来回过头，像是想朝他走过来，犹豫了一瞬，又直接站在原地跟他对视，催促道：“你快走啊，真的要迟到了。”

江译没答。

舒甜的目光清冷，她等了会儿，看他依然没有加快速度，抱怨道：“哎呀，你慢死了。”

江译只想笑。

江译以前一直有起床气，而且之前读高一的时候从来不按时到校，第一节不上课是常态。自从跟舒甜同桌之后，他们经常一起走，每天早上有了这个盼头，他的起床气就这么治好了，但清晨还是他很讨厌的一个时间段，如非必要的上学时间，他都不是很想看到清晨的太阳。

尽管是在去学校的路上，尽管他一夜没睡，尽管是清晨，但这大概是他长这么大，头一次觉得清晨的太阳也是如此美好的时刻。

他们今天出门的时间其实刚刚好，但是因为在楼下实在是太磨叽了，所以他们迟到了 15 分钟。

但运动会期间对于学生到校时间本来就管得不严，再说，他们的班主任是谁？是马东立——一个在学校论坛里被评为“我最想要的班主任”榜常居前三名的人，一个只要学生说了理由他就能给予百分之百信任，即使学生没有理由他都能帮忙找出理由来原谅的老师。

“你们俩怎么迟到了？昨天玩儿累了吧？你们俩怎么天天一起来？哦，对了，老师忘了你俩青梅竹马住对门了。赶紧，快回座位吧！”

舒甜准备好的措辞都没派上用场，马东立的自说自话就完成了，听得舒甜一愣一愣的，最后说了句“谢谢老师”就跟着江译上了看台。

他们来得太晚，只有靠上边的地方有座位，舒甜找到一个两个人挨着的空位，拽着江译的袖子坐了过去。

今天比赛的第一项是短跑，很快就要开始短跑决赛了，舒甜看见马东立站起来，挥了挥手里跟九班班主任一起买的旗子，大声说道：“同学们，同学们！静一静啊！”

班里的同学很给面子，静了下来。

“咱们班好几个同学很快就要参加决赛了，跟昨天一样，咱们赶紧每个人都写点儿小字条给他们加油，不会写的彼此多问问。”马东立停顿了一下，“咱们就算质量不行，数量也一定得行！加油！”

马东立随后冲着某个方向招了招手，弯腰不知道从哪儿拿了一纸、一把笔：“来，李卫，你最闲，今天还是你负责，去发下去。”

李卫昨天就是在班里负责收小字条的，但凡是待在看台上的同学，除了一个例外，就没有人逃得过他的催稿——那一个例外自然是江译。

他们虽然同宿舍午休了一个月，他觉得江译好像并没有传说中那么可怕，但威压还是在的，平时作为前后桌，李卫跟江译说话都是挑舒甜在的时候，原因是经他观察，江译对自己的这个妹妹真是一点儿脾气都没有，任搓任捏。

舒甜昨天不在班里，江译自己往那儿一坐，一句话也不说，气场太强大，李卫都不敢靠近，更不敢说“译哥您能帮咱们班运动健儿写个加油词儿吗？”这样的话，先不说江译的文化水平能写成啥样，李卫首先觉得这么跌份儿的事儿江译肯定是不会干的，问了也白问，别再惹人家生气。

李卫今天也不是冲着江译来的。他从下往上发，最后轮到了江译和舒甜，他叫了声“译哥”，紧接着就坐在舒甜身边的位子上跟她说话：“哎，你语文好，你可得多写点儿。”

舒甜无所谓，点了点头，道：“行啊，是不是‘金秋送爽，十里飘香，看 ××× 在起跑线上的英姿如何如何，他是七班的骄傲，是七班人的自豪，×××，第一终将属于你’？”

李卫张大了嘴，这真是信手拈来呀！

李卫太佩服了，忍不住夸道：“没错，舒甜学霸！我的天，你昨天要是在班里，咱们班的稿子也能被多选上去点儿，真牛！”

舒甜笑了笑，不客气地道：“小意思，给我吧。”

李卫给了舒甜今天的运动员名单，又给了她五张纸、一支笔，正准备下去，突然被叫住。

江译：“你等会儿。”

李卫一僵，辨认出这个声音，立马回头：“是，译哥，您有啥吩咐？”

江译坐在座位上，长腿屈着，胳膊支在舒甜的椅子上，姿势很随意。他直起身来，语气很淡地问：“你怎么不给我？”

“给你什么？”李卫试探着问，“给你……写字的纸条吗？”

江译点点头，回道：“嗯。”

舒甜都写了一行字了，闻言抬头看过去，问：“你也要写？”

江译把目光从李卫的身上移到舒甜的身上，问：“这个会在主席台读吗？”

“对，”舒甜觉得新奇，“你居然想写这个？”

江译没答，重新看向李卫。

李卫意会，立马把纸和笔递过去，结果江译接过来，拿着那张薄薄的纸，挑了挑眉，说：“你很缺纸？”

李卫：“……那您要几张？”

“再给我三张吧。”江译说。

如愿以偿得到四张纸的江译学着舒甜，回过身，在身后高一阶的台子上写起来。

舒甜觉得好玩儿，但没去偷看，接着编词。

一分钟后，舒甜一张都还没完事儿呢，身边传来一声：“写完送去哪儿？”

舒甜立刻回头，问：“你写完了？”

“嗯。”江译把笔扣上，凑过来看了一眼她的，只这一眼，舒甜觉得江译整个人都不对劲了。

“林子封，是男生。”

舒甜听着江译莫名变冷的语调，愣愣地答：“对呀！”

江译的眸子深不见底，声音里有控诉：“你给男生写这个？”

舒甜：“……”

不是，你的占有欲要这么强吗？

“没有女生参加比赛吗？”

“我看看……有是有，但我是按照人名顺序往下写的，林子封是第一个，我就……”

“换一个人。”

“嗯？”

“林子封既然是第一个，那别人也会给他写，你换一个。”

舒甜愣了好几秒，还没反应过来，反倒是江译先改了口。

他的语气没之前那么僵硬，生生软了下来：“换个女生写，好吗？”

他加了个“好吗”，句式就从命令变成了请求和商量，舒甜一下子就被说动了，正想改，江译又离得近了点儿，快贴到她的脸上了，挑眉道：“嗯？”

舒甜：“……”

你有话就好好说，嗯什么嗯？！

舒甜被嗯得头皮一麻，伸手把这打翻了醋坛子的人推开一些，当即低下头，把“林子封”换成了“杨翠翠”。

“我改了。”舒甜没看江译，低着头僵着声音说，“我就给女生写。”

“哦。”江译的声音异常满意。

紧接着，舒甜耳边又传来一声带笑的“乖”，勾得她不光耳朵，心都痒痒起来。

花了不到十分钟，舒甜写完了，回头看江译，说：“我去给李卫，你的我一起交了吧，他一会儿应该一块儿送去主席台。”

江译点点头，把字条和笔都给了舒甜。

李卫坐在马东立旁边，不知道两人在聊什么，一副哥儿俩好的样子。

舒甜边下台阶，边整理手里的字条。江译既然把字条给她，应该就是不怕她看的，再说这玩意儿本来就是送去读给全校师生听的。这么想着，舒甜没什么心理压力地翻开了江译写的那四张字条。

舒甜台阶下到一半，然后愣在台阶上。她手里细长的字条上，字迹她熟悉，潇洒地带着连笔，很好看。

第一张字条：我同桌每天都好看。

第二张字条：但她今天太好看了。

第三张字条：我同桌真是太可爱了。

第四张字条：舒甜世界第一好看。

舒甜捏着字条，脑子里都是刚刚他冷着脸面无表情地唰唰写字的样子。

他速度那么快，居然是在写这些话吗？他难道以为只要写了，主席台都不筛选，全会念出来吗？

舒甜咬着唇，又看了一遍江译写的。妈妈呀，这也太可爱了，这谁顶得住啊！

舒甜闭上眼，捂住嘴，忍着尖叫，然后仔仔细细地把小字条都收到校服口袋里，必须带回家珍藏！

舒甜把自己写的字条给了李卫，回到座位后，与江译并肩坐下，沉默了一会儿，开口：“我觉得，我们不能……”她想了想，用了一个比较隐晦的词，“太张扬。”

就比如他刚刚那种昭告天下的举动，虽然她很喜欢，但万一她没先看而是直接给了李卫，万一李卫给了马东立，两人看过，那不就暴露了嘛！

江译看过来：“嗯？”

“就是，我们不要……”舒甜凑近了点儿，手放在嘴边，轻声说，“不要太明目张胆。”

江译没料到舒甜会做这个动作，鼻端瞬间嗅到她身上的香，奶味还有花香，闻起来发甜。

江译的喉咙有点儿干，他看了眼下面的人，没一个注意这边的，直接就拉住舒甜的手捏了一下，问：“什么意思？”

舒甜看着两人交握的手，啧了一声，摇了摇他的手说道：“就是，不要你现在这样的意思呀！”

江译：“……”

“咱们不能早恋，你不是也知道嘛！”舒甜循循善诱，“你想让我们……那什么，喀，被扼杀在摇篮里吗？”

江译眉头一皱，问道：“被谁？”

“学校，王主任，还有我们爸妈呀！”舒甜说，“而且你看年级里，太多前辈的例子告诉我们，没处理好的情感萌芽下场都是很惨的。”

舒甜说完，身边的人就没了动静。

舒甜偏头看过去，江译垂着头，不知道在想什么，这么看上去有点儿失落。

舒甜看着他的反应，想想他刚刚写的那些话，突然有些心软。可她还没想好该怎么说，想不出该怎么安慰他，一些念头在脑海里飞快地过了一遍。

江译抬起头，长长的睫毛整整齐齐地排列着，十分标准的桃花眼内勾外翘，在室外颜色偏淡的眸子直勾勾地盯着舒甜，隐隐有光，像是憋了很多话。

舒甜被江译的这个眼神看得一愣。

江译突然开口，委屈地道：“那应该如何自我调节？”他的声音还没恢复清朗，鼻音很重，嗓音沙哑，语调异常低落。他的头上像是有无形的耳朵具象化般地耷拉着，整个人莫名委屈起来。

舒甜跟江译静静地对视了五秒钟，心脏在胸腔里跳得异常欢快。她深吸了一口气，忍不住用另一只空着的手摸了摸他的头发，触感极软。

“其实，”舒甜看着江译有些错愕的眼神，小声说，“也不用怎么忍。”

江译：“……什么？”

“哎呀，就是比如我们可以多一起学习呀，在教室里，就……”舒甜停顿了一下，接着说，“我们就得收敛一点儿。”

江译：“……”

“你想啊，还有其他可以一起散步的地方。”舒甜空着的那只手接着数，“然后这一片的篮球场、排球场、食堂附近的小亭子和小假山、宿舍楼那片、热水房，还有小树林……”最后几个字不受控制地脱口而出，舒甜意识到自己好像说了什么奇奇怪怪的东西，什么小树林？她想什么呢？

舒甜清了清嗓子，装作无事发生，连忙补救：“总的来说也是有很多可以交流的时候啦。”

江译一直没说话，姿势也没变，就一直看着舒甜。

江译虽然平时话也少，但总会给她点儿回应，现在这样有点儿安静过分了，舒甜伸手在他眼前晃了晃，说：“哎，听到了吗？”

江译看着舒甜亮晶晶的眼睛有些出神。他昨晚没睡，有很大一部分原因来自对舒甜的不确定——不确定她到底为什么会突然答应了。

如果她承认了这份好感，那这份好感是什么时候开始的，会维持多久，他都不知道，也不敢问。

他觉得自己像是一个被天上掉下来的宝贝砸中的人，抱着宝贝，手足无措，甚至不敢问一句为什么会选中我，因为他怕一问这个宝贝就会不见。

舒甜的提议其实是他意料之中的事儿，她学习那么好，平时那么乖，另外这种事儿本也不该明目张胆。

江译之前听她的话，觉得是他们在学校里基本上一点儿都不能有接触，原来不是，原来她在绞尽脑汁地帮他想能交流、学习的机会异常认真地数了个遍。

江译心里像是被什么暖暖的东西填满，满得快要溢出来。

舒甜觉得江译怕不是魔怔了，伸手晃了半天他也没反应。

舒甜左右转头，四周的人不是在打游戏就是在自拍，再不然就是在前面跟老马聊天儿。

舒甜干脆直接上手，用食指和拇指捏了一下江译的脸。她之前因为速度太快，再加上激动，没留下什么感受就结束了，这次一捏才发现，他的脸特别滑。

舒甜忍着想再捏一次的冲动，问他：“你发什么呆呢？”

江译回神，很快回道：“在想你刚刚说的话。”

“我说的什么话？”

“小树林。”江译说完这句话，手下的动作没停。

舒甜听了江译的话，整个人都僵了一下。

江译知道她的不自在，但还是问了一句：“哪里的小树林？”

“小树林……”舒甜咽了口唾沫，“顾名思义，小树林就是……就是一个……就是一个面积比较小的树林。”

她在说什么鬼话呀？什么面积比较小的树林？

周遭诡异地安静下来，两个人就这么对视了几秒，江译突然开始笑，虽然是无声的，但他的眼角、眉梢都弯了，笑得不是一般的开心。舒甜瞬间面红耳赤，想挣脱他的手，却甩不开。

“喂！”舒甜忍不住出声，“你别笑了！”

小树林怎么了？她这是为了谁呀！

江译还在笑，拉着舒甜的手，整个人瘫在座位上，眼睛眯起来的时候格外好看。

舒甜抵抗住美色的诱惑，咬了咬嘴唇警告他：“你再笑我就去找姚月她们了，你自己在这里待着吧！”

这句话有立竿见影的效果，江译不笑了，嘴角慢慢放下来，但也不是完全平直的，带着一点儿弧度，显得整张脸的线条很柔和。

“我没有笑话你。”他说。

舒甜盯着他的表情，因此他突然凑过来的时候一点儿防备都没有。

“我是觉得你……”他压低声音道，“很可爱。”

上午的比赛进行到一半的时候,短跑决赛开始,先是男子组,再是女子组。

轮到女子组的时候，舒甜听到广播里念了自己写的稿子，忍不住跟江译说那是她写的，骄傲之情溢于言表。

江译嗯了一声，说：“你写得好。”

舒甜美得心里冒泡。

他们俩的手一直就没松开，握在一起各种揉捏，腻得不行。

又过了一会儿，舒甜感到自己的手一紧，耳边传来江译的话，语调里满是不解：“为什么一直没读到我的？”

舒甜：“……”

这要怎么说?

“李卫全送了吗？”江译皱着眉问。

舒甜：“他肯定是全送了。”

你别冤枉他。

江译还是很不满，说：“那怎么回事儿？”

舒甜：“……”

舒甜想来想去，不知道该怎么跟他说“你的没读是因为你写的内容跟人家比赛一点儿关系都没有，人家有病才当着全校师生的面儿读你那情感抒发”。

最后，舒甜换了个说辞：“这个选稿是得挑的，不一定交了就能选上。”

舒甜想起马东立之前说的话，补充道：“你还记得老马说了吧，咱们要胜在数量上，就是说交上去的越多，被读到的机会就越大。”

江译听完舒甜的解释，沉默了一会儿，突然冒出来一句：“哦，所以是念稿子的人觉得我写得不好。”他靠在座椅靠背上，语气不善，“我没理解错吧？”

舒甜：“……”

您别一副要上去打人的架势好不好！

舒甜想赶紧把这件事儿揭过去，于是对江译说：“我们下去走走吧，我坐得有点儿腿麻了。”

江译很费解地站起来，说：“我之前就觉得，你的腿真的很容易麻。”

舒甜：“……”

“可能是缺乏锻炼，”江译一本正经地说，“你多注意。”

舒甜：“……”

舒甜对于昨晚他们互诉衷肠的保密问题，只考虑了老师和学校，对于姚月这种朋友，不告诉的话她觉得自己可能要被诅咒死。至于其他人，能发现的话就自己发现吧——她本来是这么想的，但忽略了江译的知名度。

姚月跑完100米，在终点休息了会儿，想绕着跑道内围的草地散散步，放松放松腿脚。她边走边玩儿手机，微信消息回完了，就打开了学校论坛，首页飘着一个带着【新】的帖子。

阳光有点儿刺眼，姚月也是分辨了好一会儿才看清帖子的标题。

【新】【主题】#江译有女朋友了，他亲口跟我们班男生说的。不管是想告白、告白未遂，还是正在幻想中的姐妹们，跟我一起死心吧。#

妈呀！她发现了什么？姚月路也不走了，直接站在原地打开了帖子。

1L楼主：“你们先别激动，别打我，别说我造谣。

“刚才闲得无聊，跟我们班几个男生聊天儿，有个小姐妹说居然没看到江译跑步什么的，太遗憾了，然后我们一堆人都跟着附和。毕竟江译不是打篮球特别好嘛，我觉得他跑步应该也不可能太差，虽然感觉他不像是会报名的人，但真没参加就挺遗憾的。

“我们班那群男生突然说：‘你们是不是还觉得有朝一日能跟江译多点交流啥的呀？’

“我还没来得及反驳，他下一句就来了——‘可别想了，人家有女

朋友了，长得跟天仙一样。’

“后来经过一番刨根问底的审讯，我得知，我们班那群男生想去调戏一个妹子，说是小仙女，贼好看。然后，然后江译走过来，搂着小仙女说，那是他女朋友，让他们赶紧滚。

“我……

“你们赶快接收一下这个消息，我回宿舍去洗个凉水澡。”

姚月：“……”

他们这是公开了吗？！

这个楼主没说具体时间，但是应该——她之前发现的那个大秘密肯定有超级大的作用吧！

她是第一功臣，现在他们在一起了，都官宣了，而舒甜居然不告诉她！

姚月觉得又甜又欣慰，又想尖叫又想生气。她又开始往前走，一边准备去 200 米终点等原弯弯，一边在宿舍群里发消息。

姚月：“啊啊啊……为什么刚跑完就让我看这么甜的帖子！@舒小甜 这么大的事儿你居然都没跟我们说，我很失望！”

姚月发完信息还不解气，又发了一大串问号和一大串感叹号来表达自己的震惊与不满，一共三条消息。

也不知道是巧合还是什么，姚月的耳边刚好传来三条微信提示音。

姚月循声望去，刚才没注意，就在她的斜前方，有一对男女，都穿着校服、板鞋，在操场这个同学们穿得五颜六色的大环境里显得非常惹眼。他们身高差大概是 20 厘米，正是刚刚帖子里的男、女主角。

姚月非常自觉地平行移动到两人的正后方，偷偷地跟着他们。

这个距离还算正常，因为这里本来人就多，不是来加油的就是来接运动员的各班同学。

姚月拍了拍胸口，又悄悄离近了点儿，听到舒甜熟悉的声音：“刚刚看到姚月跑了第一，真是太争气了，哈哈哈！”

江译的声音还是一如既往的冷淡：“嗯。”

“你认识姚月的吧？”舒甜说，“就是你让闻人一打听……”

“认识。”江译没等舒甜说完就打断了她。

江译认识我！还知道我的名字！姚月捂住嘴，开心地在原地蹦了一下。

姚月猛地想到原弯弯这个可怜孩子正在准备比赛，不能吃到第一手糖，连忙打开了手机摄像头，放在自己肚子上，不着痕迹地开始录像，像个狗仔一样接着跟踪。

“还散步吗？”江译问。

舒甜：“啊？你有别的事儿吗？”

舒甜问完，姚月看到江译微微侧过脸，语气满是认真地说：“去小树林吧。”

舒甜：“……”

姚月：“……”

什么小树林？他们要做什么？经过妈妈同意……呸，不是，所以他们到底为什么去小树林？

姚月现在简直眼睛都舍不得眨了。她看到舒甜看了江译一眼，立马低下头，很小的声音传来：“什么小树林？”她扭捏又造作的酸臭语气，但是姚月愿意听。

姚月人长得矮，走路又轻，身边一堆吆喝着往前走的人，这两人根本没回头看过她一眼。

姚月看到江译突然整个胳膊挂在舒甜的肩上，两人贴得特别近，他凑到舒甜耳边，看架势是在说悄悄话。

姚月没想到这一出。

前面两个人的脚步因为江译的这个动作停顿了一下，然后舒甜伸手把江译的脸给推开了点儿，用正常的音量说：“这里人太多了。”

姚月：“……”

人太多？所以他说了什么？江译你为什么要说悄悄话呀？光明正大地聊不好吗？

姚月悲愤着，手里的手机都忍不住跟着摇晃。

姚月瞪大了眼睛。

他们俩停下脚步，姚月也停下。

“我没让人看见你。”江译的声音没有压低，姚月听得清清楚楚。他笑着揉了揉被校服包住脑袋的人。

姚月：“……”

有一朵蘑菇，今天生无可恋。

舒甜感受着侧脸的濡湿，半天没反应过来。

刚刚他说什么来着？

他用了非常诱人的音调，而且特意又撒了个娇。

然后舒甜用了全身的力气拒绝了他，说人多。毕竟这里是操场，人实在是多。

然后，她的脑袋上直接飞过来一件校服。

没记错的话，这是她第二次脑袋上盖着校服。第一次是那天晚上，下雨，他用校服把她包起来挡雨，然后把她抱回了家。

鉴于这两次梦幻般的极能激发少女心的场景，舒甜觉得自己此时满心写了个大字：我爱江译的校服。

舒甜站在原地，头上蒙的校服虽然就一层布，但也能阻隔一定的噪声。

江译探头进来说了句话，又出去。

舒甜老半天都没动弹，随后没多久，舒甜面前再次出现了他放大的脸，是侧脸，这个角度衬得他的鼻梁格外高，面部轮廓非常好看。

“怎么不走了？”江译眉眼弯弯，一副心情甚好的样子，“傻了？”

舒甜眨了眨眼，努力保持平静：“你才傻了。”

“哦，”江译还是歪着头，弯着腰，看着她的脸说，“那是害羞了？”

舒甜：“……”

这人还没完没了了。他怎么这么没脸没皮呢？哪有女孩子害羞还得逼人家亲口承认的？

舒甜偷偷翻了个白眼，正好够得着，直接伸腿用鞋子踢了一下江译的小腿，说：“你闭嘴行吗？”

舒甜根本没用劲，与其说是踢，不如说是轻飘飘地碰了一下江译的腿。她的声音也没什么威慑力，软绵绵的，脸颊微红，努力睁大眼睛瞪着他的样子像只奓毛的小兔子。

江译笑了，很好说话：“行。”

舒甜：“……”

不是，你一个全校闻名的校霸，现在被人踹了，笑得这么灿烂真的合适吗？

舒甜被江译笑得心怦怦跳，咬咬牙，干脆拉下校服往下扯了扯，把自己的脸也遮住，然后她就什么也看不见了，被江译搂着往前走。

舒甜不知道过了多久，走了多远，隐约听到头顶传来一声轻笑，江译贴着她的胸腔震动，尾音带了把小钩子：“真可爱。”

姚月受到暴击之后，就没再跟上去，手里的录像也停了。“狗粮”这种东西，就算是粉头儿，一次性吃太多也会怀疑人生。

姚月转身去找原弯弯，陪她热身，等原弯弯决赛完，又走了两圈之后她们就回了班里。

她们俩在女子组决赛一个得了第一，一个得了第二，为班级加了很多分，简直是被欢呼声簇拥着坐回座位的。

姚月这一路嘴就没停过，原弯弯听完她所有的转述，看完她录的视频，沉默了好久。

“其实从开学第一天，我觍着脸想坐在江译身边未遂的时候……”原弯弯停顿了一下，回忆了一下当时的场景，“我就知道会有今天。”

“我从……”姚月也想用这个句式附和一下，结果没想明白自己是从什么时候开始怀疑的，“我……好像是第六感，就是看了那么多言情小说的第六感告诉我，这对CP站了就对了！”

原弯弯：“小仙女和校霸，绝配。”

姚月：“青梅竹马和双向暗恋，完美。”

原弯弯叹气：“柠檬树上柠檬果。”

姚月接过话：“柠檬树下你和我。”

“不过咱们俩是CP粉，”原弯弯话锋一转，“也不是纯柠檬，就算是吃柠檬糖也挺开心的。”

“对呀！我今天真是超激动，我跟你……”姚月正要跟原弯弯形容自己的心情，结果被身后一个女生夸张的“哇”声给打断了。

那个女生紧接着就是一句：“喂，你们看论坛了没？有个帖子说江译谈恋爱了。”

姚月跟原弯弯对视一眼。情感萌芽这东西，虽然她俩都希望舒甜跟江译甜甜蜜蜜的，但是毕竟是高一，应以学业为重，也不能跟大学一样。

“跟谁呀，跟谁呀？给我看看。”

“帖子没说，但我觉得肯定是舒甜，你看江译平常跟别的女生有接触吗？”

“我想说一句……我刚开学看他们俩坐一块儿的时候，就觉得他们俩好配呀！”

“不过说实话，他俩真的平时也挺暧昧的，我好几次去收作业的时候，看他们俩的氛围跟别的同桌就不太一样。”

“哎，我觉得这里描述的肯定是舒甜，肯定的，你看……”

“哪个帖子？”姚月跟原弯弯都沉默着，正津津有味地听身后的女生八卦，横插进来一道声音。女生聊起八卦来，都是激动又小心的语气，而插进来的这道声音干巴巴、硬邦邦的。

姚月回头看了一眼，恍然大悟。

薛子音好像正在涂护手霜，偏头看着八卦的那群人，见她们默不作声，又问了一句：“你们在说江译？”

“对呀，就……有一个帖子。”有一个女生回答。

薛子音的脸色瞬间沉下来，姚月看着她起身走到那群女生面前，不由分说地坐在旁边看了几眼女生的手机屏幕。

原来人的脸真的会变黑呀！姚月在心里感叹。

姚月早就听舒甜说过薛子音之前那版白雪公主的事儿，忍不住在心里默默地叫了薛子音一声“薛公主”。

最后，“薛公主”顶着包公脸站起来，留下一句“无聊”，径直下了看台。

“整天摆架子给谁看哪？”

“就是，不就是家里有钱……真把自己当千金了。”

“我听说咱们班得奖的那个话剧，本来是个烂剧本，被薛子音改得一塌糊涂，特傻白甜，最后是舒甜看不过去给全改了，才成现在这样的。”

“她那种人，做什么都不奇怪，喊，别理她了，无聊。”

姚月回过头，蘑菇头抖了抖，叫身边的人：“原小弯。”

原弯弯心领神会，比了个 OK 的手势。

“喀喀，现在呢，”姚月拖着长腔，“剧情发展到女配知道了男主和女主的爱情。”

原弯弯：“女配悲愤欲绝！”顿了顿，她接着道，“于是决定告诉老师。”

“哎哎哎，说什么呢，你别咒他俩呀！”姚月瞬间不乐意了，“你安的什么心？”

“好好好，我不说，不闹了，不闹了，”原弯弯笑了笑，突然想起来一个人，“对了，那江译的兄弟——就总缠着你问舒甜喜好的那个，他也算圆满完成任务了，这个跟屁虫是不是就能甩掉了呀？”

姚月一愣，蓦地想起自己每次在食堂偶遇闻人一的时候，男生一见她就跟她在一张桌边吃饭，问东问西，赶也赶不走。男生高高的个子，好像永远都是笑嘻嘻的，怎么都不生气，说他死皮赖脸也不为过。

原弯弯：“嗯？你发什么呆？问你话呢。”

“哦，没有，没有。”姚月回神，抬手揉了揉蘑菇头，微微噘了一下嘴，“他呀……甩掉了才好呢！”

下午的运动会都是老师的项目，马东立说自己老胳膊老腿跑不动了，没报名，七班的人也兴味索然。

四点多的时候举行了闭幕式，为期两天的大型娱乐活动正式落幕。

因为运动会是安排在国庆假期后，而且光是准备运动会和文艺晚会就浪费了整整一周，等周末过去之后，转眼就是十月中旬了。按照高中一月一考的频率，距离期中考试只有两周了。

运动会散会之后直接放假。周一的班会课上，马东立例行宣读了学校新下来的通知，然后总结了一下运动会的成绩，表扬了运动员和文艺晚会参演人员。

当然，这次文艺晚会得奖靠的就是故事题材——学习。因此，作为本剧的唯一编剧，舒甜被单独提名表扬。

表扬结束，热烈的掌声过后，马东立翻了一页他的小本本，说："接下来有两件事儿，学校说必须得好好强调。"

"第一个，谈谈早恋。"

马东立这话一出，舒甜立刻感觉全班人的视线若有若无地往她这边聚集。

舒甜单手撑着下巴，面上若无其事，课桌底下，右手悄悄挣开了某人的手。

舒甜眼睛看着前方，耳边传来一声啧，听起来声音的主人很不满。

舒甜周末两天在家补课，没出门。

结果周一这一整天，江译跟几辈子没见过她一样，整个一黏人精。

要是有不用笔的课那就更过分了，比如，上午的美术理论课，江译就连睡觉都得拉着她的手臂，舒甜就只能用左手玩儿手机。

马东立"早恋"这俩字一出，舒甜坐不住了。

舒甜听到江译那边传来撕纸的声音，没过几秒，他的手伸到她的桌子上，连带着推过来一张没有对折的纸，白色的纸上画着一个巨大的黑色问号。

舒甜："……"

舒甜忍着笑，拿过笔写字："你干吗？"

舒甜把纸传过去，没多久江译又把纸传过来，上面字迹潦草，写着：“你的手臂给我。”

这句话仿佛带着音效，舒甜自动在脑子里给他补了一副霸道总裁的口吻：“女人，手给我。”

舒甜清了清嗓子，写道：“老师说早恋呢，我不给。”

纸上的每个字都能看出他的不满。

舒甜飞快地写了一行字传过去：“那我心虚了，行吗？”

江译看完，叹了口气，把字条团成一团扔到垃圾袋里，行吧！

其实马东立说的也不是他们，这是个带着点儿警告提示的通知。

马东立说的第二件事儿是关于篮球赛的。

这次的篮球赛是个校际赛，附中跟四中比，时间是在期中考试之后，现在可以开始去校队选拔。

“对了，还有，”马东立说，“我看别的班都是半学期一换座位，按成绩排，咱们班也这么办，先试用半学期再说。”

马东立最后这句话的重量完全被前面的消息掩盖了，同学们的注意力都被篮球赛吸引了，没几个人注意这句话。但“按成绩排座位”这个信息准确地落进了江译的耳朵里，平地惊雷。

马东立说完篮球赛，班里的男生就沸腾起来，舒甜看到闻人一开始按捺不住踢江译的凳子了：“译哥，译哥！”

某人明显心情比刚才还要不好，舒甜看到他没回答，只是把身子往后一靠。

闻人一也不在意，精神抖擞地问：“译哥今年去不？去年是你伤了手不能去，今年走起呀？”

去年他的手伤了？她怎么没听说过？舒甜在心里嘀咕。

江译直起上身，冷冷地道：“不去。”

“为什么呀？”闻人一百思不得其解，压低声音道，“你去年要不是手受伤，肯定去参加了，都报了不是？”

还没等舒甜继续听，马东立骤然放大的声音打断了那边闻人一后面的话。

每次马东立大嗓门儿的时候，就是班会例行总结时间。

“……青春哪，是很美好的，但不光情感美好啊同学们，还有学习！就像舒甜的那种思想，你们看看她编的剧本，多积极、多向上！”马东立振振有词，“你们都向舒甜的这个觉悟看齐，就能学好了。”

舒甜突然被点名，吓了一跳。

马东立说完，同学们一个个投来的都是带着揶揄的目光，闻人一更是笑了出来。

舒甜默默地低下了头，心虚得很，自省今后要更以学业为重，处理好情感萌芽和相处尺度，恋爱关系在长大后再做考虑。

放学之后，他们到了校门口附近，按说该去取车子了，但上周运动会——也就是江译表白的那晚，他们就没骑，一黑一白，一大一小两辆自行车在学校直接过了个周末。

“今天还是走回家？”

“好。”

于是在舒甜的再一次建议下，车子又在学校过了一个孤独的夜晚。

舒甜拉着江译，出了学校就不怕人看了。她走路一蹦一跳的，话题跨度也很大，想到哪儿说到哪儿：“哎，我的家教姐姐超可爱，我忘记跟你说了，她比我大三岁，完全看不出来，明明看起来跟我一样大。”

舒甜顿了顿，仔细回忆了一下，接着说：“而且她个子也小，整个人就特像一个娃娃，我要是男生肯定喜欢她那样的。”

“哦，”江译的声音听起来不怎么有兴趣，“我就不。”

舒甜一时没反应过来，问：“什么你就不？”

江译带着舒甜挑人少的地方走，抽空回答：“不喜欢她那样的。”

舒甜：“……”

她懂了。

舒甜笑成了花，明知故问："那你喜欢什么样的？"

江译不说话。

舒甜拖着长腔又问了一遍。

五秒钟后，江译回道："你这样的。"

"哦。"

人逢喜事精神爽。

舒甜以前不觉得自己是话痨，但现在感觉话是真的说不完，说了一路，都没什么感觉，就已经到了小区附近。

眼看前面就是那条必经的带着爱心小胡同的路，舒甜一秒都没犹豫，拽着江译就往那个方向走去。

江译笑了一下，跟了过去。

江译的心情本来在出教室的时候不怎么好，起因是老马班会课上的最后一句话，而一路上听舒甜叽叽喳喳，看她在身边蹦蹦跳跳的样子，本来因为"按成绩排座位"带来的不愉快也散了不少。

现在天还很亮，这里算是公认的情侣恋爱地，不怎么隐蔽，也就等于是找了个安静点儿的地方说话。

"对了，"舒甜往胡同里走了两步才停下，外面的噪声小了点儿，她想起在教室里闻人一的话，"之前我听闻人一问你，你为什么不去参加篮球赛呀？"

"不想去。"

"可是你明明很喜欢打球的呀！"舒甜不解，"我看你每次体育课都去打。"

"也不是很喜欢。"江译违心地说道。

舒甜忍不住翻了个白眼："喂，篮球你明明小学就开始喜欢了吧，我都记得呢。"

半晌，江译终于说了实话。他一只手拉着她，另一只手拿着她的一缕头发把玩：“去的话，要训练。”

“啊？”舒甜张大嘴巴，“毕竟是代表学校，肯定得训练的。那就去呗。”

“不想训练，”江译的声音淡淡的，“浪费时间。”

舒甜：“……”

哥，你估计是全校最闲的人了，你怎么想的，竟然能说出这种话？当然，这是舒甜心里的想法。

江译没察觉到舒甜的表情变化，接着说：“训练估计是放学后，或者自习课，我不想去。”他挑了挑眉，表情和语气充满不屑。

下一秒，他又软下来，认认真真地盯着她，眼神幽怨地道：“我想跟你待在一起。”

舒甜：“……”

原来他是这个意思。

听完江译的话，她心里那种甜滋滋的感觉明明快要溢出来了，世界都是粉色泡泡，但还是忍不住矫情一下：“没关系的，训练也不用多长时间的呀！”

与此同时，她的心里还在想：呜呜，他这么黏人真的好可爱呀，心都化了！

舒甜记得江译打球是很厉害的，因为她初中、高中刷论坛的时候都刷到过他的迷妹发的帖子，无一例外盖起了高楼。

江译还是没妥协：“但真的耽误时间。”

“这比赛应该有啦啦队吧？我去问问有没有，”舒甜剑走偏锋，“然后你去打的时候我穿着队服给你加油！”

江译没说话，但舒甜看到他的眼睛突然亮了一下。很好，这是心动了。

舒甜又等了几秒，江译果然松了口：“也不是不能去。”

“嗯？”

“那你说你想看我打球，”江译眯了眯眼，声音慵懒地说，“我就去比。”

这还不简单？

“我想看你打球，”舒甜立即重复了一遍，“你去比赛吧！”

江译去年没去成本来挺遗憾的，听完舒甜的话，刚要点头答应，却忍不住看着面前的人笑了。

舒甜站在江译身前，突然把他往后推，一直到他的后背顶到墙上。

她脸上的梨涡浮现在唇边，笑起来很好看，大眼睛弯成月牙，亮晶晶的，红唇开合，又说了四个字：“行吗？哥哥。”“哥哥”二字被她咬得很软，黏糊糊的，带着少女独有的甜腻尾音。

江译浑身一僵，觉得哪里不太对劲。

他看了她一会儿，别开头，简单地应道：“嗯。”

舒甜也算是业余球迷，听江译答应了，顿时很开心，伸手想去搂他的脖子。

江译突然说：“我记得，那比赛女观众很多。”

舒甜：“……”

女观众？他什么意思？

“所以，到时候你别多想。”江译又说。

嗯？

舒甜正要奓毛，看见江译看向这边，仿佛预料到她的反应，对视的一瞬间，他的唇角勾了一下。这人不常笑，但笑起来的时候，桃花眼异常好看。

“我又不是去比赛，”江译突然垂下头，碰了一下舒甜的额头，笑得很妖孽，声音低而缓，“我是去打给你看的。”

第十四章
撒　娇

虽然已经是十月，但天还较长，这个点儿也依旧一片大亮。胡同有阻隔，光影打在江译的脸上，衬得他的轮廓十分立体。

舒甜被江译突如其来的靠近和话语弄得心如小鹿乱撞，或者说心惊肉跳也不为过。

她忽略了江译的话，直接回了一句：“我哪有那么容易多想？”

舒甜看着江译近在咫尺的眼睛，故作镇定地道：“我很大度，很明事理的，你不要诬蔑我。”

江译哦了一声，过了会儿，直起身来挑了挑眉：“那你把那些信甩过来的时候，到底是不是很多虑？”

从事实出发，应该是的，但舒甜不会承认。她比较介意的是那个写着北大西洋暖流不冻港情话的信，它不光被江译收下，还被他拆开看了，并且他还记住了这个知识点。他记住就算了，还记得那么牢固，张嘴就来。这么推理下去，写信的人肯定也被他记住了。

舒甜虽然现在得偿所愿，但不冻港的事儿，始终让她如鲠在喉，简直是一想起来都觉得酸。她决定以后再跟江译算账。

“不是，我没吃醋，”舒甜装作吃惊的样子，“我那时候睡觉被吵醒，很烦，就是单纯地生气而已。”她忍不住又加了一句，“你别自作多情。”

这人也是奇了怪了，之前什么都在暗地里做，踹都踹不出一个屁来，现在倒是这么放得开。

“我没有，”江译说，“我突然想到，就问问你。”

舒甜：“……”

“回家吗？”江译问。

舒甜掏出手机看了眼时间，说道：“嗯，差不多该走了。”

“不然我妈就得问我去哪儿了，我也不能总说老师拖堂，长久下去就得被发现。”舒甜补充道。

江译拉着她的手正往外走，闻言脚步顿了顿，说：“你……阿姨管你很严吗？”

“管我什么？”

“就，情感什么的。”

“将来长大了真的在一起，告诉了我妈……我也不知道她会是什么反应。”舒甜想象了一下，没想象出来。

“跟别人谈的话，我觉得我会挨揍。但跟你的话，不知道她支不支持，但是……”舒甜忍不住笑了，“至少应该不会太生气。”

江译愣了一下，问：“为什么？”

“嗯？”舒甜耸耸肩，“我妈很喜欢你呀！”

江译的声音很迟疑：“……喜欢？”

“对呀，”舒甜回忆起梁韵的标志性话语，“她现在还总讲我们小时候的事儿，小学的时候你帮我教训同桌呀、抢橡皮呀什么的，”舒甜眯了眯眼睛，“我一提你，她就夸呢。”

江译：“……”

舒甜顿了顿，忍不住开玩笑：“可能将来长大了我们真的在一起，我妈还会挺开心呢。”

江译：“……”

“高中毕业”这个词，虽然她只是随口一提，但是……至少有想过吧！江译说不上来什么心情，听到这四个字的时候，一瞬间心情变得很复杂。

他们刚刚待的胡同就在家附近，没几分钟就走到了楼下，江译一边摁密码开锁，一边拉着舒甜道：“我这边没事儿。”

“嗯？”舒甜转头，“什么？”

直到他们进了电梯，江译才回答舒甜的问题：“我爸妈……他们不管我。”

舒甜一愣。

他爸妈不管他？什么叫不管他？明明去他家的时候一切都正常啊！

不过，好像“不管我”也算是个挺普通的词，就是管得松呗。想想也是，要是管得很严，那他在外面的威名都是怎么打下来的？

舒甜看到江译好像话里有话的样子，一瞬间在脑海里浮现出各种孩子独自在家而父母不在身边的场景。

舒甜在心里默默地唾弃了自己丰富的想象力。

电梯叮的一声到了地方，他们走出电梯。

舒甜说道：“那我回去啦。”

“嗯。”江译嘴上答应，却没松开舒甜的手，还牢牢地抓着。

这儿的高级公寓一层就两户，也就是说，站在楼道里的他们，现在是被夹在两个家庭中间的。

“啊！”舒甜又挣了一下，“这里是……”

“我知道。”江译松了手，看着她激动的样子，忍不住笑了，“逗你玩儿呢。”

舒甜踹了他的裤腿一脚，说：“一点儿都不好玩儿！”

万一谁刚好出门可怎么办？难道要解释“叔叔阿姨好，我们两个在玩儿小时候玩儿的过家家”吗？

江译被踹了也不生气，松了手，还是笑。

舒甜看了江译一会儿。唉，她能怎么办呢？对着这张脸久了，也就没了脾气。

“那……”舒甜开口，拖了个长音，“我真的走啦。”

“嗯。”江译点头。

舒甜正要转身，看见江译第二次抬起的手径直向她伸来，最终堪堪停在她的脸上。

江译的手放在她的下巴两侧的软肉上，微微施力，又松开，他就这么来回捏了两次才收回手。

男生的手指修长，指腹温热，跟脸颊的肌肤触感截然不同，舒甜愣在原地。

江译突然笑起来，眉眼弯弯，说道：“明天见。”

运动会结束后，就算是期中考试也没能压下校篮球赛的热度。整整一个星期，舒甜跟姚月、原弯弯去食堂吃饭，身边都能碰到热烈讨论篮球赛的小女生。毕竟打篮球这件事儿，在她们这个年纪实在是一个很显著的加分项。

舒甜猜得没错，附中果然有校啦啦队，并且跟篮球赛一样，很有组织性。

啦啦队进队也得先报名，先是在微信上加负责人，然后点进链接填表，除了填身高、体重，还得交一张自己的照片。

舒甜在传照片的区域下方发现了一行小字：姐妹们，请勿修图修得太过，毕竟大家早晚要见面，手下留情。

舒甜觉得这上面说的每个字都在理。

当天晚上，舒甜随便挑了一张梁韵给她拍的照片传上去，第二天就收到已经通过的回复，附带着第一次集合的时间和地点。

舒甜正想打字，那边除了刚才的官话，又发来一条信息。

许瑶："妹子，我无意冒犯，就问一句，照片是你本人吗？"

这个许瑶好像是高二的学姐，微信名就叫许瑶，是这次活动的负责人。

舒甜有点儿纳闷，回复："是呀，怎么了学姐？"

许瑶秒回："没啥。"

隔了一会儿，许瑶又发来一句："你这也太漂亮了，学姐喜欢。"

舒甜正趴在床上，看到许瑶的信息一下就笑了，挑了个"谢谢老板夸奖"的表情包发过去。

啦啦队第一次集合是在周五，地点在江译他们训练的体育馆。

公用的室外篮球场在操场附近，但附中也设有校内体育馆，供训练和比赛使用，设备又新又齐全。

舒甜之前报名啦啦队的时候在宿舍群里问了一句，原弯弯没兴趣，但姚月来了。

"我好激动啊！"姚月一路上第三次说这句话，"我马上就要看到我们学校篮球队了！呜呜呜，还有高二、高三的好多美女。"

舒甜翻了个白眼，说道："你淡定点儿。"

"你不懂！"姚月控诉，"你这种每天都能名正言顺地去看江译他们训练的人，不要这么鄙视我行吗？"

"他们训练……"舒甜回忆了一下，"其实还真有点儿无聊。"

江译周一被舒甜说服，周二就去报了名。去年他本来已经过了初选，只是后来出了意外才没能上场。

也不知道是不是夸张，据闻人一说，人家看见江译的大名就给过了，不是替补，也不是需要考核的那种，直接是正式队员。

于是这几天，舒甜放了学就跟着江译去看他们训练，说是训练，最开始的几天他们更多的是在彼此协调，也没怎么真打，舒甜除了欣赏竹马哥哥的美颜就是玩儿手机。

“就是有个体育老师在指导，各种讲，我也听不清，不知道什么时候才开始实战。”舒甜很中肯地评价，“比我想象中的激战差远了，也没看到江译怎么打球，真没啥意思。”

姚月不信：“闭嘴！你是身在福中不知福。”

两人很快到了体育馆，推门进去，冷气扑面而来。

正对着门口的就是室内篮球场，旁边围着一圈儿看台，在最左侧的看台上有一群女生，都穿着校服，看样子应该是啦啦队来集合的。

“你要看的美女就在那儿了。”舒甜指了指，说。

姚月却没注意那边。

“哎哎哎，江译在看你！”姚月一眼就看到场内的江译，只见他手里拿着矿泉水瓶扔着玩儿，视线一直跟着自己身边的女生，而她仿佛是空气。

这算什么？任人群万千我的眼中只有你吗？这也太甜了吧！

姚月感慨完，抓着舒甜的胳膊摇：“哇，他是跟你有心灵感应吗？我们俩刚进门他就看过来了呀！神仙感应！我要吹爆……”

“你醒醒，神仙爱情还要等两年多。”

姚月自从知道了他俩的情况之后，尽管舒甜反复强调两人现在还不是那种关系，但她就是陷入了癫狂的状态：他们一起去接水，好甜；他们一起去超市，好甜；他们体育课一起散步，甜死。他俩只要在一个地方出现，并且看了一眼对方，就能被姚月解读出“思念深如海”的意思。

现在姚月又开始了。

舒甜这两天听太多了，太阳穴开始疼，无奈地对姚月说：“你停一停。”顿了顿，她开始转移姚月的视线，加快脚步朝看台走去，“求你了别看他了，看美女！美女在这儿呢。”

姚月跟着舒甜向看台走去，发现这群女生里的确有好看的，但看了一圈，最后还是偷偷在舒甜的耳边说：“我觉得，还是我们甜好看。”

舒甜眨眨眼，商业互吹回去：“那我觉得我们蘑菇最好看。”

过了五分钟，又来了几个人，一个高个子扎马尾的女生从座位上站起来，数了数，然后拍了拍手，道：“大家好，我是今年的啦啦队队长许瑶，你们高一的不认识我叫我学姐就行，高二的咱们都是去年就认识的，就不说了。现在大家来我这边领一下衣服，你们去二楼更衣室换一下，然后下来再讲别的。”

舒甜今天等姚月，江译就先到了。

舒甜趁着发衣服的时候所有人都没注意，往场内看了一眼，没想到正好对上江译的视线，脑子里蓦地闪过姚月刚说的“心灵感应”。这么巧的吗？你不会是一直在看我吧江译哥哥？

体育馆棚顶很高，面积很大，很宽阔，江译站在球场中间，球衣是黑白两色的，而他皮肤白，一张毫无瑕疵的脸没什么表情，手里托着个橘色篮球，远远地看过来，这场景很像各大热血篮球漫画里男主角的定格图片。

舒甜就这么傻看了几秒钟，她也没办法大喊“哥哥你真帅”，只得对着他笑了一下，接着回身去拿衣服。

许瑶发完衣服，指了指楼上，说：“更衣室在二楼，你们换好衣服就下来，咱们还是在这儿集合。”

舒甜跟在十几个女生后面，特地磨蹭了一会儿，等所有人都往上走了，她停在原地，转身，然后手放在嘴边，向江译比了个飞吻。

今天校队的男生们非常兴奋。江译一开始不知道为什么，后来想起舒甜跟他说的啦啦队要在这里集合，才明白过来这群人亢奋的缘由，虽然他不明白一个啦啦队有什么好集合的，不就是喊个“加油”嘛，弄得真跟那么回事儿一样。

今年的校队里，只有一个高三生和江译一个高一生，剩下的队员都是高二的。

江译毕竟是曾经的年级领袖人物，篮球队的男生也能闹腾，这些人江译说不上每个都认识，但至少面熟，不过记名字对他来说还是太复杂了，他直接叫号。

今天的训练才开始不到20分钟，啦啦队已经被18号队员提了五六次了。

那群女生上去之后，18号投篮也不练了，蹲在地上笑嘻嘻地说：“嘿嘿，我坐等咱们校啦啦队的小美女们出来。”

“不是，人家出来关你什么事儿啊？”7号踢了他一脚，“你算老几？”

“我乐意看美女不行啊？”18号更激动了，“你不知道咱们学校队服很好看吗？一会儿出来你等着瞧！”

“再说了，啦啦队不就是来给咱们加油的嘛，怎么着，给我加油的宝贝们我期待一下还不行了？”

没人搭理他，江译用余光看见这人慢慢地挪到自己身边。

“哎，译哥，”18号有点儿话痨，而且声音永远活力无限，跟闻人一有点儿像，但更傻，“你妹妹今天怎么没来？”

江译看了他一眼，居高临下的感觉，语气淡淡地道：“我妹妹，就在你刚才说的宝贝们里面。”

他特意强调了“宝贝”二字。

18号：“……”

18号觉得自己要是再不认错，可能就活不了了，刚准备开口，一声来自队友的惊呼夺走了他的注意力。

“今年啦啦队女生的颜值这么高的吗？”

“太好看了吧？”

“最前面的那妹子是谁呀？

他们的声音不小，江译当然也听见了。他本来还在低着头看蹲在地上的人，此时抬起头，瞬间愣住了。

刚才一队人上去，现在还是一队人下楼梯，楼梯比较窄，没人并排走，最前面下来的是舒甜。

啦啦队队服以红色为主，胸前也有白色数字，每个人不一样，上面是小背心，下面是超短裙。

舒甜本来皮肤就白，鲜红色的布料跟雪白的皮肤对比有很强的视觉冲击效果，超短裙是高腰的，但小背心很短，露出来一段腰，纤细，若隐若现，下面一双腿又长又直，白晃晃的，很惹眼。

江译呼吸一窒。

他好像从很久以前就开启了一种能力，能把周围的人都打上模糊特效，只剩下舒甜一个人，每一帧都无比清晰。

江译看见舒甜望过来，她一边下楼梯往前走，一边对他眨眼，眉眼弯弯，笑得梨涡都出来了。

江译耳边是队员们没停过的赞美声，虽然他们不光谈论舒甜，也花痴别的女生，但那一瞬间，江译心里涌起莫名的烦躁，压都压不下去。

舒甜对江译放完电就收回了视线，体育馆很大，她走了一会儿才回到许瑶站的地方。

舒甜走过去之后，还没等她说话，许瑶眼前一亮，说："啊，你是那个学妹！我的天哪！你比你传的照片好看多了呀！这可真是……"

舒甜笑着，脑子里在想自己该怎么接学姐热情的夸赞，但许瑶话说到一半，突然插过来一道男声："麻烦让一下。"

嗯？这声音怎么这么耳熟？舒甜猛地回过头。

许瑶站在看台的栏杆边，闻言，哦了一声就侧过了身，舒甜才看见被她挡住的，刚刚还在球场上与自己对视的江译正隔着栏杆看着她。

江译手里拿着件校服外套，表情有点儿意味不明。

"嗯？你……"舒甜话还没说完，许瑶已经让出了地方，江译把手放在栏杆上，一撑，整个人跨了过来，一下子到了舒甜面前。

江译的动作又快又利索，舒甜吓了一跳，身后响起女生的惊呼。

舒甜睁大眼睛，仰头看江译，问："你怎么到这边来了？"

江译没答。下一秒，众目睽睽之下，他手里的校服就到了舒甜身上——只是披在肩上，没拉拉锁，但露出来的肌肤都被遮住了。

舒甜："……"

江译做完这一系列动作，仍一言不发，随后拉着她的手腕沿着她刚才走下来的那条路原路返回，拐弯上楼，一直到二楼女更衣室的门口，他才停下。

江译回过头。

舒甜身上披着的校服因为刚才的走动而滑落了一点儿，江译看着少女漂亮的锁骨和肩线，眼神晦暗不明。

舒甜还是不明所以，这里没人，她摇了摇两人交握的手："喂，你怎……"

舒甜话还没说完，江译突然伸手把校服提了提，然后让她整个人靠在走廊的墙上。

舒甜看见江译眯了眯眼说："这个比赛，我之前不是说女观众多嘛！"

舒甜："……"

这话题跳得有点儿快了吧？

"啊，"虽然不知道他为什么提起这个，但舒甜还是点点头，"对，你是说了。"

"我忘了说，"江译突然强调，"男的比女的还多。"

舒甜："……"

那跟她有什么关系？

江译的语气十分不善："你准备穿成这样去？"

舒甜张了张嘴，辩解道："我没……"

舒甜的"有"字还没说出口，江译突然弯腰，倾身，脸离她极近。他的眸子黑沉沉的，暗潮汹涌，说的话像是从牙缝里挤出来的："不准去。"

舒甜："……"

这人是因为什么呢？是因为啦啦队的衣服太暴露，所以来给她套了校服？

舒甜伸手把江译推远了点儿，觉得他的转变有些莫名其妙："那我不是为了给你加油才报名的嘛！"

"你就在看台上给我加油。"江译立马接话，"一样的。"

舒甜抿抿唇，没说话。

江译看了她一会儿，突然把她往前拉，顺势抱住，说：“对不起。”

舒甜是真的傻了，这人今天到底怎么了？他太反常了吧？

“我刚才态度不好。”江译说。

江译解释完道歉的理由，舒甜听见他长舒一口气，声音突然低下来：“但是我是认真的。”

舒甜：“认真的什么？”

“别去了，你把衣服换了，”江译的语气像是在哄小孩，又像是在撒娇，“我不想让别人看你这么穿。”

江译的脸贴着舒甜的肩，他的头转动了一下，舒甜感到他的唇似乎擦过自己脖颈上的一小块儿皮肤，又痒又麻，随后耳边传来他带着鼻音的声音：“嗯？”

其实，舒甜在更衣室里换完衣服就一度萌生了退意。

她本来以为啦啦队负责加油喊口号什么的是最主要的，可能会上场一起做几个动作，应该不会太难。但她跟姚月换完衣服，在走廊等其他人的时候聊起这事儿，姚月从贴吧翻出来一段视频，是去年校啦啦队跳的舞，舒甜看完傻眼了，现在高中生啦啦队都这么专业吗？舞蹈这么复杂，大家学得会吗？

舒甜从小到大，梁韵一直把她当淑女来教育，乐器学了两三种，画画也有所涉猎，唯独一项接触甚少——跳舞。

舒甜不是不能学，她喜欢看，也想学好，但谁能想到平常干什么都没问题的小姑娘，看着气质也挺好，一跳舞就四肢僵硬。

舒甜小时候的舞蹈老师评价她，说她还不如个机器人跳得顺溜。她长大之后情况有所好转，但广播体操已经是她的极限，对她来说，《七彩阳光》比较简单，但《雏鹰起飞》就有些困难了。而刚才她们看的啦啦队的舞，显然跟广播体操不是一个难度等级的。

因此，舒甜本来是想等一会儿看一下许瑶要怎么教她们，跟去年一样复杂的话，那就只好退出了。但她没想到，自己还能跟江译在这种事儿上撞想法——虽然她是因为跳不了舞，而埋在她肩上的人是因为队服。

舒甜没提自己本来就有点儿想退出这事儿，现在她的脑子陷入了短暂的空白。

这人又来了，江译式尾音上挑的“嗯”，简简单单的一个字，轻轻松松要人命。舒甜每次听他说这个字，尤其是这种时候——在她耳边说，就觉得浑身像是通了电一样，毫不夸张，一瞬间腿软，尤其是这次，他还带着点儿撒娇的语气，跟以前不太一样，她的耳朵都被电酥了。

舒甜感到自己的脸已经开始泛红，深呼吸想要平复情绪，但无效。

舒甜忍不住小声抱怨：“闲得没事儿嗯什么嗯，显摆你的好嗓子吗？”

她说得很快，声音又小，江译只捕捉到几个字，于是稍微动了动，问：“你说什么？”

舒甜还没来得及答，整个人都僵住了——江译刚才那一动，他的两片嘴唇再次碰到她。湿润柔软的嘴唇擦过皮肤的触感实在太过鲜明，让人无法忽视，舒甜立刻歪了歪脖颈，离他的嘴唇远了一点儿，正想答话的时候，后脑勺被摁住，重新贴了回去。

舒甜很怕痒，浑身上下很多地方是“雷区”，一碰就要笑出声的那种。她被拉回去的瞬间，又一次碰到脖颈上那块很敏感的皮肤，一下子又有了那种酥麻里带着痒的感觉。

“哈哈哈……你别……别，离我远点儿，我痒……”舒甜立刻伸手推江译，开始在他的怀里挣扎。

江译抬起头，看着怀里莫名其妙开始笑的人，有一瞬间的出神。

其实开学之前，还有周末舒甜去他家，都有穿着短裤露着腿的时候，但她上身都是穿短袖或者随意套个外套，平时穿校服，领子什么的都板板正正的。除了小时候，连他都没见过她这么穿，所以她出现的一瞬间，他先是狠狠地惊艳了一下，随后就酸了。

江译松开搂着舒甜的胳膊。

下一秒，舒甜立刻抬起手捂住了脖子，歪着头看他，问道：“你故意的吧？”

江译愣了：“什么？”

“我脖子这边一碰就很痒，”少女的眼睛亮晶晶的，笑出来的水花格外晶莹，“你明明小时候知道的，你故意的吧？”

江译沉默了一会儿，实话实说：“没有。”

刚才他满脑子都是别的事儿，哪有心情想那么多?

舒甜分外记仇：“真没有？我记得小时候你就有好多次故意挠我痒痒来着。”

“真的。”江译的表情跟刚才不一样，带了点儿无奈。

那他应该没撒谎。

舒甜不笑了，说：“你等我缓缓。”

校服很保守，舒甜的敏感区从来不会外露，所以顶多偶尔在宿舍床上跟姚月打闹的时候会被碰到，比如，戳到肚子或腰什么的。但像这样，嘴唇碰到痒痒肉的感觉她还是第一次感受到。其实除了痒，还有点儿别的感觉，说不上来，就是奇奇怪怪的感觉。

舒甜没再继续回味，刚才笑大发了，靠在墙上喘了一会儿才恢复正常。

因为这一推一闹，搭在舒甜肩上的校服再次滑下去一半，江译的视线本来随意一扫，触及某个地方时就没再挪开。

舒甜的肩颈露出来，细腻的皮肤被红色的背心肩带衬得雪白，锁骨清晰，脖颈纤长，上衣是微微有些紧身的设计，再往下，勾勒出一道弧线。

舒甜就靠在体育馆走廊的墙上，笑意盈盈，眼中波光流转，歪着头，带着点儿俏皮看着他。

江译眼皮蓦地一跳。

舒甜撇撇嘴，说道：“你不让我穿队服，我们啦啦队的队服其实跟男生的球服还是挺像的吧，都是露肩膀、胳膊、腿，”她略有不满地道，“我都没说你，也没吃醋你被别人看。”顿了顿，她扬了扬下巴，“那你为什么不让我穿？”

因为刚才的一阵笑，她的声音比平时还要甜，尾音发腻，明明是质问的话，从她嘴里说出来却像是调情。

江译控制不住地伸出手，触碰她的脸，手指描摹她的轮廓，从额头一直到下巴，没再往下，就这么停在了尖尖的下巴上，顺势把她的脸轻轻地抬起来。

舒甜仰着头，因为他的动作而愣住，睁大眼睛看他。

江译突然开口："因为你不一样。"

舒甜疑惑地道："我怎么不一样？我不是刚刚说了嘛，咱们都是露胳膊、露腿的，很像啊！"

"不像。"江译立刻反驳。

舒甜："……"

这么幼稚的问题还结束不了了是吧？非得量量我们谁露出来的多？

舒甜啧了一声，道："那你说呀，怎么就不像了？"

江译跟她对视，眼神很认真，语气也一本正经："你更好看。"

舒甜："……"

对于某人"你比我好看"这个理由，舒甜觉得自己受之有愧，也忍不住在心里吐槽：你是不是都不照镜子？你刚才往那儿一站知道啦啦队多少女生偷瞄你吗？

舒甜最后还是决定把衣服换了，当然，不是因为"你好看"这个理由，毕竟江译撒了娇，又给出了合情合理的解释，那不参加就不参加吧，而且她跳不了舞，比起跟啦啦队的人练完了被笑话再退，还不如现在就走。

舒甜进了更衣室换下衣服，重新穿着校服出来的时候，江译就等在外面，抬头看到她的瞬间，心情很好地笑了。

江译穿着球服，本来是冰山校草既视感，这么一笑，瞬间成了运动系——很像那款恋爱游戏里面那位运动系校草的建模。

舒甜走过去，觉得这人真是幼稚，瞥他一眼，说："我换完你就开心了？"

江译没有回答。

舒甜本来就是想揶揄他一句，没想要什么回复，因此对江译的沉默没太理会。

等到她抱着队服，被他的胳膊搂着，两人下楼的时候，她听到身侧传来他的声音：“我不是开心。”

舒甜转过头，没反应过来：“啊？”

“我其实也喜欢你穿那身队服。”

舒甜：“……”

“之前不是说了嘛，”江译迎上她的目光，搂紧她的肩膀，很坦诚地说，“我只是不想让别人看。”

舒甜：“……”

他们没再说话，一直下到最后一级台阶，舒甜终于忍不住笑出声，她也不知道自己为什么笑，就是突然觉得从刚才到现在，他闹的这一出很幼稚、很可笑，当然，还有点儿可爱，就一点点。

舒甜再次抬头，道：“那你去训练吧，我跟那个负责的学姐说一声。”

“不用，”江译刚才扫了一眼球场，那边还没开始打球，“现在那些我不用参与。今天周五，八点多才解散，我送你出校门。”

八点多，舒甜想了想，找不到什么理由回家那么晚，就点点头，说：“好，那我去把衣服还了。”

舒甜离之前那些人越近，周围就越安静。

刚才她被江译拽走的时候，这群小姐妹目睹了全程，一群穿着火红队服的姑娘本来在说着什么，此时集体静音。

舒甜本来有些尴尬的，但看江译一副稀松平常的样子，也就没刚才那么在意了。

舒甜早在喜欢上江译，后来两人互相表白的时候就知道，尽管他们不会把恋情放在明面上，但自己也得有跟校园风云人物谈恋爱的觉悟。他那么引人注目，她又有什么办法呢？

舒甜默默地走到许瑶身边，小声道：“学姐，不好意思，我之前不知道咱们要跳的舞蹈那么……”

“没事儿的学妹，”许瑶却突然打断她的话，“刚才你同学跟我说了，你走了也没事儿，反正我们人数本来就多，要再筛一批的。”

舒甜纳闷地道：“我同学？”

“对呀，”许瑶接过舒甜手里换下来的队服，往她身后一指，“就那个小姑娘。”

舒甜回过头，一下子看到了姚月又大又圆的眼睛。

哦，对，她差点儿忘了这朵蘑菇。

“那……”舒甜不知道该说什么，看着许瑶在她和江译之间瞄来瞄去，眼神暧昧，尴尬地笑了两声，“那我先走啦，麻烦学姐了哈。”

“没事儿！”

舒甜走之前，摸了把姚月的蘑菇头，说：“姚小月，你加油。”

姚月猛点头：“好的！”

姚月看着面前的两个人，忍住了想拿出手机狂拍的欲望，冲着舒甜摆手，却没想到一直沉默不语的江译突然看向她。他眼神淡淡的，不带感情地说了句：“加油。”然后他搂着舒甜走了。

姚月：“……”

刚才舒甜先说了加油，然后江译又说了一遍，呜呜呜，她会粉他俩一辈子的！

事实证明，跟校园风云人物谈恋爱的舒甜觉悟还是不够高。她本来觉得退了啦啦队之后这事儿就过去了，但没想到，那天回家之后一搜论坛，首页就出现了啦啦队事件的帖子。

【#震惊！参加了个啦啦队，我见到江译女朋友本人了！我还偷拍了图片！#】

【#江译上演现实版霸道总裁呀这是！我也想被这么霸道，呜呜呜呜呜#】

【#没想到加入了个校啦啦队，认识了个发洗脑包的CP粉头……然后我现在从江译的迷妹变成了一天女孩#】

…………

看着这些帖子，舒甜满头问号，谁能来告诉她，“一天女孩”到底是个什么鬼？

江译这人要是放在娱乐圈，那简直妥妥的热搜体质，肯定一有个风吹草动就得飘到首页。这算什么？校园顶级流量？

舒甜这个周末除了补课，就是刷论坛了，刷得她简直叹为观止。

午休的工夫，姚月去啦啦队练舞了，所以这个“发洗脑包的 CP 粉头”舒甜还没来得及好好教训。

舒甜翻了翻收藏的那些讲自己的帖子，下一秒，手就被某人抓住了。舒甜对对方翻了个白眼，趴在课桌上，长叹一口气。

周一最后一节课照例是班会课。

这次班会课的主题都是围绕着学习的，毕竟还有不到一周就期中考试了，其他的都得往后放。

马东立依然准点儿放学。他看着下面欢呼着收拾书包的学生，夹着小本子拿着水杯就出了教室，往办公室的方向没走两步呢，耳边传来一个女声：“老师！”

马东立回头，见到来人，和颜悦色地道：“哦，小薛呀，有啥事儿找老师？”

薛子音当班干部这么久，还是没能习惯马东立对每个班干部叫“小”加上姓氏的这个习惯，听到“小薛”，还是愣了一下。不过她很快就反应过来：“啊，是，我有点儿事儿想跟您说。”

“行，”马东立笑眯眯地说，“那来我办公室吧。”

马东立一开始以为，这姑娘八成是学习压力大之类的，需要他开导开导，没想到不是。

马东立听完这姑娘说了两句比较含蓄的话，看着她掏出来套着粉红手机套的手机，戳了两下，放到他面前：“老师，这些就是我说的，里面还有照片什么的，您看看。”

马东立嗯了一声。他虽然年纪大了，但也知道附中有这么个论坛。他看了半天标题，发现上面说的话颠三倒四的，看不太懂，就随便点进去一个。里面有张照片，一男一女，女生穿着校服，长头发，男生穿着球衣，背后一个大大的阿拉伯数字“1”。照片照的是背影，男生一只手搂着女生，姿势亲密，画面看着莫名和谐。

照片里毕竟是自己的学生，马东立看得出来那是江译和舒甜。

马东立看完照片，又往下翻了翻，虽然很多词让他莫名其妙，但身为语文老师，其中的意思他猜也能猜出来。

马东立翻了三五分钟，没看到底，就把手机还给了薛子音。

“老师，您上周不是说……早恋的事儿嘛……”马东立的眼神慈祥又通透，被这样的眼神看着，薛子音有点儿尴尬，“然后我刷论坛的时候，总看到他俩……就拿来给您看看。”

马东立点点头：“老师明白你的意思。”

薛子音：“……”

薛子音收回手机。

马东立示意她坐在旁边的小板凳上，随后，缓缓地道：“我刚接这个班的时候，有老师跟我说，江译这个学生很不好搞，整天惹是生非，所以我本来做足了准备，”说着，他指了指自己办公桌上的书立，“你看这些书就是我特地买的，结果一本也没用上。”

薛子音看着他桌上放着的《孩子叛逆不是孩子的错》《好妈妈胜过好老师》，顿时无语。

“开学一个多星期，我就观察到他跟舒甜好像走得很近。”马东立接着说，“毕竟这个年纪，他俩长得这么好，又是同桌，老师就有些怀疑他俩的关系。所以上次咱们去野营，我就问了问舒甜。这一问我才知道，他们俩从小一起长大的。哎呀！”马东立一拍大腿，“原来是青梅竹马。”

薛子音吓了一跳，随后再看马东立，老头儿明显陷入了一种回忆的状态，笑得一脸皱纹：“啧啧啧，小薛，你可能不懂这种感情。”

薛子音：“……”

“我跟我老婆，也就是你们师母，我俩就是青梅竹马，学生时代那流言蜚语就没停过，”马东立情绪激动了点儿，“我俩大学才确立关系，高中明明没谈恋爱，当时的班主任比较传统就真认为我俩谈了，那我能怎么办？”

薛子音：“……”

“我看刚才那张照片也就是搭搭肩膀，也没越界呀，但是不了解内情的人，就会觉得他俩确立是恋爱关系，对吧？”

薛子音：“……”

薛子音已经绝望了。

“小薛呀，谢谢你过来告诉老师这些消息，但是匿名论坛这些东西终归是大家聊八卦说着玩儿，看看就行了，别人云亦云的，啊。”

“你放心吧，老师是过来人了，老师有直觉，”马东立抬起手，一脸笃定，“他俩能相互上进。”

薛子音：“……”

十月份的校园活动全部告一段落之后，接下去的半个月，基本上每个老师上课前的话都是——“来，同学们，咱们今天也是为期中考试做准备，翻开课本第 ×× 页，考点……”

明明月考过后，也算是玩儿了整整半个月的时间，但舒甜总有种错觉，好像刚考完月考，还没等放松就又进入了备考阶段。

这两周，江译发生了翻天覆地的变化——以前把上课铃当成熄灯铃，打铃十分钟后准时进入梦乡的江译，现在突然间戒掉了睡觉的习惯，上课聚精会神地听课不说，课间除了上厕所、打水、对舒甜动手动脚，又开始了问问题——有关学习的问题。

舒甜记得月考之前，江译也有过一星期这样的日子，但那时候的目的现在看来一目了然，一是为了展示他爱学习，二是为了不让别的男生课间来占用她的时间。所以，当时他问的问题五花八门，简单来说就是在作秀，而她那时候居然也陪着他作。但现在不一样了，现在明显可以看出来，这是一个学渣真心求学的表现。

课间，舒甜陪姚月上了个厕所回来，喝了口水，戳了戳翻数学书的同桌，问：“你刚刚问我哪道题？”

“这个。”江译用笔尖点了一下。

“哦，”舒甜快速看了一遍题，“因为这个函数在（0，+∞）上是增函数，且……”她停顿了一下，眼睛一斜，“你干吗？”

某人一只手放在课桌上，另一只手不知道什么时候爬到她的后背，放着不动，还一脸淡定地道：“没干吗。”

舒甜：“……”

这人真是越来越明目张胆了。

舒甜感受了一下背上的热度，瞪了他一眼她的意思是你能不能收敛点儿。

江译的手没拿开，他勾起唇角，黑色的眼眸里没有丝毫不安，笑得漫不经心又有点儿坏。

舒甜被江译弄得特别不自在，瞪着他，越瞪越觉得自己的脸在一点点升温。他们明明互相表白有段日子了，但不知道为什么，她就是无法对他产生免疫，脸红心跳这些她自己都见怪不怪了。

他们就这么僵持了几秒钟，一直到某人抬手，摸了一下她的头发，又揉了揉，说：“讲题了，乖。”

舒甜：“……”

他可真是学习、撩拨两不误。

秉着一直以来的学习习惯，舒甜除了上课的时候认真听课，课下也就是完成作业，再有就是鹿园园——梁韵帮她找的家教姐姐——给她补习数学。

舒甜除了数学是弱项，别的都均衡发展。鹿园园刚好是C大数学系的，高考成绩高得吓人，而且这个姐姐跟想象中的家教一点儿也不一样，她有个完全跟“数学”不沾边儿的萌妹子外表，说话声音又轻又软，讲得还特别好。

鹿园园本来是周末才来，但期中考试情况特殊，因此考前一周每晚都来帮舒甜补习。

“姐姐，”当晚回家之后，舒甜咬着笔杆，歪着头问鹿园园，“你说，小学、初中没怎么学习，高一才开始学习的话……有希望吗？”

鹿园园一愣，问道：“什么叫有希望？”

“嗯……”舒甜想了想，“大概就是从班级倒数变成正数的希望。”

闻言，鹿园园眨了眨眼睛，一下子懂了，笑得有点儿暧昧：“哦，你要让你那个哥哥学习呀？”

鹿园园长得可爱，性格又好，舒甜就愿意在休息的时候跟她闲聊，自然会聊到江译。

不过毕竟家教也算半个老师，老师、家长得瞒着，跟江译谈恋爱的事儿舒甜没说，只说了自己有个竹马哥哥，不爱学习，但很帅，对她很好。

“不是不是，”舒甜立即解释，“就是他最近突然上课不睡觉了，还会拉着我问问题，问的也居然都在点儿上……感觉像是真的想好好学习，我才想问的。”舒甜咬了咬嘴唇，“所以姐姐你觉得有可能吗？”

“哦，当然有可能啦。”鹿园园眨了眨眼，“我高中的时候基本一直是我们班第一，但有个人高一、高二成绩平平，高三才开始发奋学习，结果最后，我正常发挥，那个人高考成绩比我还高好几分呢。”

舒甜：“……”

“你看高三努力的人都有这样的结果，所以高一开始肯定不晚。”顿了顿，鹿园园接着说，“而且初中的知识跟高中的知识联系也不是特别紧密，好好学，肯定可以的。”

舒甜听了之后，心情立刻好了，笑着点了点头，说：“谢谢姐姐，嘻嘻。”

鹿园园也被舒甜逗笑，说：“我实话实说，谢我干什么呀？”

过了几分钟，房间里安静了一会儿，舒甜又忍不住跟鹿园园说话：“姐姐你别笑话我。”

鹿园园转头：“嗯？”

“啊，就是，问这个还有一个原因……”舒甜慢吞吞地说，“我觉得，他成绩好了之后，我们就能上同一所大学了……”然后他们继续相亲相爱。舒甜把这句话咽到了肚子里。

其实这事儿她也想了好久了，就是没找到机会问江译，而且有时候会觉得，是不是现在想这些有点儿早，毕竟还有三年的时间。

舒甜看到鹿园园的神情变了变，惊讶显而易见。

舒甜觉得有点儿不自在的时候，鹿园园建议道：“那很好呀，你要不要让他一起来补习？你做题的时候，我就可以给他讲。”

舒甜摆摆手，说：“姐姐，这个先不用。”

“为什么？”鹿园园不解，“你不是说他住在你对门？你们家里也是认识的，对吧？”

“认识是认识啦，”舒甜笑道，“没事儿啊姐姐，他跟我不一样，他基础差，我教就行。”

顿了顿，舒甜想了一下江译问自己的问题，没有为他说话，反而非常诚实：“他的水平，暂时你可能还指点不了。”

鹿园园：“……”

江译的好学还在持续着，舒甜听了鹿园园的鼓励，觉得自己今天教得简直更来劲了。

七班留校上自习的学生跟走读生的比例大概是一半一半，放学的时候，最后一节课的老师一走，教室里立马就炸开了锅。

“哎，”一片吵闹声中，舒甜收拾完书包，戳了戳身边看手机的人，“我今天跟林以桉出去一趟，明天再去看你训练吧。”

江译抬头，看了她一会儿，问道：“你们去哪儿？”

“就学校附近的……”舒甜也没想好去哪儿，随口说，“应该是奶茶店吧。”

江译没说话。

舒甜站起来，书包背在背上，看着他的表情，弯腰歪着头凑近他，逗趣道：“怎么样，准奏吗？”

“几点回家？”

“喝杯奶茶就走了。”

“我送你。”

“不用的。”舒甜解释，“我们俩喝完就走了，天都不会黑，我自己走回家就行。”

舒甜说完，看到江译终于点了点他那高贵的头颅：“别太晚。”

啧啧啧，你看看你，这么优柔寡断、问东问西，简直像个姑娘！你管得可真宽！舒甜忍不住在心里吐槽。但她被管得很幸福，并乐在其中。

“哦——”舒甜拖着长腔，“知——道——了——”

舒甜的声音刻意拉长的时候，带了点儿滑稽的感觉，江译忍不住笑了。

两人并肩出了教室，但往相反的方向走。

舒甜去了九班，还没到地方，就看见背着书包的林以桉从后门走出来。

她们最近一个月都没怎么联系，尽管在一个楼层，但是连上厕所都没遇到几次。

初中那会儿，她们俩假期的时候也是这种状态，几个星期打个电话，开学了照样好，不管多久不见，都不会觉得尴尬，更不会冷场。舒甜初中三年虽然就交了这么一个朋友，但觉得特别知足。

林以桉威名在外，可能没见过她的人都觉得她得是一米七几的女汉子，但她不光长得软萌，人也真没那么高。

舒甜笑嘻嘻地走过去，一把挽过林以桉的胳膊，说：“林小桉，想我没？”

林以桉白了她一眼，没说话。

“呀，这么长时间没见了，对我这么冷淡？”

“不然呢？”林以桉的声音很好听，就是说的话截然相反，“你还想让我扑上来抱你？被江译看见了，是不是还想让我跟他打一架？”

舒甜：“……”

天地良心，快来个人把这女人收了吧！她这舌头上是不是有鹤顶红啊，说话这么呛？

林以桉提到了打架，舒甜就顺着她的话往下说：“我之前看过有人好奇，讨论你能不能打过江译。”

林以桉：“……”

“其实我也有点儿好奇，毕竟你们俩的传闻都那么夸张，而且据说你一打多打男生也赢了，”舒甜顿了顿，“所以你觉得你俩谁能赢？”

林以桉咬了咬牙，说：“你无不无聊？”

舒甜无辜地道：“我怎么了？好奇一下嘛！”

“打不过，满意了吗？”

舒甜瞬间笑开：“满意，满意！”她拍拍林以桉的肩膀，“林同学，勇于承认自己的弱点也是非常棒的！”

林以桉：“……”

我一女生打不过男生那不是正常嘛，你还挺高兴。

她们出了校门到了奶茶店，因为时间还早，空座很多，两人点完单选了个靠窗的座位。

舒甜搅了搅杯子里的珍珠，想起另一件事儿：“对了，你为什么这个月都没上体育课？”

林以桉动作一顿。

“自从刚开学跟你上了两节课，你就没再来了，怎么回事儿啊？”舒甜回忆了一下，吸了一口奶茶，咽下去，“话说，江言哥是身体原因，特殊情况不上就算了，可是你为什么也不上了？而且你俩还同桌……”舒甜眯起眼睛，“你是不是跟江言哥在教室里……”

舒甜话还没说完，就被对面的人打断了：“不是。”

林以桉很少撒谎，但此时她的嘴快过大脑，撒了谎：“上体育课……还不如睡觉。”

哦，原来是这个理由。舒甜觉得怀疑林以桉喜欢江言的自己像个傻瓜，原来她只是爱睡觉。舒甜参考江译，其实也不难理解，可能爱睡觉是爱打架的人的通病。

鉴于之前只是在微信上告诉了林以桉她和江译互相告白了，很多事儿没细说，接下来的时间，舒甜就一直在给林以桉讲自己的告白之夜。

这样的大型撒“狗粮”现场，假如是姚月的话，肯定是全程尖叫并且捧场的，但林以桉是左耳进右耳出，她挺长时间没逛论坛了，一边敷衍着舒甜一边点了进去。

论坛一页能放下 12 个帖子，首页有三个帖子跟江译有关，林以桉看了几个，忍不住问了一句：“你们俩这么高调，你们班主任知道吗？”

“啊？”舒甜愣了一下，想了想马东立最近好像也没有找他们的迹象，摇了摇头，“应该不知道呢。”

“哦，行。”

林以桉看完第三个帖子，锁了手机：“你之前指导的小学生，怎么样了？”

“什么小学……”舒甜猛地想起来，“哦，那个小男生啊！我自从和江译定下来之后就比较忙，”舒甜突然有些心虚，“也得有半个月没登录那个软件了。”

舒甜跟林以桉道别，回家后的第一件事儿就是登上《你问我答》准备“慰问”一下那个得不到爱情的小男生，结果刚一登录就发现有一堆未读消息，来自同一个人。

gosk08：“喂，在不在？我有进展了。”

gosk08：“她答应我了。”

gosk08：“！”

他成功了？

舒甜连忙返回去看日期。

这日子……这日子她化成灰都记得呀，这不是她跟江译在一起的那晚吗？

怎么回事儿？这种大日子，居然能这么巧撞上？

舒甜看完时间，又往下翻了翻他的留言，接下来的是一连串表达了自己喜悦之情的话，感叹号多得十分扎眼。

联想到这个男生平时的说话风格，舒甜看得满头黑线。

按照当时的时间来看，过了大概十分钟，对面的人稍微平静了一些。

gosk08：[红包]–[恭喜发财 大吉大利]

gosk08：你教我的那些也不知道到底有没有用，而且我现在给那个游戏充了得有几千块钱了，具体我也不记得了……总之，收了吧。

gosk08：“你不是也喜欢了谁嘛，如果需要，我可以传授你经验。”

舒甜：“……”

你可省省吧！

舒甜试着领了一下红包——这款软件里的红包不是现金，而是金币，可以后台兑换的那种——过期了，领不了。

舒甜啧了一声，不能领他倒贴的份子钱，有点儿可惜。

舒甜又看了两遍他最后那几句话。唉，这人哪，果然不得了了，居然还说什么“你教我的那些也不知道有没有用”，那还用说，当然是有用的了！游戏什么的不提，她最后那一针催化剂打得也很关键好吗！

不行，她不压一压，他的尾巴要上天了。

舒甜本来想打“你居然质疑我，要不是姐姐帮你，你的感情肯定得长跑个十年八年的”。想了想，删了，重新打：“姐姐怎么可能被你落下，不瞒你说，就在你的前一天，姐姐也脱单了。”

舒甜看着那个“在你的前一天”，一股自豪之情油然而生，忍不住嘚瑟：“红包过期了，你也不用再发了，帮了你一场就当行善积德了。”

舒甜打字飞快，接着好心告诫对方：“你以为谈恋爱就是终点了吗？恋爱过程中也会有很多小问题的，我觉得，你应该还是需要姐姐分享经验。”

送佛送到西，帮人帮到底，她真是个好网友。

对方一直没回消息。

好网友舒甜吃完晚饭回到房间，收到了江译的消息，他们甜言蜜语说了一通后，舒甜准备打游戏的时候终于收到了“小男生”的回复，还是三条信息。

gosk08：“我们现在特别甜蜜。”

gosk08：“感情方面没有任何问题需要你指导。”

gosk08：“你不要诅咒我。”

舒甜：“……”

周三，期中考试前夕，学校下发例行体检的通知。

高中这种氛围，尤其是考前的紧张备考阶段，一点儿小事儿都能被学生们无限放大，一节音乐课被占用都能引起公愤。

七班上午最后一节刚好是语文课，下了课，马东立没立刻放学。“咱们每年一次的体检，下午第一节课轮到咱们班，”他说，“体检分两天，今天外科，明天内科，一个班一节课时间就差不多了，咱们班是下午第一节课去，都别迟到。”

下午第一节课是物理，被体检冲掉的居然是物理课而不是美术课，七班人好一阵吆喝，马东立在一片“马导万岁”的欢呼声中笑眯眯地走了。

舒甜下午到教室时，江译已经坐在里面了，跟平常一样靠在墙上玩儿手机。

舒甜坐下的时候，用膝盖碰了碰他的膝盖，等江译看过来，问道：“待会儿体检，要一起吗？”

“我看上午去体检的班级，”江译把手机锁屏，“男女是分开排队的。”

舒甜有点儿失望：“哦。”

舒甜正准备收回视线，放在课桌上的手突然被抓住。她立即又看回去，心脏猛地一跳。

江译的发型有点儿乱，眼皮没完全睁开，没怎么睡醒的样子，懒洋洋地靠着墙，看着她笑，笑得有点儿痞。

“不能跟我一块儿……”他可能是刚起床不久，语调也是拖着的，“这么失望啊！”

舒甜一瞬间反应过来，他又来了！

舒甜不要上当！你怎么回事儿？说好的你要占主导地位呢？说好的不要他一撩就跟着跑呢？你的意志力呢？舒甜内心咆哮着，一下子把自己的手拿出来，故作镇定地道：“谁失望了？”她想了想，感觉力度不够，又加了一句，“我就是礼貌性地问问你要不要一起走而已。”

这是要奓毛了。

江译挑了一下眉，张了张嘴，想说什么还没说出口，预备铃打响，把他的话打断。

马东立踩着铃声进教室。

十秒的铃声过后，老头儿拿教杆敲了敲讲台：“该去排队了，一会儿大家说话小点儿声，别的班还在上课。现在，男生一队、女生一队，出发。”说完，他背着手率先出了教室。

舒甜也立刻站起来，走到第一排拽起姚月，在外面等原弯弯。

舒甜巴不得赶紧走。江译简直了，他们谈恋爱还不到一个月，这人的变化简直令人瞠目结舌。

其实想想，这些也不是没有兆头。

之前那些“恋爱之后放不开手脚怎么办”之类的都是什么鬼担心。

对此，舒甜喜忧参半。喜的当然是男朋友无师自通能把自己撩得面红耳赤简直不要太幸福；忧的是一被撩就没出息开始大脑短路的她该怎么撩回去。

排队的时候，说是男生一队、女生一队，其实就是关系好的走在一起。舒甜跟姚月、原弯弯挨着，江译跟班里靠后的那群男生一块儿走。

半路上，姚月突然神神秘秘地压低声音说：“我听说，今天好像要测胸围。”

“肯定得测呀，我记得初中的时候也量过。”原弯弯不怎么在意，“反正就一个数字呗，有啥的？”

“你胸大你当然觉得无所谓了。”姚月看了一眼原弯弯的胸，翻了个白眼，“哼，像我们胸小的人就会自尊心受挫。”

这次体检居然还要量胸围？

舒甜插了一句：“我初中没量过，胸围是怎么量的？”

原弯弯：“就是用尺子在你胸上围一下，很快的，几秒钟，别担心。”

测胸围不用脱衣服，那还行。

“哎，不对呀姚小月，”原弯弯说，“你别冤枉我们舒甜，她的胸才不小呢，人家，”她压低了点儿声音，“料可足着呢！”

舒甜：“……”

姚月：“……”

原弯弯：“啊，你们俩别打我！哎，我说实话怎么了呀？”

体检在实验楼，分三块儿，在三个挨着的阶梯教室进行，测视力测色盲，测口腔耳鼻喉，最后测身高和体重。

七班 50 多个人，分三批测不一样的项目，再交换，这样就能同时进行，节省时间。

舒甜领完表格，正准备跟姚月她们一起，校服后领突然一紧，她回过头，江译不知道什么时候站在她身后了。

舒甜咽了口口水，问：“你干吗？”

江译松开手，说：“来找你一起去。”

“哦，那我跟姚月她们说一声。”

江译打断她：“她们早走了。”

舒甜回头一看，那两人正冲着这边挥着手里的表格，站到了另外的教室门口排队，笑得贱兮兮的。

舒甜对她们翻了个白眼，重新转过头，随便指了个房间：“那我们先去耳鼻喉这边？好像人少一点儿。”

江译点头，随后习惯性地抬胳膊，伸手就要来搂她，舒甜这次反应很迅速，飞快地打开他的手臂，说：“你注意点儿，老马在这儿呢！”

江译看了一眼正在里面跟医生交谈的马东立，不情不愿地把手收回去。

舒甜昨天给他讲题的时候，他要跟她在课桌底下牵手，被翻了白眼。

其实他也不是故意的，这些动作，都是看到她这个人，身体就自发想要去做的，看到她就想碰，碰不到就手痒，就像现在。

他们排在检查耳鼻喉这队人的最后面，因为男女生人数刚好一样，所以两人并排站着。

江译看着身边老老实实站着的少女，她的睫毛长而卷翘，嘴唇粉嫩，哪个角度看都好看。

他又犯病了——手痒。

于是江译第二次伸手，捏了一下舒甜白嫩的脸颊，速度很快，在她没反应过来的时候。

过了几秒，江译感觉小腿上有轻微的触感——被踢了。

江译垂眸笑了，不错，值了！

耳鼻喉检查完之后，他们这批跟隔壁测视力的交换，测完视力，再就是身高、体重，还有重头戏——量胸围。

这是最后一项了，他们这批一队男生，一队女生，一进去，两个人就分开站在队伍最后。

当然，这都不重要。

“身高163厘米，体重119斤，胸围96厘米。下一个。”

舒甜一进教室，耳边就充斥着这些数字，女生队伍这边的女医生报数据的声音真的超级大，大到阶梯教室好像都有回音，舒甜站在靠近门口的地方都听得一清二楚。

男生那队肯定也是能听见的，当女医生念出96厘米的时候，舒甜看到前排有几个男生抿嘴偷笑。

“公开处刑”，舒甜的脑袋里瞬间浮现出这四个大字。

“幸亏今天穿了个厚一点儿的。”舒甜听到前面有个女生压低声音说。

厚一点儿的什么？舒甜竖起耳朵，往前移动了一点儿。

“对呀，我昨天穿的是不带钢圈的那种，今天是带着的，没想到正好遇上体检。”

“我也是，现在也不怎么热了，除了夏天我一直穿厚的。”

“那个老师为什么要说那么大声啊？真是的，做记录的人又不聋。”“不知道，真的好烦哪，这样不就什么都被人听到了……”

钢圈？加厚？这是在说胸罩吧？

舒甜现在很忐忑。她今天穿的是薄的，当然也不是特别薄，但反正不是那种塑形加厚的，那种多难受呀！

马上要被“公开处刑”了，还是在江译面前，呜呜呜，她怎么办？

这个年纪正是对什么都好奇的时候，舒甜看到斜前方那群笑嘻嘻的男生正探头探脑看女生这边，还讨论着什么，她下意识地往后面看去。

江译在队伍最后翻自己手上的表格，淡定极了，脸上没有任何表情，仿佛没有听到那些报出来的数字。

这队一共八个女生，刚才报的三个女生，胸围居然就没有低于90厘米的。

舒甜往队伍外站了站，扫了一遍前面的女生，又归队低头，不着痕迹地看了看自己。

舒甜不知道自己是不是倒霉，这一队的几个女生的胸看着都不小。她们不是比较高、骨架比较大，就是微胖；而她，校服宽大是一个原因，瘦是另一个原因，从她的角度看起来，可能有那么点儿小起伏，但是由于校服的板型，基本可以忽略不计。

怎么办？她虽然有胸，但她的胸围肯定没有别人的大。那个人报数字报那么大声，要是被江译听到了该怎么办？

她再怎么不想，该来的还是要来。

舒甜看着前面的女生飞速量完，江译那队的进展跟这边一模一样，她踩上体重计的一瞬间，觉得自己好像上了断头台。

报数字的医生真的是非常不留情面：“身高165厘米，体重90斤，胸围84厘米。”

84 厘米？完了，她的胸围最小。

江译那边在量的时候，舒甜隐约听到了身高不是 185 厘米就是 186 厘米，紧接着就被她面前的女医生的大嗓门儿给盖过去了。

他们量完，拿好体检单，一同出了门。

学生体检完回教室的时候队伍已经乱了，零零散散的，舒甜跟江译走在路上，后面几个男生、女生在开玩笑，声音直接传到前面，舒甜听得一清二楚。

一个女生："哎，杨翠翠，刚才量的多少？"

"98 厘米……好像是，"杨翠翠的声音有些不好意思，"你呢？"

"哇！我才 92 厘米，你身材居然这么好！"

杨翠翠急忙打断："哎呀！你小点儿声！"

后面男生的打趣舒甜没再听。

舒甜明明记得那个数字，但还是拿起报告单看了一遍——84 厘米。

舒甜看向身边同样沉默的江译。

江译的侧脸看起来很平静，没有那些男生激动的情绪，而且仿佛感受到她的视线，还对她笑了一下，问："怎么了？"

"你听到他们说的话了吗？"舒甜努力使自己看起来很平静。

江译点点头，那群人声音不小，他又不聋。

"那，"舒甜不甘心，"你知道他们在聊什么吗？"

江译点点头："知道。"不是刚量完嘛，而且那群男生都说得那么明显了。

舒甜："刚刚我量的时候，你听到了吗？"

要是没听到……她也可以给自己捏造一个 94 厘米什么的，挽回一下面子。这是她最后的希望。

"听到了，"江译回道，"84 厘米。"说完，他还跟她确认，"对吗？"

舒甜："……"

好吧，她最后的希望破灭了。

那她现在该说什么？难道要说"江译同学，请问你对你女朋友胸小这件事有什么看法？你开心吗？”

呵呵，谁能开心？没有人！

舒甜手里的体检报告单被她捏成了一团废纸。

体检只用了一节课，但舒甜一个下午都窝着一股无名火。她在学校从来没当过任何方面的倒数第一，没想到生平第一次，是在胸围这件事上当了倒数第一。虽然她们那队只有八个女生，但是输了就是输了，垫底就是垫底。

舒甜觉得自己似乎有点儿神经质，江译都没提，班里男生的好奇劲儿也都过去了，但她依然在意。

放学后，江译训练完，快速在体育馆的更衣室冲了个澡，出来之后，两人跟往常一样回家。

江译注意到舒甜的情绪一个下午都不对劲，但他每次问“你怎么了”换来的都是一句“没事儿”。而这种不对劲，似乎是在体检完回来之后开始的。

而且刚才打训练赛，平时他往看台那儿一看，就能发现她带着点儿崇拜的目光，但今天并没有。

两人出校门已经走了一段路了，舒甜兴味索然，没怎么说话，手也没让江译牵。

江译正准备旁敲侧击问一下，但还没想好该怎么开口，没想到舒甜先开了口。

“下午那个体检。”她没头没尾地说了一句。

江译还以为是自己漏听了，忙问：“什么？”

“就是，量胸围那个。”舒甜忍了又忍，还是没忍住，“其实那个不是检验女生身材的唯一标准。”

江译没想到她的话题一下子拐到这上面来，愣了一下才点点头：“嗯。”

第一句说出去，后面的就好说了，舒甜接着道：“我跟你讲，今天学校体检的时候医生量胸围的方法是错的。”

江译："……"

"他们只量上围，"舒甜顿了顿，越想越郁闷，"都不量下围。"

江译："……"

"你知道，这样不对比着看，是根本看不出……大小的。"因为羞耻，舒甜还是没能直接说出"胸部"这个词。

舒甜还准备再说点儿什么，江译突然停住不动了。

舒甜纳闷地侧头看他，问："怎么不走了？"

此时刚过了红绿灯，离小区越近，周围人越少。

江译站在离她三步远的地方，眉眼带着点儿莫名的笑意，说："你过来。"

舒甜狐疑地往他那边龟速挪动，一边挪一边嘀咕："你要干……"

舒甜话还没说完，就感到手腕一紧，下一秒，整个人被拽到江译怀里，被固定在他的双臂之间，耳边传来他的声音："来给我抱抱。"

江译憋不住了。要不是她莫名其妙给他讲解的这一通测量胸围的方法，他还真猜不出来她这一下午是因为这个郁闷。

江译虽然对胸围没什么具体概念，但是看得出舒甜身高不矮，身上没多少肉，骨架又小，胸围比别人小点儿太正常了。

她至于这么纠结吗？她居然还说什么"这不是检验女生身材的唯一标准"，埋怨学校用错了方法。

她鼓着脸，语调严肃地给他变相科普，想说什么又不好意思直说，就用眼神暗示，真是太可爱了。

舒甜的头靠在江译的肩膀往下一点儿的地方，随着他胸腔的震动，她听到头顶传来他的声音。

这人闷笑着说："你想什么呢？"

舒甜："……"

笑？舒甜莫名被他笑红了脸，挣了挣，没挣开，掩饰道："你笑什么呀？"

江译没答。

舒甜觉得他领悟到了，决定破罐子破摔：“你是不是在笑话我的 84 厘米？”

“我其实，”舒甜想了想自己在家里臭美的时候照全身镜，又恼火，又有点儿不好意思，“也没有那么小。”

“90 厘米、100 厘米也没什么的，84 厘米就是听起来小了点儿而已呀！”

江译笑着笑着，觉得这话题跑得是越来越厉害了，不说点儿什么都不行了。

江译本来趴在舒甜的肩上，这会儿直起身来，松开手与她对视。

夜色开始降临，路灯还没亮，一切都看得清。

江译抬手，蹭了蹭少女脸上柔软、细腻的肌肤。

随后，舒甜看到他眨了眨眼：“不论 90 厘米，还是 80 厘米，我也不知道这些数字代表什么。”

舒甜：“……”

“反正我只知道，”江译停顿了一下，抬眸看着她笑，语气理所当然，“你身材最好。”

第十五章
江译哥哥救我

舒甜本来是不在意这个数字的，但可能是谈恋爱了就是不一样，她只要想到当时他也在场，听了全程，就觉得尴尬，而且心里还有些不服气——虽然这个数字比其他人小，但她真的有料！可是“喂，你不要小看我，虽然数字小，但我身材超级好”“不信你摸摸”这些话那是肯定不能说的，所以只能明示、暗示学校的测量方法不对，也不是检验身材的唯一标准。好在他懂了。

但舒甜没想到江译会突然冒出来这么一句话，这么直白地夸她身材好。

舒甜看着江译的表情，心跳越来越快。

她还没说什么，而且江译好像也不需要她说什么，这人直接牵起她的手，转了个身往小区的方向走去。

“我觉得我也是倒霉，我们站到了班里最高的一批人里，”舒甜嘀咕，用江译听不见的音量说，“不然我也不会是倒数第一了。”

江译的耳边掠过一串儿嘀嘀咕咕的声音，他看着小姑娘的发顶，握紧她的手，问：“你刚刚说什么？”

“啊，”舒甜抬头笑了笑，“没什么。”

剩下的路跟平常一样，他们嘻嘻哈哈，相谈甚欢，但江译想想舒甜郁闷的理由，还是忍不住想笑。

他们到了单元楼下，舒甜习惯性地跟着江译走到楼和楼之间的空隙处，小区这片高级住宅区通常很安静。

舒甜不着痕迹地咽了口唾沫，看着江译两人的呼吸恍若交织在一起，近到舒甜感觉刚刚心跳都停了一下。

若有若无的触感让舒甜以为江译的目标不是她的脸颊，这让她松了口气，可随之而来的，是排山倒海的失落。

居然是失落，舒甜被自己的想法震惊了。

江译直起身摸了摸舒甜的发顶，拉着她往外走，说道：“上楼吧。”

舒甜装作若无其事地哦了一声，然后默默地跟在他身后进了单元门。

舒甜看着江译摁电梯的侧影，觉得她好像人出来了，但灵魂依然留在刚才那个地方。她忍不住抬手，摸了摸脸颊，微微发烫。

第二天的体检依旧是在下午第一节课。

还没打铃，马东立也还没来，舒甜坐在座位上发呆，突然觉得口渴，手正伸向水杯，耳边传来熟悉的声音：“今天抽血。”

舒甜愣了一瞬，回过神：“嗯，我知道的，老马昨天说了。”

江译又说：“我记得你小时候很怕扎针。”

舒甜第二次想去拿水杯的动作一顿。

江译：“你现在还怕？”

“不是，”舒甜不可置信地问道，“这个你怎么会知道？”

舒甜怕打针是真的，也不知道是不是她自己的心理暗示起了作用，除了小时候，她长这么大也没怎么锻炼身体，但很少会因为感冒发烧去打针。

据梁韵说，她以前还晕血，但初中的时候跟着林以桉征战学校，这毛病就好了。

可是怕打针这事儿，他怎么知道？她又没在他面前打过针。

江译的头发午睡之后有点儿乱，他一边弄头发一边看着她，说道：“你小时候有一次，晚上，不知道是发烧还是感冒，要出门打针。”

“然后呢？”

“我那时候也不大，睡得早，我记得你在你家院子里哭，把我给哭醒了。”

舒甜有种不祥的预感。

“我就跟着我哥他们出去看怎么回事儿，”江译回忆了一下，突然想笑，“然后才知道，你哭就是因为死活不想去打针。”

顿了顿，江译还是没憋住，声音里满是笑意：“而且你看到我之后，还一直让我救你。”

小女孩当时在她爸爸怀里拼命挣扎，跟一条濒死的鱼一样。江译印象特别深刻，她看到他的一瞬间就止住了哭声，努力睁大湿漉漉的眼睛，嘴里一直喊着“江译哥哥救我”，奶声奶气又饱含委屈。他就这么记到现在。

舒甜：“……”

我喜欢的男生知道我从小到大所有的糗事，我可真开心呢！

舒甜沉默了几秒，说道：“我一点儿印象也没有。”

“你应该才六七岁，”江译说，“没印象很正常。”

舒甜嗯了一声，开始不由自主地想象当时的场景。

虽然当时两家住对面，但那也是别墅，带院子，她在院子里的哭声居然能把在房间里睡着的江译给吵醒，那得是多大的嗓门儿啊？

“那我当时，”舒甜长叹一口气，“是不是特丢人哪？”

“不丢人。”江译正在拧杯盖，刚喝过水，唇上有一层水光。

顿了顿，他又补充了一句：“很可爱。”

江译记得上次他很认真地夸她可爱，她的耳朵立马红了。这次说完，他就盯着她观察，两人干巴巴地对视了得有十几秒，舒甜的脸和耳朵没什么变化。

江译正奇怪，就听见舒甜先开了口：“你……”只一个字，而后停顿了一秒，“最近怎么总夸我可爱呀？”她的声音响起，语气明显调笑，咬字都带着甜甜的尾音，“哥哥。”

前面都还好，最后那声哥哥，听得江译耳朵一麻，紧接着，整个人都不太对劲了。

江译没答舒甜明显带着揶揄的问题，听见她的笑声，又拧开杯盖喝了几口凉水压火。

体检的地方和流程跟昨天一样。

站好队，舒甜跟江译并排。跟昨天一样，抽血跟测心率、血压什么的分开两个教室，男女分队站，两边用时和进度都差不多。

心率、血压测完，最后轮到抽血。

他们在走廊外的时候舒甜还能挨着江译说话，进了教室，男生和女生的队伍就得分开了。

舒甜进抽血室之前，江译特地拉着她说：“你到时候不要看针，看别的地方，就没事儿。”

“其实我现在应该都好啦，”舒甜反应过来他在说什么，“真的，就算看着也没事儿的。”

她看到针不会头晕眼花什么的，只是抗拒针扎入皮肉、血管那种感觉而已，并且因为小时候留下了很疼的记忆，本能地感到紧张、害怕。但不管怎么说，时隔这么多年，她克服害怕打针这点儿长进肯定是有了。

舒甜排队的时候，大部分人抽完血了，没剩多少人了。

舒甜前面站着姚月，后面是原弯弯，教室里比昨天安静得多，几个人都没怎么说话。

没多久，舒甜看见姚月坐下，撸起袖子，小胳膊被来回地看，最后选了个偏下的位置绑了，然后抽血。她看着是挺顺利的，姚月也没喊疼，舒甜稍微松了口气。

姚月摁上棉签止血，离开座位，换舒甜坐上去，把体检表交给医生。

差不多跟姚月一个流程，舒甜的袖子撸到胳膊肘，手臂被医生拿在手里翻来覆去地看。

“哎哟，这小细胳膊，”女医生说话的声音温温柔柔的，“你跟刚才那个小姑娘一个样儿，血管太细，太难找。”

舒甜开始紧张，干笑了两声，说：“那麻烦您了。”

医生又看了一会儿，道：“你再把袖子撸上去点儿，我看这根血管能行。”

舒甜老老实实地把校服袖子又往上弄了弄。

舒甜眼看着自己的胳膊被止血带勒住，血液被堵住的感觉瞬间袭来。面前戴着口罩的医生开始拆针管等一系列用具，小时候被针扎屁股的恐惧正一点点地将她包围。舒甜开始脑补自己这次不成功，被扎了十次，然后胳膊上全是针孔的场景。

明明什么都没开始，好像已经有一堆针在扎一样了，这是幻觉吗？

舒甜咽了口口水，怎么办？她的腿开始抖了。

舒甜盯着自己的胳膊，即将被扎的那块皮肤被酒精棉消了毒，医生扔了酒精棉，拿起了针管。

舒甜突然发现自己是不敢看扎针过程的，但越是害怕，就越是移不开视线。她的眼睛瞪得老大，眼看医生把针管里的空气推出，然后戴着手套的另一只手抓过她的胳膊。要来了。舒甜憋住一口气，余光似乎瞄到身边一闪而过的影子，但她无暇顾及，只想赶紧抽完血走人。

下一秒，眼睛上覆上来一只手，手心温热，挡在她眼前，贴在她的皮肤上。

舒甜感觉整个世界都暗下来。

“她晕针，”熟悉的，辨识度极高的，属于江译的声音从头顶传来，“麻烦您快点儿。”

舒甜一开始觉得这种做法似乎是在掩耳盗铃，怎么可能不去看就不怕了呢？明明还是在扎呀，肯定会疼的。

但现在，他的手盖到她的鼻尖，舒甜敏锐地闻到草木香萦绕在他的手腕、袖口，让她的紧张情绪放松不少，胳膊上针刺进薄薄皮肤的痛觉，以及血被抽走的微痛感，似乎一瞬间离她远去，只剩下被放大了的他的手和他的气味。

舒甜感觉到一丝痒意，应该是医生拿着棉签贴到了她的胳膊上，针头拔走的时候，她的眼前恢复光亮。

江译的手拿开，舒甜有一瞬间的恍惚。

很多时候，微不足道的事儿更容易被忽略，可是微不足道的事儿也更容易直击人心里最柔软的地方。

江译先一步抽完血走过来捂住她的眼睛这件事，其实对他来说应该很小，对她来说也很小，可是她特别特别喜欢他这个举动。

江译收回手的时候，就看到舒甜目光呆滞地看着前方，像是坐在那儿发呆，皱了皱眉。

江译直接伸手微微施力把舒甜提起来，问："你……疼？"

舒甜愣了一下，看着他："啊？"

"我说，"江译抬了抬她的胳膊，"疼？"

"不疼，"舒甜彻底回过神来，连忙摇头，"一点儿都不疼。"

江译狐疑地看着她，但没说什么。

江译率先离开抽血室，身后传来舒甜的脚步声，很欢快，走着走着她还哼上小曲儿了。

走廊里没什么人，到了尽头，两人并肩快要下楼梯的时候，江译忍不住开口问："你怎么这么兴奋？"

"我都做好等你哭的准备了。"江译补充了一句。

闻言，舒甜停下脚步，站的地方刚好是楼梯口的窗户旁。

"我第一次觉得扎针居然是不疼的。"舒甜的脸不知道为什么红扑扑的，满眼真挚，"跟小时候完全不一样！"

"我真的！"舒甜一字一顿地道，"一点都没疼！"她看起来精神亢奋，接着说，"都是你的功劳。"

江译："……"

江译盯着舒甜看了一会儿，她的表情依然没变，依然是一脸兴奋，没有开玩笑的意思。

江译挑眉，问："所以你现在不怕打针了？"

舒甜摇摇头，说道："不怕了吧。"

江译又问："我的功劳？"

舒甜点头："嗯嗯。"

她没有开玩笑，他倒是想开个玩笑。

"你刚刚说都是我的功劳，"江译舔了舔唇角，一只手扶着窗台，就这么看着舒甜笑，故意逗她，"那你怎么感谢我？"

江译以为这次舒甜会像以前一样，红着脸糊弄几句，他心满意足，然后他们一起回去。

然而这次，舒甜居然点了点头，认认真真地问："你刚才用哪只手捂我的眼睛了？"

江译愣了一下，随即说："左手。"

"那你伸出来。"舒甜说。

江译伸出左手，放到她面前，修长的手指自然地蜷着。

舒甜的长发在窗边的光照下泛着栗色，她直接伸手拉过他的手，白皙的指尖跟他的手指交握。

江译看到她笑着重新握住他的手，手背朝上，而后飞快地把嘴唇贴上他的手背。那是比她的手更软的触感，带着一点点的湿，明明有些凉，却好像点燃了那块皮肤一样，有种莫名的灼烧感。

江译的心跳和呼吸同时一滞。他很少有现在这种感觉，十几年来，一共两次，第一次是他被要着问出"你对我有好感吗"，舒甜回答"当然喜欢啦"的时候；第二次，就是现在。

江译不知道舒甜是不是故意的，她不光贴了一下，嘴唇离开手背的时候还发出了噗的一声，在空阔的走廊里听得一清二楚。

江译的眼睛一下都没眨，也没觉得酸涩。

舒甜拉着江译的手，从头到尾都是一副笑嘻嘻的模样。

不远处传来说笑声，应该是刚体检完的人出来了，舒甜回头看了一眼，拽江译下楼："走了。"

舒甜一直到出了实验楼的大门才松开手。其实她本来是不想松开的，但学校时刻都有可能冒出来各种主任之类的人物，附中校风再怎么开放、对学生再怎么好，也不可能允许男女生公然行为过密。所以平时他们也就像现在这样并肩走，只是可能比正常的男女同学的距离要近那么一点儿。

舒甜过了刚才那股亢奋劲儿，想说点儿什么，比如，"刚刚我真的超级开心"之类的，但又觉得刚刚那个"感谢"其实已经足够了，他应该都可以感受到。

江译一直不说话，舒甜冥思苦想，突然记起昨天忘了问他的事儿，都怪那什么胸围，把她的记忆都扰乱了，这事儿居然都能忘！

"哎，"舒甜戳了一下江译的胳膊，"你昨天测的视力的结果怎么样？还记得吗？"

江译是五秒钟后才回答的："记得。"他转头看她，报了结果。

果然，他还真是妥妥的飞行员的视力。

舒甜听姚月说，有人上午听说要体检，午休的时候就连忙把隐形眼镜戴上了。

舒甜身为江译的同桌，当然知道他没戴隐形眼镜，但这人整天玩儿游戏、看手机，视力还能这么好，眼睛得是什么构造？

感慨完，舒甜牢记自己的目的，状似不经意地提起以前的事儿："你说，昨天要是有个夜盲测试就好了。"

江译以为自己听错了，问："什么测试？"

"夜盲啊，"舒甜转头盯着他，非常善解人意地道，"我记得你不是夜盲嘛，正好给你测测，看现在还严不严重。"

江译："……"

舒甜见江译没动静，接着道："连色盲都测了，为什么不测夜盲呢？夜盲多不方便哪，对吧？"

舒甜说完，一直在观察江译的表情。

江译本来跟她对视，没什么表情，听了她的话先是愣了一下，随后整个人明显一僵，走路速度也不自觉地慢下来。

作为校园里的风云人物，江译很少有这么窘迫的时候，但好在他也是见过世面的人。

江译很快移开视线，抬手拨了拨头发，不太自在地清了清嗓子，说道："其实……"他的声音有点儿别扭，"测这个，没什么用。而且我……不严重了。"

舒甜："……"

"我不严重了"，噗，舒甜想问问，你敢不敢摸着你的良心，不，摸着你的眼睛说一下，你为什么要给完美无瑕、毫无缺陷、X 光透视的它冠上这么一个莫须有的病?

当然舒甜没这么说，她先是哦了一声，然后趁着江译的手机响了，他低头看消息的时候，偏过头无声地笑起来。

江译这些天风雨无阻地学习，上课双眼紧盯老师，严格跟着老师的脚步走，课上有不会的、听不懂的，下了课就问舒甜；课下，作业不会做也要硬做，游戏除了那个恋爱游戏其他的碰都不碰，为了上课不困，12 点就睡觉。

这样的日子已经持续了一周左右，却断在今天下午。

他们从实验楼回来之后，在下午剩下的时间里，上课的时候江译的眼睛依然追着老师，但脑子里全是在体检教室外的场景——

江译每次想起这个画面，左手背好像就要烧起来一样，也就这么烫了一下午。

附中最开始期中考试的时间定在十一月第一个星期的周末，但因为占用周末考试这件事遭到所有学生的反对，而附中一直给自己的定位就是民主、自治的学校，因此期中考试就改了时间，定在下周一。

学生都要准备期中考试，周末没有篮球训练。

江译周六把会的作业做完，周日上午把不会的蒙上，下午正准备再做，脑袋有点儿累，准备休息一会儿。

江译算是个享乐主义者，最近他对于学习一反常态，尽管在刻苦努力的学习中，也得找点儿消遣。

现在他跟以前不一样，不用一消遣就得出门。他毕竟要学习，没有那么多时间可以浪费，因此就在手机上消遣了。

《王者荣耀》等游戏都不太合适，太容易上瘾了，不像那个四个校草的游戏，他可以一边在心里喷一边玩儿，嫌弃着嫌弃着就玩儿够了，接着学习。

江译现在也不是瞎玩儿，他从桌上拿了本子过来，翻开。一般来说，本子要是夹着什么东西，会一下子翻到那页，就像现在。

江译不记得自己什么时候往里面夹了张纸。他展开，发现是那次徐息告白，他写下来问江言的那两句话。

这两句话他一直记得。

江译把纸团了团,扔到垃圾桶,翻到记经典台词的地方,点开游戏等加载。

之前，他把除了皇甫元的三条线都玩儿到了热恋阶段，但后来，他有次不小心点错了皇甫元的恋爱线，而他也不想退出，就这么玩儿了下来。

恋爱后的心情好，江译直接忽略了很多渣男的选项，选的都是恋爱向满满的答案，真是便宜了皇甫元。

游戏里，两人还没告白，江译爸爸去皇甫元的公司，应该还是暧昧阶段。

江译爸爸：（歪头询问）哎，你好久没去上学了，在家里有复习吗？跟得上进度吗？

皇甫元：（笑）这还用问？也不看看我是谁。

江译爸爸还没说话，皇甫元又来了一句：“怎么，担心我？”

江译点屏幕的手一顿，他发现这个角色真是他的克星，不管是言行举止还是性格设定，一句正常的台词都没有就算了，还死命要凹人设。这个角色凹人设也行，能不能别这么油腻?

江译一边在心里暗骂一边接着摁。

说了两句，游戏里的时间线也是快要期中考试了，皇甫元问江译爸爸最近学得如何，江译爸爸说还不错。

皇甫元：你觉得能考进前十名吗?

江译爸爸：（期待）我考前十……有奖励吗?

皇甫元先是一愣，随后笑着摸上你的头。

皇甫元：当然有，你想要什么，我都给你。

江译：“……”

真油腻呀！江译靠在椅背上，戳屏幕。

哈哈！这个奖励，他要定啦！——江译爸爸在心里愉快地想。

江译的手指一顿。

嗯？考到前十就行？这个想法，好像……不错。

江译大概思考了一下可行性，直接写在本子上。他的内心十分激动，准备期中考完就实施。

江译写完，一想到舒甜听到之后可能露出来的表情，翘起的嘴角压都压不下去。他就这么边傻笑边戳屏幕，也没仔细看屏幕上两人狗血的对话，等他回过神来的时候，对话已经结束了。

江译爸爸：晚会？我不能去哎……我现在要写作业啦，老师布置了很多呢。

皇甫元：（凑近）我帮你。

江译爸爸：（惊吓）帮？你要……你要帮我写作业吗？真的吗?

皇甫元：（笑）当然了。

江译看到屏幕上开始有动画，哦，到了结尾。

这个游戏有个规律，自从进入了恋爱线之后，每次剧情卡的结尾，都是一段男主的动画，配上一句经典台词。这些台词在每个剧情卡的评论里都会提及，然后一堆玩家的“呜呜呜”“啊啊啊”“妈妈爱你”溢满屏幕。比如，徐息那次告白，就是在最后。江译本子上抄的就是之前过完的剧情卡结尾处放的台词。

江译倚在靠背上，单手拿着手机，另一只手拿着笔，放在本子边。

屏幕上出现了皇甫元那张放大的脸。他的下巴尖得蘸点儿墨水能直接写字了，唇角勾着邪魅的笑容，口型有了变化，声优也开始发声。

皇甫元的脸的下方出现八个大字：我给你写，命都给你。

那这个卡，应该就是这一句了。

江译没再点手机屏幕，而是看了一眼，拿起笔，没过脑子就往本子上抄，写到“命”字的时候，笔尖一顿。

“我给你写，命都给你。”这是什么话？刚刚不是写作业呢吗？不是，写个作业为什么扯什么命不命的呀？

江译又看了一遍，然后在心里默读了一遍，突然觉得一阵尴尬到窒息的感觉溢满周围的空气，尴尬得他快喘不过气来了。

这皇甫元的台词是谁写的？不是说了在写作业嘛，谁要你的命？

江译把本子上的“我给你写，命都给你”咔咔涂黑，笔啪的一下扔到桌边，抬手拨了拨头发。

江译有点儿缓不过神来，有种迫切需要吐槽的感觉。

江译想来想去，全世界知道他玩儿这款游戏的就闻人一和那个恋爱经验丰富的网友，该选谁一目了然。

江译截了一张图，把左上角的游戏 ID 截掉，然后打开《你问我答》，把图片发给昵称 S 开头的网友，然后噼里啪啦地打字。

gosk08：“皇甫元到底是什么品种的精神病？”

舒甜周六写完作业，周日上午鹿园园来过，下午她就没打算复习了。

收到“小男生”吐槽消息的时候，舒甜正趴在床上刷论坛。

舒甜是独生女，家里亲戚孩子同辈里她是最小的，都是她叫人家哥哥姐姐，从来没有过自己当姐姐的时候。可能跟这个有关系，每次“小男生”有什么事儿，她还真把自己当姐姐了。

舒甜回复完他的吐槽之后，正好闲着没事，就忍不住操心起他的感情问题。

Snlwkst：“你跟你的小公主到什么地步了呀？”

Snlwkst：“有真诚交流吗？”

她是秒回信息，那边也一样。

gosk08：“嗯。”

舒甜心想不错呀，按照他之前表现出来的纯情劲儿，她本来以为他得花半年时间才能到这个程度，没想到这么快，她都想发红包鼓励一下他了！

舒甜翻了个身坐起来，又问了一个问题。

Snlwkst：“那……其他呢？”

gosk08：“暂时还没。”

不得不说这个“没”字取悦了舒甜，让她一下子生出一种“就该如此”“你不可能比我早 kiss”“大家同一天在一起的，我一定要比你先 kiss”的感觉。

好在，她还有机会。

舒甜想完这一通，那边又发过来一条消息。

gosk08：“在准备了。”

Snlwkst：“……”

舒甜头一次听说这还要准备的。

舒甜发完一串省略号，还是没忍住问了一句。

Snlwkst：“你要准备什么呀？”

gosk08：“秘密。”

经过一周激烈的临时抱佛脚之后，周一一早，期中考试正式拉开帷幕，就从公布考场座位号开始。

闻人一去抄了他跟江译的考场座位号——根据上次成绩排，两人一个倒数第五，一个倒数第四，前进了一个考场，全校倒数第二的考场，真是可喜可贺。

闻人一回了座位，拿起书包之后拍了拍江译，说道："我看完了，走吧译哥。"

江译直起身，收了手机："嗯。"

闻人一："舒甜走了？"

江译："嗯。"

闻人一最近可纳闷了，身为江译的后桌，除了舒甜，就是他能近距离观察到江译的一天了。以前江译的一天很规律，来了后，上课睡觉，下课醒了，跟舒甜卿卿我我腻腻歪歪，上课睡觉，下课醒了，跟舒甜卿卿我我腻腻歪歪，这么无限循环。最近他的一天也很规律，但现在是非常规律地在好好学习。

江译之前也有过这种时候，课间抓着舒甜问问题什么的，但闻人一不懂，他们好像已经捅破窗户纸了，为什么还要演戏？

他们一起去考场的路上，闻人一终于逮到机会问他："译哥，不是我说，你最近演得有点儿过了。"

"我？"江译皱了皱眉，"我演什么？"

"就学习呀！"

江译："……"

"哎，译哥，你演了一星期了，反正现在舒甜不在，你就跟我说说你是怎么做到的。"闻人一这话表达的是佩服，"你演得就跟真的一样，我跟刘然都佩服死你了！"

江译自从谈了恋爱，粗口都不怎么爆了，就偶尔在心里自行消化两句，但他现在忍不住了，一脚踹过去："你才演。"

谁演能演成这样？演得满脑子公式和历史年份？

看着灵活躲开的人，江译换了种方式让他闭嘴：“别想抄我的。”

闻人一：“……”

这可不行!

闻人一搬起石头砸自己的脚，但闭嘴是不可能的。倒数的考场都有点儿远，两人走在路上，闻人一也不顾周围人什么眼光了，接下来的一路，真是使出浑身解数来讨好江译。最后，他还是使出了撒手锏——“如果你怎么怎么样，你跟舒甜就将怎么怎么样”句式——起了效果，真的是屡试不爽。

闻人一想过，这招要是被江译的敌人知道了，肯定都得在开打前说“江译你要是打我，今晚回去女朋友就跟你分手”，然后江译就会放下屠刀，立地成佛。

想想都觉得可怕，闻人一一阵恶寒，停止了这个可怕的想法。

江译最后也没松口给抄还是不给抄，但闻人一坐在江译隔着过道的右手边，考英语的时候，他还是收到了江译的字条。

闻人一是真的有点儿感动了。

这次考试时间安排得有些奇怪，英语是最后一门，考完之后闻人一去搂江译的肩，声音是控制好的满满的感动：“啊！兄弟！译哥！你真是我的好……”

江译笑着打断他：“闭嘴。”

译哥笑了？闻人一有点儿发毛。

“哎，你笑什么呢？”两人往七班的方向走，闻人一狐疑地看着江译，“你别这样，怪吓人的。你笑什么呀译哥？”

“你，”江译停顿了一下，才回答他，“好好珍惜。”

“什么？”没头没脑的四个字，闻人一纳闷地问道，“我珍惜啥？”

“珍惜跟我在一个考场，你还有的抄，这应该是最后一次了。”

“不是，”闻人一觉得江译今天脑子坏了，完全听不懂他在说什么，“为啥是最后一次了？”

“因为下次的考场按这次的考试成绩排。”江译说。

闻人一：“我知道呀！”

江译转过头，极为认真地说：“所以我说，这是你最后一次跟我在一个考场了。”

闻人一：“……”

“从下次开始，”江译说，“我就得去前面的考场考试了。”

闻人一：“……”

“好好学，靠自己。”江译嘚瑟地说。

闻人一：“……”

最后一门考试收卷铃响完，整个学校都洋溢着喜悦之情。

舒甜一边收拾笔，一边听着走廊外的欢呼声，突然想起自己曾经刷到过的一个帖子。

帖子的大概内容是，楼主的正在读大学的姐姐来附中看她，刚好赶上考完月考最后一科。那姐姐后来说了一句：“啊，我刚才还以为你们学校刚全体高考完。”

那姐姐还说：“看这兴奋劲儿，你们现在考完就撕本子了？一学期得准备多少本子呀？那你们高考的时候，不满足于撕书、撕本子，是要炸学校吗？”

这个帖子当时很火，很多人在下面一边哈哈哈哈一边说“高考后学生开心地把学校炸了！S市仅此一家！”“附中学生带手机老师不管，因为老师知道，他们不让带我们也会带！”等话。

舒甜也收藏了这个帖子。

说实话，附中的校风的确颠覆了舒甜对重点高中的印象，包括很多老师的画风也十分清奇。

一个学校管学生管得松，这没什么稀奇的。你看那些随便考考就能进的高中，五十七中、二十九中、职高，他们的校风校纪就很松。但管得松的同时，一本率还高得吓人，这才让人觉得牛。

一中跟附中是S市两所重点高中，舒甜走在回教室的路上，在论坛上搜关于一中的帖子。

【#人间真实，我去找我初中同学玩儿，周末双休日我同学只能挤出来半小时陪我！我跟探监一样。再见 我爱附中。#】

【#附中的孩子们每天吃好喝好，连睡觉都睡三人间！那些跟坐牢一样在一中受苦的兄弟姐妹呀，请允许我们为你们唱一曲《水手》！#】

噗，舒甜笑出了声，想了想似乎除了校服不怎么理想，附中真算得上是个理想的学校，更别提她还被分到了那么好的班主任。

舒甜锁了手机，也默默地在心里说了句“我爱附中”。

期中考完没几天就是校篮球赛，江译他们的训练也一直没断。

舒甜回了教室听马东立讲了两句之后就放学了，她怕有人来找她对答案，赶紧拉着江译走了。

从刚才一回来就能看出来，江译今天的心情不错，虽然他没说什么“我很高兴”“我很开心”之类的话，但他嘴角的弧度一直就消失过。

尽管如此，舒甜走在去体育馆的路上，还是犹豫再三，才问出来：“那个……你考得怎么样啊？”

这句话虽说是考完试必问的，但她真的很怕打击到一个好不容易下定决心用功学习的少年的决心和信心。

“我觉得……挺好。”其实江译本来想说“很好”，但想了想，还是改了口。

闻言，舒甜松了口气。他不是那种吹牛的人，那就应该是还不错了。

“这次题不难的，”舒甜的心情也好起来，“你觉得挺好应该就是挺好。”

江译不知道该怎么回这种话，毕竟他已经好几年没有在被问到“考得怎么样”的时候回答一句“挺好”了，而且谁敢问他这个问题呀！

江译礼尚往来地回了一句：“你呢？”

舒甜学他："我也挺好。"

虽然明知道两人的"挺好"可能差了十万八千里，但江译听完，还是莫名地舒坦。

他们废话说完，就轮到正事儿了。

他们已经走到体育馆门口，舒甜一直在匀速前进，要迈上台阶的时候，胳膊却突然被拉住。

舒甜回头，问："怎么了？"

"下午就考了一门，所以今天训练时间还没到。"

舒甜低头看了眼手表，还真没到点儿。

"那我们……"

"去那里。"江译突然指了一个地方，"那里人少，我跟你说个事儿。"

"啊？好哇。"

江译指的地方是体育馆后面，那里有一片地，种了几棵参天大树。因为这些树是美化用的，加之体育馆本就没几个人来，那片称不上树林的地方也的确没什么人去。

他们走过去之后，舒甜随便站在一棵树前。

"说吧，什么事儿？"

江译组织了下语言，硬着头皮道："这次期中考试，考得好的话……我想要个奖励。"他有点儿紧张，"可以吗？"

"奖励呀？"舒甜愣了一下，没想到他要说的事儿是这个，"那……那你想好要什么奖励了吗？"

"想好了。"江译立刻答道。

江译回答的速度之快让舒甜小小地惊讶了一下，回过神来，疑惑中又带了点儿好奇，问："那你要什么？"

他到底想要什么，这么神神秘秘的？能让他拉下脸来求奖励的肯定不是凡物吧！

这次江译回答得也很快。

“你能不能……”他抿了抿唇……”

舒甜一下子愣住了。

江译似乎是觉得这话有点儿难以说出口，在他脸上很难看到的不自然再度浮现。他顿了顿，补充了自己刚才的要求：“不是脸上。”

舒甜懂了，他绕了一圈儿，前面做那么多铺垫……

舒甜想说，哥你可真能憋。她还想说，我也是。

互相喜欢这种东西嘛，两情相悦，情到深处自然就会想要更深的接触。比如，从牵手到亲脸，从偷偷摸头发到搂搂抱抱，但这些还是需要成年之后再顺其自然。

江译心里有点儿没底。他说完半天了舒甜也没动静，表情也没什么变化，看不出喜，但也看不出怒。

江译正准备再说点儿什么来缓解气氛的时候，舒甜突然有了动作。

她抬起手，神神秘秘地伸出一根又白又细的手指，对着他的方向勾了勾。

江译一愣。

舒甜唇角勾起，笑了一下，说：“你过来，我告诉你个小秘密。”

“嗯。”江译倾身过去，垂着头。

江译还没完全附在舒甜的耳边，锁骨处的领子突然一紧——他垂着的视线里，是一双紧紧攥着他衣领的小而白皙、细嫩的手——舒甜的。

果冻一样，带着甜味。

江译僵住了，大脑一片空白。

此时是黄昏，金色的光穿过层层叠叠的树叶，几束运气好的能打到地面。有一束光就刚好落在舒甜的发间，给黑发打上了漂亮的光圈儿。

江译的视线定在舒甜脸上。他看着她跟她背后的大树形成鲜明对比的身材，看着她泛着粉色的脸颊和嘴唇，喉结动了动，却什么也没说出来。

“江译同学。”舒甜突然开口，一本正经地叫出他的名字。

江译本能地一愣。

舒甜好像是被他的反应逗笑了，江译看见她笑得眉眼弯弯，又咬了一下嘴唇，唇色极为好看，泛着莹润的水光。

几秒钟后，舒甜清了清嗓子，收了笑，正色道:“鉴于你最近表现得特别好，”可能是刚才的举动还是费了些力气，她微微喘了几口气，声音放得更轻，像是能蛊惑人心一样，拖着长长的腔调，“所以呢……我决定提前奖励你。”

十一月份了，树再怎么高大，也敌不过季节的变化，地上满是发黄的树叶，风吹过的时候声音很好听。

舒甜就这么看着江译，看着他的瞳孔一点点扩大，桃花眼里满是惊愕。

啧，他怎么没有惊喜，全是惊吓呢？虽然她其实也好不到哪儿去。

舒甜刚才凭着冲动，横冲直撞地碰上去，又松开，其实连江译嘴唇的温度都没来得及感受，然后又强装镇定地说了那番话，此时心脏才后知后觉般地狂跳起来。

“喂！”舒甜觉得两个人都不说话也不是个办法，顿了顿，硬着头皮道，“你能不能……给点儿反应？”

他光盯着她看算怎么回事儿啊？眼睛这么久不眨都不酸吗？再说，她也是会不好意思的好吗！

舒甜话音刚落，就看到江译眨了下眼睛，随后，他的喉结很明显地动了动，接着面无表情地吐出一句：“什么？”

江译其实没怎么听清面前的人在问什么，看着她一开一合的嘴，嘴唇粉嫩水润，唇角自然上翘，有种很强烈的不真实感，脑子里有个声音一直在质疑。

他担心的那些都白瞎了？真的，梦都没有这样做的。

“啊？”舒甜纳闷，“你怎么回事儿？我在问你怎么没反应啊？你现在这样，是因为……”她豁出去了，“不满意我的奖励？”

她问是这么问，但江译要是真敢说出“不满意”三个字，她一定会踹他。

“满意，”江译像是丢了魂的人突然灵魂回来了一样，整个人终于会动、会思考了，眨了一下眼睛，“特别满意。”他说这四个字的时候格外认真，眸子骤然变亮。

舒甜与他对视了一小会儿，不太自在地移开了视线：“哦。”

平视的话，舒甜刚好能看到江译锁骨的位置。她盯着那个很性感的肩窝，正想数数江译多少秒之后开口说话，就听到脚踩上落叶的声音。

舒甜感到肩膀上一沉，随后江译的声音从上方传来：“是不满意我。”

“你？”舒甜没明白，抬头问，“你今天怎么话总说一半，你不满意自己什么？”

“不满意我刚才的表现。”

舒甜：“……”

“所以，”江译突然凑近她，手伸到她的后脖颈处，摩挲着那块皮肤，“再给我一次机会吧！”

清新又好闻的薄荷味中，他带着气声笑了。”

舒甜连忙深吸一口气，再吐出来：“刚才，忘了。”

江译又闷笑了一声，很性感地带着鼻音，好像还有点儿宠。

…………

周一、周二考完试，这次基本没什么人担心出成绩的事儿，大家的关注点全放在周五跟四中的篮球赛上了。

两所学校协商之后，附中考虑到本来刚考完期中考试，学生也没什么心情学习，而四中基本上 80% 的学生不学习，于是决定周五下午的课取消用来比赛，抽签决定场地的时候定下来在四中。

附中表现得不像重点高中，还在于它对各项娱乐活动的重视——但凡是想去看篮球赛的高一、高二学生，学校就给安排大巴，啦啦队队员和球员们是更高级的专车接送。

舒甜观察到，其实大家从上午开始就无心上课了。

这缘于附中老师批卷子都很佛系。每科教研组长都不允许老师找学生帮忙，全得自己批，但不限时间。因此，除了高三的老师速度快，高一、高二的成绩都得四五天才出来。也就是说，周三到周日这段时间都是安全期。

最爽的日子，就是考完试之后、出成绩之前。

最爽的日子里来这么个盛大的赛事，简直是锦上添花，不疯狂一点儿怎么对得起这一下午呢?

舒甜下午跟班里的同学上了大巴之后，刷论坛，发现某热搜体质作为此次出战主力，又被轮上了论坛首页。

江译上了热搜，她这个女朋友自然不能幸免。连之前啦啦队爆出来的跟她相关的帖子都被顶上来好几个，除外，还有个新帖。

【新】【主题】#啊啊啊！我的妈！考完期中！没出成绩！又看偶像打球！我太幸福了吧！不知道能不能看到江译携女朋友秀恩爱？能的话那简直是猪生圆满啊！ #

1L 楼主：“姐妹们好！”

“在这个普天同庆的日子里！”

“因为知名啦啦队事件、运动会变相公开事件，以及之前的自行车 CP 事件，而十分好奇江译神秘女友的我，今天到底能不能看到这位传说中的小仙女呢?

“就算我看不到，请江译的同学给偷拍几张照片发上来可以吗?

“没错，说的就是你们高一七班的小学妹们，不要装了，我知道你们在刷论坛!

“你们伪装成路人，没有人知道的！谁也不能把你们怎么样!

“呜呜呜呜，求求了让我看一看吧！”

2#？？？：“什么事件？什么事件和什么事件？我怎么一个也不知道？我不就是期中考试学习没看论坛嘛，有姐妹给我科普一下吗？”

舒甜：“……”

然后舒甜就看到下面一堆发之前那些帖子链接的。

她们还真是积极。

可能是因为允许带手机，附中的论坛是S市所有高中里流量最大的，尤其是这种全员亢奋的时候，流量更大。

舒甜都不敢往下翻，点了收藏帖子就退出了论坛。

舒甜看着身边一堆低头玩儿手机的同学，又看看窗外，一想到可能真的有人会把她的照片发给那个楼主，突然生出一股想跑的冲动。

但江译比赛还是要去呀，这是她怂恿的；而且最关键的是，怎么可能为了这点儿事儿就错过看江译打篮球的机会呢，不可能的！

算了，不就是被人谈论谈论嘛，她不怕！

姚月在送啦啦队队员的车上，舒甜跟原弯弯同座。

舒甜戳了一下身边的人，说："弯弯你随身带的镜子呢？借我用一下。"

"哦，"原弯弯闻言放下手机，拉开书包拉链，"你等我呀。"她没几秒就翻出来镜子，递给舒甜，"要镜子干吗？"

舒甜从包里拿出自己忘了什么时候塞进去的斩男色口红，边涂边说："为了让我看起来好看点儿。"毕竟她马上就要上镜了，不能给江译丢脸。

他们用了半个小时就到了指定场地。

四中的体育馆装修得很不错，跟附中差不多大，球场在中间，来当观众的学生分区坐，一个大圆分成一半一半。

这次跟运动会时的排座位方式有点儿像，一个班一个班地进，但进来的班级越多，就越乱套——大家都想坐最前面一排。

"甜，"原弯弯观察了一下周围，抓紧自己的书包带，"我看三班、四班好多人分散着坐了，你看他们都在抢前面两排，不然咱们也赶紧去？"

她们目前坐在第六排。

舒甜想了想，抓起书包站起来："走走走！"

她俩猫着腰一路跑，赶到了靠边缘位置的第一排。

各班班主任也都在，别的班舒甜不知道，但马东立是肯定不会管的，顶多在班级群里面 @ 一下所有人让大家记住大巴的车牌号。

舒甜之前在车上的时候一直在跟江译聊天儿，下车到现在一直没看手机，微信又多了几条未读信息。

三分钟前：

未来的他：“到了吗？”

未来的他：“教练说还有半个小时才开始，到了的话，来B出口找我。”

一分钟前：

未来的他：“？”

未来的他：“快点儿，我想你了。”

舒甜：“……”

“快点儿，我想你了。”这是什么霸道总裁式要人命的话？但不得不承认，她被击中了，险些当场毙命的那种。

舒甜咬着嘴唇，打字的时候唇角一直压不下去：“刚到，我去找你。”

舒甜有路痴属性，一路上问了不少人才找到B出口。那是个封死的出口，在观众席的中间一个缺口里面，既然是封着的，里面也没有灯，乍一看跟个隧道似的。

舒甜再次看了眼上面写的出口B，它跟身边的大部队格格不入，但还是拐了进去。

舒甜还没看见江译在哪儿，胳膊就被人抓住了。

“怎么才来？”熟悉的声音传来。

“因为我绕了个大圈儿，”舒甜干巴巴地解释，“我不是路痴嘛，一直在问别人，就找得久了点儿。”

舒甜的眼睛适应了黑暗，她看出来江译是靠在一边的墙上的，校服外套没拉拉链，里面是球服，黑白配色，上面写着数字“1”，脸部轮廓有点儿模糊。

“过来，”江译把她拉进怀里，“抱抱。”

舒甜抿唇笑了笑：“我们明明刚在学校抱了。”

“那怎么了？”江译的语调理所当然，“我愿意。”

舒甜：“……”

行，你牛！

他们没抱太久，分开之后，舒甜拉着江译的手聊别的。外边吵吵闹闹的，还在进场，他们就在里面聊天儿，没人发现。也是神奇了，这人总是能找到这种秘密基地。

“哎，对了，你知道吗，”舒甜有点儿兴奋，“我最近上网的时候看到一个说法，说最近很流行女生送男生一样东西。”

“什么东西？”江译突然笑了，不等她答，笑容越来越暧昧。

舒甜赶紧岔开话题：“就是头绳。”

江译一愣：“头绳？”

“嗯，”舒甜微微侧头，给他指了指自己脑袋后面绑着马尾的发圈，“你看，就是扎头发的。”

江译看了看，点头，也没问为什么：“你要送我？”

舒甜嗯了一声，接着手伸进口袋，把备用的发圈握在手里。

舒甜的手还没掏出来，面前的人突然往前走了一步，舒甜的动作顿住。她瞪大眼睛，看着他抬手，直直地朝着她的头伸过来，准确地说，是朝着她后脑勺伸过来。下一秒，舒甜感到头皮有往下坠的感觉，没多久，头皮一松，皮筋被撸走。她过来的时候头发本来是披着的，刚刚为了加油方便随便绑了个辫子，就这么被他散开了。

“然后呢？”江译把头绳拿下来之后，放在手心里给她看，“还是就这样？”顿了顿，他猜测道，“还是我需要……给它再找个绳子穿起来，挂脖子上？”

舒甜：“……”

这人什么脑回路？

“不是挂脖子上，”舒甜从他的手里把发圈拿回来，握住他的手腕，把发圈套过他的手，挂在了手腕上，“是这么戴的。”

“戴上之后呢？”江译问，“有特殊意义？”

舒甜：“……”

关于这个做法，有个解释说，“戴了我的橡皮筋，代表着你已经是我的人了”。

这个版本很直白，但舒甜觉得这个说法挺好，不过她更喜欢另一个说法。

“当然有了，”舒甜笑了笑，“意思就是：你已经有倾心的人了，其余的女生、雌性生物，”顿了顿，她重点强调，“都得靠边站。”

江译愣了一下，随后很突兀地伸手过来捏她的脸，笑了两声，说：“知道了。”

“你快开始了，”舒甜看了眼外面，“我们出去吧！”

“还不急，”江译直起身，“你坐哪儿？先把你送回去。”

舒甜指了指大概的方位。

两人并肩穿过观众席的通道时，有不少人看过来，但舒甜的注意力很快就被身边人的一句话夺走了：“今天我赢了的话，可以亲得久一点儿吗？”

舒甜没正面回答，加快了脚步。

舒甜现在的座位离自己的班级很远，她带着江译过去的时候，周围都是陌生的面孔。

这些人看到他们过来，不约而同地安静下来，原弯弯在座位上瞪着眼睛看他们。

舒甜装作没看见这些人火热的目光，转过身，看着江译，催他赶紧上场的话还没说出口，这人突然把手腕伸出来。

刚才灯光暗，舒甜看不真切，现在却看得一清二楚。江译的手腕很瘦，腕上血管分明，头绳刚好比他的手腕松一点儿，黑色的头绳配着江译白白的皮肤，居然格外合适，普普通通的头绳硬是被他戴出了一种贵气，仿佛这不是一个几块钱的头绳，而是一条价格不菲的神秘黑绳。

江译也看了两眼，很满意的样子，转了转手腕，勾了勾唇角，道：“还挺好看。”

舒甜：“……”

“你觉得呢？”

舒甜：“……”

江译舔了舔唇：“倾心的人？”

舒甜咬了咬牙，道：“啦啦队表演都要结束了，你再不去肯定要被教练骂了。”

江译无所谓地哦了一声：“别忘了给我加油。”

舒甜简直不想说话，但还是应付道：“知道了，知道了，一定会的，你快去吧，他们等你呢。”

江译两只手拽着校服外套，脱衣服的动作干脆利落，把校服直接递给舒甜。

舒甜条件反射地接过外套抱在怀里，然后又闻到了他身上那种香味。

江译穿着校服都是焦点，此时更是。

室内灯光下，球衣衬得他肤色很白，少年身材清瘦，肌肉线条又格外好看而富有美感。

江译看着舒甜，突然笑起来，懒洋洋地站着，桃花眼微弯，妖孽十足。

舒甜心跳开始加速，身后好像有什么奇奇怪怪的呼声，她也没听清。

“走了，”江译抬手扬了扬自己的手腕，扬眉对着她笑，随后，微哑的声音瞬间闯入她的耳膜，“我倾心的人。”

第十六章
掉马现场

之前上体育课的时候舒甜就观察过，打乒乓球、羽毛球、排球的男生，通常没有女生围观，或者说压根就没有女生围观——她们全在篮球场那儿围着呢。

十六七岁的年纪，能展示男生魅力的运动不算太多，篮球算一个。

之前体育课不跟江译一起上的时候，舒甜来回转悠，知道这人每次打篮球都能引起一阵轰动，篮球场外小姑娘们又想为他加油助威，又怕他烦的样子她记忆犹新。

后来论坛上就有了【#请问高一七班的同学，你们班江译为啥最近都不打篮球了呢#】的帖子。

体育课上都那么疯，现在更是。

舒甜坐在座位上之后，除了场馆内的音乐声，以及背后的起哄声、吵闹声，耳边就没停下来过的是原弯弯的话。

“他最后叽里咕噜跟你说了一大堆啥？”

“甜甜！哎哟，他手腕上那是什么？你俩情侣的？我看看你……嗯？你也没戴呀？”

“哎哟，我突然觉得江译实在是帅得有些过了，刚才江译没下去的时候我觉着其余几个长得还行啊，他一去，啧……”

可能是刚才的冲击太大了，舒甜甚至都没发现自己的邻座坐着谁，所以当她一回头看见闻人一的脸时，差点儿吓得蹦起来。

“你怎么也来这儿了？”舒甜缓过神，问道，“我刚刚看到你还在老马那儿。”

“我看你不是换座位了嘛，”闻人一左边一排就是他前前后后那几个男生，他咧嘴一笑，“原来那儿是不咋好，我们就想着换个座位。”

舒甜抱着江译的校服，犹豫了几秒，正在愁不知道该怎么问出“那你看到我跟江译腻烦了吗？”这种话，闻人一就给了她答案。

闻人一无比感慨地说：“没想到，刚坐下就吃了一嘴的‘狗粮’啊！”

舒甜：“……”

由于他们坐前后桌，闻人一平常也是吃“狗粮”吃得最多的人，舒甜早就习惯了。

舒甜加大了点儿音量问闻人一：“你怎么没去打？”

闻人一：“我去年是个替补来着，但最后也没上场，今年我的水平也没进步，干脆不去了。”

舒甜点了点头。

“而且主要，我觉得当观众看江译打球是很爽的。”

舒甜疑惑地道：“嗯？”

闻人一没细说，挤眉弄眼：“你一会儿就知道了。”

他们坐在观众席的第一排，视野开阔，除了啦啦队在栏杆那边站着等待入场，就数他们视野最好。

舒甜看到江译他们围成一圈儿，好像在讨论什么。

舒甜叫了闻人一：“喂，你知不知道你的蘑菇在啦啦队呀？”

闻人一眼睛瞪得老大：“她什么？”

“她，在啦啦队，”舒甜指了指姚月的方向，“那儿呢，中间的小不点儿，看见没？”

闻人一顺着舒甜手指的方向望过去。别的人都是长发飘飘，他一眼就看见了熟悉的蘑菇头，只见她背影娇小，身材比例却很好，腿细腰也细，还很白。就是她至于露这么多吗？多冷啊？

舒甜观察着闻人一的表情，发现他咬肌那块儿一直在动，明显是咬牙切齿的样子。她正想说些什么，哨声响了，比赛开始。

两人跳球，球率先被附中的人拿到手里。

舒甜毕竟也看了挺久的训练赛，大概能分辨出来谁是谁，拿到球的人是除了江译打得最好的，他是 11 号，个子有一米九。

舒甜看到江译似乎在跳球之后还回头看了一眼她的位置，跟她对视之后才收回视线，开始运球。

舒甜：“……”

他瞅她干吗？他能不能专心点儿？！

因为周围的人都立刻动起来，偏偏他往这边看了一眼，舒甜立马就听到头顶有人在讨论他这一举动。

“江译……江译他刚刚看这边了是不是？”

“我也看到了！我的心脏都停跳了，我跟你讲，他绝对是在看我！”

“你省省吧，我都跟他对上眼儿了……”

舒甜：“……”

舒甜特别想回头问一句：“你们是不是失忆了？刚刚这男人走来观众席，一通暧昧表现对着的都是我呀！怎么就成了看你们了？”

舒甜深吸一口气，把注意力重新放到球场上——现在球已经到了江译手里。

附中的队服是黑白配色，四中的队服是蓝白配色。四中的五个人都长得人高马大，看着比江译壮了一圈，但明显行动不怎么灵活。

江译带着球，移动速度很快，转向又灵活，一路上四个人都打算防他，但只有一个人让他短暂地停了一下。

江译进了内线，起跳，上篮，球进得分。

江译拿到队友传来的球之后，一系列动作行云流水，速度快，过人干脆利落，眨眼之间就进了球。

篮球这东西，来看的都是懂点儿规则的，就算不懂，也是带着嗓子来的，欢呼声要把舒甜的耳膜震穿了。

舒甜张着嘴，周围太吵，她甚至听不到自己到底有没有喊，所有人正亢奋着，她看见江译又回过头——准确地找到她的位置。同为飞行员视力的舒甜，看到江译眨了一下眼。

接下来，几乎是江译的主场。

之前训练的时候舒甜就看过他们的大概战术，其实也没别的，就是球员们疯狂给江译喂球，喂不到江译就喂 11 号。

江译打后卫，但他什么都能干，过人假动作一套一套的，抢断总成功，背后传球不在话下，队友接球接得都猝不及防。或者，他带球过人，跑着跑着，突然就不想往前挤内线，那也没事儿，原地起跳就是一个跳投三分，最可怕的是这么投的还全进了。

舒甜发现江译好像是戴着牙套的，球进了，队友跟他去勾肩搭背的时候，总能看到他嘴边咬着一个透明的东西在笑。

几乎每进一个球，江译都会立刻看她一眼，就算对不上视线，也要象征性地朝这边挥一下手。

挥手也没什么，最过分的一次，他在线外挺远的地方投了个谁都没想到的三分球，全场愣了一秒才开始叫，他就盯着她笑，抬着左手，右手拉着左手手腕上的黑色发圈儿，拉开又弹回去。

这边的人快叫疯了，舒甜的脸瞬间爆红，她完全不知道该怎么回应他。

江译一个人力压其余九人，但这跟舒甜最近看到的训练赛差不多。他们本来就是围着江译和11号来练的，球从各处运到他们手中，这两人负责得分。当然，不管是外形还是技术，江译比11号都高了不止一个档次。

附中的人喊得跟看NBA（National Basketball Association，美国职业篮球联赛）一样，女生的声音盖过男生的声音，一堆“啊啊啊”中还会夹杂着“哥哥”。

啊啊啊就算了，哥哥是怎么回事儿？舒甜气得不行。

舒甜身后几个刚才幻想着江译在看她们的女生，喊哥哥喊得异常响亮，舒甜咬着牙，每次忍不住想回头的时候，原弯弯就过来死死抱住她的肩：“甜！你是正宫！你才是真的！你淡定点儿，别跟她们一般见识！”

舒甜：“……”

弯弯说得是，她才是真的，其他人也只能嘴上喊喊。

附中的比分一直遥遥领先，第一小节结束，短暂的休息过后就得立刻开始第二节。

舒甜看到他们回到场内休息区，看不清脸，但看得到江译正坐在椅子上低头玩儿手机。下一秒，她的手机一振。

未来的男朋友：“我帅吗？”

舒甜忍不住笑了，还没来得及打字，手机又是一振。

未来的男朋友：“？”

舒甜直起腰，回复：“帅爆了！”

未来的男朋友：“哈哈哈。”

舒甜有些好奇：“你们比赛的时候居然可以拿手机？教练让你们玩儿吗？”

未来的男朋友：“他们不行。”

舒甜：“那你为什么行？”

未来的男朋友：“因为我跟教练说，我得跟我的精神支柱聊天儿，不然手痒，打不好，影响投篮准头。”

舒甜发了一串省略号过去。

鉴于身边有姚月这人的存在，舒甜身上发生的小事儿，但凡跟江译有关的，都能被她无限夸大，因此舒甜从来都不需要亲自秀什么恩爱。

现在舒甜翻来覆去地把两人这番对话看了一遍，怎么看怎么觉得甜蜜十足，也第一次生出想要秀恩爱的心思。

舒甜把这段聊天儿记录加上之前的“快点儿，我想你了”一起截图，发到了宿舍群里。

第二节结束的时候，双方啦啦队上场跳舞，闻人一本来比赛的时候一直在给他的译哥加油助威，但此时突然沉默了。

闻人一黑着脸站起来：“帮我占着座，别让别人坐这儿。”丢下这句话他就下了看台，不知道去干什么了——舒甜觉得他 99% 是去采蘑菇了。

紧接着，在舒甜还没反应过来的时候，周遭突然安静了很多，一道黑影闪过，身边又坐下来一个人——大明星江译。

舒甜张了张嘴：“你怎么……”

“我第三节不用上，”江译说，“教练说不能让别人输得太难看，至少得扳回一局。”

“哦。”

舒甜突然反应过来：“那你第四节上场前一直坐在这儿？不用回去了？”

“嗯。”

江译的手里拿着瓶水，他喝了一口之后就放在脚边，左手戴着护腕，右手戴着发圈。

江译伸手说：“其实我现在很想抱你。”

舒甜一愣。

江译又说：“但是一身汗，还是牵手吧。”

“哥哥”事件给了舒甜一个提示：很多时候，不弄个大的，只是抱抱校服什么的，这些女孩会选择性无视。因此，舒甜觉得宣示主权是有必要的。

舒甜毫不犹豫地把手放在江译的手上，听着身后发出一声压低的感叹，内心暗爽。

四中的几个人打别的学校并没出现过这么憋屈的情况，从来没有，但他们拿江译一点儿办法都没有。你知道他要投三分球，你知道他要过人上篮，你甚至知道他要在哪儿起跳，但你拦不住。

他们想搞小动作是不可能的，永远也不可能。那可是江译呀，一打十的主儿，传说中练过神秘功夫。场上搞小动作，那是准备打完球不要命了吗？因此，他们什么都做不了，只能眼睁睁地看着他进球，看着他得分，最痛苦的是，还得听着自己学校的女生喊破嗓子为对方欢呼，完全可以说这是一场让人打到怀疑人生的球赛。

第三节江译没上场，给了四中一定的面子，比分追上来了点儿，没那么悬殊了。

第四节江译重新上场，比分再次拉开。

所以这个战术性的换人有什么意义呢？教练你觉得这样人家四中就不丢脸了吗？并没有，他们依然很丢脸！

舒甜看下来江译打的这三节，发现他有很多小动作，比如，一进球就咬着牙套叼在嘴边，习惯性地扯护腕和她给的发圈。再比如，他一边走一边撩起衣服下摆擦汗，无知无觉地露出腹肌。那时，他刚好就在她面前走过，听着尖叫声，舒甜默默地抬起手捂住了嘴。她是真的被帅到了。

第四节的时候，舒甜明显感到四中的人基本上没了斗志，有两个人都开始瞎打瞎传了，附中这边乘胜追击，比分越拉越大。

最后一节，江译比之前还放开了打，普通的三分球都不想投，要投就投厉害的、超远的，普通的上篮都不想上，要进内线，就一定是扣篮。

下面的女生都喊累了。

最后一个球，江译是卡着点投的三分球，橘色的篮球抛物线很完美，直接入网。

最后双方的比分为 81 ∶ 45。

伴随着哨声，江译懒洋洋地笑了，在所有人的注视下，开始倒退着走，一直退到球场中央，抬起手，对天比了个1，在震耳欲聋的欢呼声里，完美谢幕。

比赛结束后，两校教练、队员握手寒暄，颁发了奖状。

舒甜在所有观众准备离场的时候，按照微信上江译给的指示找到了二楼最里间的更衣室。

她迟疑着敲了敲门，手刚放下，门立刻从里面打开了，她的胳膊一紧，一下子被拽了进去，刚才在球场上风光无限的人，此时就站在她面前。

江译脖子上搭着一条毛巾，一挑眉，问道："帅吗？"

舒甜："……"

"你看得满意吗？"

舒甜绷不住笑了。

"嗯，"她很诚实地点点头，"满意，超级满意。"顿了顿，她回答了他第一个问题，"也帅。"

江译舒坦了。

他平时打球不这样，今天搞那么多小动作不就是为了给她留下印象嘛，不光要让她记住，最好以后她一看见篮球，就能想起他。

江译指了指一边的凳子，说："你坐这儿等我十分钟，我去洗个澡。"

"哦，"舒甜乖乖点头，左看右看，有些好奇，"你们每个人都有一个更衣室？四中这么阔绰的吗？"

"不是，"江译一脸坦然，"我问我们教练要单独的更衣室，然后我们教练问四中要的。”

舒甜：“……”

行，你打得好你说了算。

舒甜没看江译到底洗了多长时间，她低头刷论坛，看的全是关于他的帖子，没刷几个他就洗完了。

江译穿着白T恤出来的时候，脖子上依然挂着一条毛巾，头发还在滴水。

更衣室空间狭小，舒甜坐在靠着窗户的休息长椅上，江译径直走过来坐下。

舒甜还没将手机收到口袋里，下巴突然被捏住。

江译身上的香味估计是这边浴室里的沐浴露的味道，柠檬和薄荷的混合味道，清凉好闻。

江译：“我赢了。”

舒甜：“……”

舒甜看着江译的眼睛，突然想到刚刚他用球衣下摆擦汗的那一幕。这人走在球场边缘，侧脸是很淡漠的表情，动作却莫名地撩人，露出来的腹肌和腰就更不用说了，只是一想，她的心脏就有了狂跳的趋势。

下午的阳光从身边的窗户照进来，江译静静地与她对视，没了刚才在球场上的意气风发，说的话很体贴：“休息会儿。”

舒甜老老实实地歇了会儿。

几分钟后，舒甜的意识重新变得清明，她晃了晃头，正准备站起来，屁股刚要离开座位，就立马被摁了回去。

舒甜愣愣地转头看江译：“不走吗？”

江译笑了一下：“走什么走？”

他额前的头发湿着往两边分，额头和整张脸都露出来，桃花眼微微弯着，嘴角上翘，头发上的水珠顺着他的下巴往下滴，落在锁骨处的那个窝里。

舒甜不自觉地咽了口唾沫。有个病句是怎么说的来着？对，帅得惨绝人寰。真的，舒甜就是那种感觉。

“休息好了吗？”江译抬起手，温热的指尖蹭着她的唇角，声音低哑温柔。

舒甜愣了一下：“什么？”

江译放在她唇边摩挲的手转而捏上她的下巴，他说：“你休息好了的话，”他弯着腰凑近，笑得痞里痞气，“就再来一次。”

舒甜看着江译越来越近的脸，感觉自己马上要变成对眼，江泽温柔缱绻，是跟刚才在球场上的张扬桀骜完全不同的样子。

舒甜不知道过了多久，她真真切切地觉得头晕眼花了。

他们又休息了几分钟，下楼时正好遇到江译的教练和队友，一行人勾肩搭背往场馆出口方向走，看见他们，沉默几秒后爆出一阵哄笑，在空旷的体育馆格外响亮。

舒甜本来胳膊都抬起来了，准备挨个打招呼，却被江译抢在前面说道：“教练，我跟班里的车回去了，一会儿不用等我。”

“行，”教练说，“那你回去再考虑考虑进校队的事儿。”

江译点头。

舒甜准备跟这些人道个别，手还没举起来，就被搂着肩膀转了个身，走向出口。

舒甜：“你怎么回事儿啊？”她被搂着，也不好回头，“我都没打招呼，你……”

“跟他们打什么招呼，”江译不容分说，带着她走得更快了，“没必要，你也见不到了。”

上次她试穿啦啦队队服，这群人的惊呼声他一直记得。她跟他们打招呼？叫他们什么？学长？这么便宜他们？哼，他们想得美。

附中的大巴在四中校门口整整齐齐地停着，按照来时的规矩，人齐了才统一出发。

舒甜跟江译回班，她本来没想什么，直到登上大巴被莫名其妙的叫喊声吓了一大跳，差点儿平地摔倒。

今天对着江译的掌声、起哄声，以及对他俩吹起的口哨声源源不断，仿佛没个头儿，最后还是马东立拼命地做手势，才终于让他们平静下来。

“来，江译，”马东立很随意地指了指，“后面没座了，你坐我旁边。”

江译：“……”

他回班级就是为了跟舒甜坐在一块儿，万万没想到没座位了。

江译还想再挣扎一番，马东立又说：“老师有话跟你说。”

江译：“……”

这个他就完全没办法逃了。

舒甜看了他们一眼，一步一回头地回了自己的座位。

江译坐在马东立身边，第一排，手机立刻就收到了消息。

舒甜：“！！”

“江译呀，”马东立语气很和蔼，“以前练过篮球？”

“没有，老师，”江译说，“就是喜欢打，打得多。”

“老师听说，嗯，就是有老师跟我讲，”马东立伸出手，比了个拳头，“你这个，也很厉害。”

江译：“……”

江译挺喜欢这个班主任的，他虽然奇奇怪怪，但是没什么麻烦事儿。

江译犹豫了几秒钟，点了点头：“这方面，有学过一点儿。”

“啊，”马东立笑了，“这样。”

“刚才看了你的比赛，”马东立感慨道，“老师年轻的时候，跟你简直一模一样。”

江译：“……”

“老师也是特喜欢打篮球，拳脚功夫比别人强，那时候打球打得还好呢，下面尖叫的小女生可能比你少点儿……但也少不了太多。”

江译渐渐明白了什么，点点头，跟马东立对视：“嗯。”

“然后你别看老师现在头发都掉没了，还发福了，”马东立笑眯眯地说，“老师年轻的时候也是校草级别的人物，我跟你师母青梅竹马，后来我才知道她从小就喜欢我。”

江译做忠实听众：“您接着讲。”

马东立对江译的这个反应很满意，一拍大腿，说道：“不是我吹，你这孩子长得好看，老师年轻的时候跟你简直是一个模子刻出来的！”

江译：“……”

江译看了看马东立秃得发亮的头顶，略显臃肿的啤酒肚，圆润的脸，眯起来的眼睛，以及目测不超过176厘米的身高。

江译放松全身，靠在靠背上，真城地道：“我也能看出来，您年轻的时候肯定很帅。”

周六、周日白天的时候鹿园园来给舒甜补课，周日晚上吃完饭，舒甜趴在床上玩儿手机，刷论坛。

可能是因为刚考完试，这个周末没什么作业，当然，就算是平常的周末，附中的学生刷论坛也刷得来劲。

这个周末因为有这场篮球赛，论坛炸了。

看八卦的、玩儿论坛的本来就是女生多，男生估计就算看也不会起哄发帖子，顶多跟着回复几句，因此句式都很统一——啊啊啊＋江译＋如何如何帅的形容词。

通常这些帖子都是新发的，大家匿名发个爽，发多了也没人回复，很快就刷过去了。但有一个带着很多张图片的帖子，从各个角度拍了江译的特写，帖子被加了精。舒甜看比赛的时候太忘我，也没想到要拍照片，现在正好可以留几张照片做纪念，因此很不客气地存了很多张。

舒甜看帖的时候，心路历程大概是：她们都拍江译—还夸上了天，虽然他真的值得—但看到这么多人同时觊觎他真的有点儿不爽—他们拍了这么多、这么好看—啊，这张还没存，快存！—我喜欢的人也太帅了吧！

舒甜在帖子里还找到一张自己最喜欢的江译的照片——他撩起衣服擦汗的照片。照片上江译的脸看不太清，只露出白皙的耳朵，少年手臂上的肌肉线条流畅优美，没有丝毫夸张，手腕上戴着黑色护腕，撩起球衣下摆擦汗。

这腰，这腹肌，太完美了，存。

舒甜在学校论坛从男朋友迷妹那儿找男朋友的美照，嗑颜嗑了一个周末。

之前那个求江译神秘女子的帖子也一直挂在首页，她单独的照片、她跟江译同框的照片，应有尽有。

舒甜的手机上方跳出来一个聊天儿框。

姚小月：“@舒小甜 这场篮球赛打得是真好！”

舒甜：“？”

姚小月：“我跟你讲，我一直在刷论坛，发现这场球赛之后我收获了好多同盟，啊啊啊啊啊啊！满足！”

舒甜有些无语地打字：“别告诉我同盟是那个什么‘一天女孩’。”

姚小月：“就是呀！你也看到了对吧，我们 CP 粉自封的封号，怎么样？”

舒甜：“……”

姚小月：“我还截了两张图，夸你的！呜呜呜，我的宝藏终于被大家发现了。”

姚小月：“[图片][图片]”

舒甜看姚月还打算继续，干脆剑走偏锋堵住她的嘴：“话说你在啦啦队的时候，闻人一去找你了吧？你俩说了点儿什么？”

姚小月：“我妈叫我，下次再说。”

舒甜笑了，换了个姿势趴着，点开姚月发的第一张截图。

24L：“天哪这个颜值！眼睛周围都干干净净的，一点儿妆没有都能这么大？呜呜呜，小仙女呀！”

25L：“除了嘴唇像是涂了口红，我估计别的啥也没化！（悄悄求个口红色号。）”

26L：“我懂了，其实这是个前世今生的剧本吧，他俩下凡历劫。”

27L：“下凡历劫 +1，太梦幻了。”

28L：“我是看到照片之前说了一句‘江译女朋友的脸绝对没有江译好看，想都不用想’的人，我现在收回来。”

舒甜打开姚月发的第二张截图。

45L：“很多化的妆是看不出来的好吧？吹可以，别硬吹，也没有这么夸张吧！”

46L：“回楼上，没有硬吹，要不是这颜值我一定会喷这女的配不上江译，但人家两个是真配。”

47L：“同框的那张啊啊啊！我读个高中才两个半月就要骗我嗑了吗？什么魔鬼？”

48L：“就是，什么魔鬼！”

49L：“对了，我是七班的！给姐妹们科普一下，江译心上人上次月考我们班第四，年级前 50。”

50L：“？？年级前 50……告辞。”

截图就停在 50L。

舒甜看得真是叹为观止。她忍不住退出去，给江译发消息：“我还没跟你在一起呢，怎么就跟出道了一样？”

未来的男朋友：“？？”

附中再怎么佛系批卷子，周一也已经批完了，周二全年级名次也都排完了，每个班下发成绩。

距离球赛已经过去了两天，江译又一次上了热搜——因为期中考的成绩。

江译的成绩不光突破了倒数，还考了全班第 20 名。

但由于同学们普遍认为江译是抄的，没什么悬念，破案太迅速，大家只是感慨一下而已，这次的热度很快就降下去了。

但舒甜知道他不是，因为闻人一夸张得要死的反应。

“译哥！你全程坐在我前面，我没看见你作弊呀？”

“不是，你也没去上厕所吧？现在作弊有新科技了吗？肉眼看不见的作弊方法？”

江译被他揪了校服好几次，忍无可忍地丢过去一本书：“我自己做的！”

“什么？”闻人一瞪大眼睛，“我不信。”

江译：“……”

闻人一：“我宁愿相信江译用了肉眼都看不见的作弊方法，也不信是译哥自己考的第 20 名！”

舒甜听得额角直抽，肉眼看不见的作弊方法究竟是什么呀？闻人一怕是缺少社会的毒打太久了，竟敢这么说江译。

闻人一这么说，舒甜观察了一下自己成为班级讨论热点的黑马同桌，他好像还挺淡定。

期中考试发的是成绩条，一张长条上面有各个科目的分数和 名次。舒甜这次因为数学成绩高了点儿，所以考了第三名，比之前前进了一名。

舒甜还没开口说想看江译的成绩，他突然拿起字条就放到了她的桌子上。

舒甜低头，一科一科地看过去，然后满脑子都是感叹号——英语 140 分！化学 95 分！历史 55 分！政治 59 分！她看完，总的来说，觉得这是个偏科极为严重的中上游成绩。但重点在于，他才好好学习了多久？撑死三个星期，就算高一知识少，这进步也太神速了吧？

舒甜最后看了眼他的成绩条，还回去的时候有些好奇：“你英语为什么这么好？而且我看你英语课是听得最少的。”不是最少，基本上可以说是不听。

“我小姨，国外长大的，我跟我哥小时候，她在我们家住了好几年，”江译停顿了一下，“我记得你也见过她，但可能年纪小，不记得了。”

舒甜回忆了一下，的确是没什么印象，但还是点点头，问：“然后呢？”

江译拿起一支笔，单手转笔，黑色的笔在白皙、修长的手指间转来转去，极具欣赏感。

“我妈说她很愿意逗我们俩玩儿，但中文特别差，全说英文，之后逗着逗着我们俩居然就听懂了。”

“这样啊！”

小孩子语言接受能力最强，那就不奇怪了。

“除了你小姨，没别的了？”

江译想了想，说：“小姨回国外结婚之后，我的英语好，应该还有外网游戏的关系。”

舒甜：“……”

总的来说，这位的英语 140 分是不可复制的。

“所以你要是好好写作文和阅读，英语就能考 140 分，”舒甜感慨道，“英语老师要夸爆你了。”

江译顿了几秒，看过来，问：“那你呢？”

“我？”舒甜愣了一下，以为他在问成绩，“我才 134 分。”

“不是。”江译的表情有些慵懒，“你刚刚不是说，英语老师要夸爆我嘛，那你呢？”他挑了下眉，“你不夸我吗？”

舒甜算是看懂了，这张帅脸上现在写了两个大字：求夸。

舒甜心里憋着笑，像是夸小孩一样敷衍了一下：“你真棒。”

江译满意地笑了。

舒甜又戳了戳他：“不过……”她压低了声音，眨了眨眼睛，“你到底是为什么，突然……这么努力地学习？”

江译：“……”

舒甜一个一个地猜：“是不是突然间醒悟，就想努力奋斗？上进心觉醒了？”

江译收了笑容，沉默了一会儿。他最开始的动力，其实是马东立的那句“期中考后座位按成绩排”，他不想跟舒甜分开。虽然他知道名次太靠前也不可能，但还是想试一下。但现在想来，其实从月考之后看到她的成绩，他就生出了类似的想法。

他们两个一个在成绩单的上面，一个在最下面，就算除去大学等因素，他也不想看到这样的一张纸。

排座位不过是催化剂，一个给自己找的借口，而真正的理由他可以告诉舒甜。

“不是突然上进什么的。”江译说。

他要是有这觉悟，早干什么去了？

江译转过头，跟舒甜对视，眼睛里像是有光。

“我就是……”江译垂眸看了眼成绩单，很轻地勾了一下唇角，“不想离你太远。”

江译觉得，学生时代，通常用最常见、最普遍的方式来定义学生，也就是优等生和差等生。说白了，就是成绩好和成绩差。或许差等生还要更差一点儿，不光成绩差，可能还打架、逃课，哪儿都得有点儿毛病——比如他这样的。而偏偏他喜欢的人，是个那么好、那么优秀的姑娘。

他前不久下定决心要追她的时候，没什么把握，在网上提问，在那个问题的详细描述里面写的那几百个字，全是赞美，那文采、那手速，估计教过他的语文老师都没见过。

江译是真的觉得一夸就停不下来，她怎么能那么好呢？

她那么好，就算他不能跟她一样，那也不能落在后面吧？不应该，也不合适。

江译说完那句话，两人一阵沉默。

舒甜先是愣了一下，反应了好一会儿才大概明白他说的这个“远”是什么意思。

“只是不想离你太远。”这简直是绝美的情话。

舒甜盯着一脸淡定的某人，异常感动之余，非常想问问他到底是去哪里上的情话补习班，下次能不能算她一个。

“那什么……嗯……”舒甜嗯嗯啊啊了几声，最后灵光一闪，总算憋出一句，“辛苦了。”

“哦，”江译听完，忍不住笑了，“还行吧，也不算太辛苦。”但也不是那么轻松，从初中到现在，四年多没学习，其实手挺生的。而且最关键的是，以前闲散惯了，有时候盯着那些鬼画符，绞尽脑汁想搞懂意义的时候，会生出“放着游戏不打做这破玩意儿干什么呢”一类的想法。不过坚持也没那么难，比如做题，想着做完这道拉倒，就这么往下做了很多很多道，越做正确率越高。

舒甜想了想，趴在桌子上，对着江译勾了勾手指。

江译很配合地低下头。

江译看到舒甜睁着大眼睛，小梨涡在脸颊两侧，笑容狡黠，跟个小狐狸一样，小声说：“我其实之前想说，奖励你点儿什么来着。”

又有奖励？某人眼睛一亮，手里的笔也不转了。

江译的眼睛快要会发光了！什么神仙奖励！

舒甜装作没看见，接着说：“但是我觉得，最近是不是奖励太多了，怕你觉得烦，我们也不要总是……毕竟距离产生美嘛，所以你可以重新想一个……”

她说到这里，被江译打断：“距离一点儿也不美。这个奖励很好，我喜欢。”他仿佛没听到她刚才说的话，思路径直往下走，“我觉得我们可以进化一下这个奖励。”

这人突如其来一通抢白，舒甜被这拨操作弄得哑口无言，好半天才伸腿在课桌底下轻轻地踢了他一下。

被踢的人没有丝毫的不满，拿起笔重新开始转。

期中考试成绩出来之后，围绕着江译的谈论点又多了一个，但没持续太久。就在热度完全降下去之后，接下来的月考，江译考了第15名，于是论坛又炸了。

一个差生成绩突飞猛进，那第一反应自然就是“抄的”。

大家虽然怀疑过“为什么最后一个考场能抄出来第15名”“江译倒数这么多年怎么突然就开始抄起来了”“江译有了新的追求吗”等，但最后都归结为——看见没？这就是江译！江译有的是人脉和手段！江译想干吗干吗！别说第15名，第5名都不在话下！随心所欲！

舒甜还刷到过一个帖子，她甚至怀疑是姚月披着匿名的皮发的。

【#破案了！江译究竟为什么突然想要好成绩？当然是为了跟他喜欢的女生相配啦！#】

帖子里面的言论和姚月的无脑刷屏式发洗脑包的姿势一模一样，舒甜看完就去宿舍群里质问，但姚月死不承认，她也没问出个结果。

舒甜最近没去江译家，不知道江言还有他爸妈对此怎么看。反正在班级和学校范围内，好像就只有三个人——江译、她、马东立相信江译的成绩是自己考出来的。

马东立简直太开心了，从江译考了第20名，到第15名，月考之后基本上每周的班会课他都会表扬江译。

“……学习这个事儿，是，老师承认有天才，人家看两遍书比咱们看10遍、20遍都强，但是天才能有几个？大部分不都是凡人吗？那么多靠着后天努力取得优异成绩的，比如咱们班的江译同学，一匹黑马！看见没？这就叫力争上游！曾经学习不好有什么关系？人家还留过级呢！你看看人家现在，第15名！都给我向江译学习！”

不到两个月，江译赫然已经成为马东立的得意门生，走哪儿吹哪儿的那种，舒甜觉得江译的第15名有今天这个知名度，也要多亏了他的宣传。

可能马东立唯一对江译不满意的地方，就在于得意门生的语文只能勉强及格，而且他是教语文的，不得不承认，得意门生的作文真的是不知所云。

流言越来越多，比如，“新一代弊神”“神抄手”等名号冠在江译头上的时候，连舒甜都不乐意了。

“你说这些人是不是有病？”她特别不理解，“整天这么说有意思吗？

这又不是什么好听的外号。”

江译：“……”

舒甜被爱情蒙蔽了双眼，拒绝站在他人的角度思考问题，义正词严：“你怎么抄了？考场的人不给你抄，手机被屏蔽信号，也没出去传字条，到底怎么给你抄？”

江译：“……”

“怎么就这么大惊小怪？相信一个学渣自己考上来就这么不可思议吗？”舒甜快气死了，“学习到底有什么难的？！”

江译听到最后一句，没忍住笑了。

舒甜一路抱怨着，两人并肩出了学校，天气已经很冷了，大部分植物只剩下光秃秃的枝丫。

江译一直没说话，看了舒甜一眼，倏地停下脚步：“你的围巾呢？”

舒甜校服外面套着乳白色外套，鼻尖有点儿红，眼睛里的愤愤不平还没退去，茫然了一瞬：“啊……在书包里呢。”

江译扶着她的肩膀把人转过去，拉开她书包的拉链，拿出来围巾，重新拉好拉链。

“你别拿，”舒甜意识到他要做什么，抬手推了一下，“我不想戴，我不冷，我现在很热。”

江译白皙、修长的手指拿着深色的围巾很好看，她的手推不动，眼睁睁地看着江译把围巾套在她的脖子上，一圈一圈又一圈，绕了三圈，脖子、下巴、嘴都被松松地包裹住。

江译看着只剩下半张脸的舒甜黑白分明的大眼睛，心情很好地牵着她往前走：“不戴你一会儿就冷了。”

舒甜不情不愿地抬了一下头，说：“那你为什么不戴？”她不服气，“你明天找个围巾，我们互相围怎么样？”

江译不知道为什么戴个围巾就这么费劲，淡淡地看了她一眼：“因为我是真的不冷。”

“可我也是真的不冷，你看你不围围巾，穿得还比我少，我说什么了吗？”

舒甜戳江译的胸膛，硬邦邦的，很单薄，“你看你穿得这么少，我每天都在说让你多穿吧！”

江译：“毕竟上上周，还有上周，生病的人又不是我。”

舒甜：“……”

算你狠!

江译冬天穿得也很少，校服外面套个黑色运动服或者黑色单外套，里面也不穿多保暖的衣服，但舒甜拉着他的手，的确是温暖的。

舒甜缩了缩脖子，把这归结为男生神奇的体质。

“马上期末考了，我觉得你这次应该比上次好，但估计他们又要说了。”

“说什么？”

“就说你抄啊……”舒甜叹了口气，“真烦，闲得没事儿干了吗？”

江译看着身边一脸愤慨的小姑娘，她的小脸儿都快鼓成小包子了，侧面看着，特别可爱。他忍不住摸了摸她的头发，笑道：“管那些干什么？”

舒甜爹毛：“替你不爽啊！”

“没什么不爽的，”江译笑了一下，“高考又不能抄，最后跟你一起上大学的又不是他们。”

舒甜愣了一下。

她转过头，看到江译脸上带着很淡的笑，薄唇开合，声音低沉：“是我。”

江译到家的时候，客厅没人，厨房有说话声，他径直回了房间。

江译没开灯，进门后直接把书包放在桌子上，靠着座椅刷手机。虽然舒甜住在对门，但每次他们还是像两人住得很远一样，互相发些没营养的信息。

舒甜：“我到家了。”

江译笑了一下，打字，还加了个表情：“我也是。”

舒甜：“现在我走到客厅了。”

舒甜：“我打开了电视。”

舒甜："我爸进了家门，我妈说，'舒老板你好像又胖了，能不能控制控制？'"

舒甜："我跟我爸打了招呼，我妈又说我，'你能不能别一回家就玩儿手机？'"

舒甜："直播完毕，结论是我妈今天吃了火药，呵呵。"

昏暗的房间里，手机屏幕的光有些刺眼，江译瘫在靠椅里，就这么看着那边的消息一条一条地蹦出来，在他没注意到的时候，唇角一点儿一点儿地翘起来。

江译直起身，正准备打字回复，身后传来两下轻轻的敲门声。这个敲门习惯他很熟悉。

江译回头："进。"

咔嗒一声，江言推开门，愣了一下："你怎么不开灯？"

江译把椅子转向门那边："忘了。"

灯的开关就在门边，江言打开之后，带上门走过来。他穿着白毛衣，看起来很温柔。

他们明明在一间屋子里，但两个人穿得像是在两个季节。

江言走过来直接说："我寒假还要去一次美国。"

"美国"这两个字一入耳，江译一愣，立刻抬头："你……"

"主要是做检查，还有恢复情况那些。"江言笑了一下，"没什么事儿。"

他们两个长得其实不是很像，越长大越能看出区别。

江译记得小时候，因为江言长得太漂亮，来过他家的几个朋友都以为江言是个梳短发的女孩，过了几年，发现身高高得不太正常，问了他才知道这原来是哥哥。

江言脸上的线条很柔和，因为瘦，下巴有些尖，眼睛形状极为好看，脸色常年苍白，唇色很淡，但现在看起来他的精神挺好。

"啊……"江译松了一大口气，"是寒假去吗？"

“嗯，”江言站着，轻轻靠着他的桌子，“而且我可能……还是要提前高考。”

江译现在对这些都没感觉了，一边转椅子一边说：“其实你本来就该直接读高三，高一对你来说是浪费时间。”

“没有浪费时间。”江言的声音从身后传来。

江译把椅子转回去：“嗯？”

“这个高一上得……”江言突然沉默下来，像是想到了什么，隔了几秒才抬头，眼瞳被灯光一打，闪闪发亮：“很值呀！”

很值？江译没怎么听懂，也没在意，点了点头：“哦。”

从小有这么个哥哥，他早就知道天才跟凡人的世界还是不一样的。

“倒是你，”江言的手指点点他的桌子，他垂眸笑道，“我们班主任好像跟你们班主任关系很好……最近一段时间，你们班主任没少夸你吧？”

江译一想起来马东立的口吻就头痛：“嗯。”

江言脸上的笑容加深：“所以我们班主任也经常在我们班夸你。”

江译闭了闭眼：“这到底有什么好大惊小怪的？”

“毕竟进步这么大，正常。”江言的声音温和，语速偏慢，听着很舒服，“这两次，你没告诉爸妈？”

“没，”江译嗤了一声，“我什么成绩，说不说都一样，说了让他们以为我作弊吗？”

江言：“他们没问，我也没说，那你自己定。”

“嗯。”

“啊，对了。”江言的声音再次传来。

江译转头。

“我有次课间，看见我们班女生在看你之前篮球比赛的视频。”

江译：“……”

江言从很久以前就热衷于打趣自己弟弟的桃花们，并乐此不疲。“阿译我看到你又被小女生拦在校门口了呀！”“今天放学找你那个好像不是我们学校的？”“你怎么从来都不把收到的信带回家呢？”——他说的话都是淡淡的，语气、表情都是温温柔柔的。

江言不是八卦的人，他待人温和，但其实对很多事儿很淡漠。所以江译更不知道这算什么，最后只好归结为天才无聊的消遣。他知道这种时候，保持沉默就好。

江言还在说。

“她们在看，然后我也跟着看了一会儿，嗯……”江言说着，从桌子上直起身，跟江译对视，拖着长腔，笑着调侃，“打篮球挺帅呀！”

江译翻了个白眼，微微施力，把椅子重新转向背对着他。

见状，江言轻笑出声，没再往下逗了：“我出去了，你记得一会儿出来吃饭。”

“嗯。”

江言说的舒甜家要出去旅游，本来江译没怎么在意，直到隔天课间他玩儿着舒甜的长头发，随意问了一句：“你寒假要去哪儿玩儿吗？”

“没……”舒甜伸了个懒腰，“我爸妈又要出去旅游，我初中时跟着他俩的，但今年不想去了。”

江译手一顿：“为什么不想去？”

舒甜伸完懒腰，突然凑近他，眨了眨眼睛，压低声音道：“因为今年……想陪江译。”

她的尾音又甜又软，江译的心脏倏地一麻，像被小猫爪挠了一下。

江译喉结动了动，不忘找重点：“所以……你家没人？”

“嗯？”舒甜想了想，“应该就我跟张姨，她给我做饭……然后还有家教姐姐年后会来。”

“我家也是。”

舒甜一愣：“什么你家也是？”

“我爸、我妈陪我哥去美国做检查，”江译说，“我家也没人。”

江译话音刚落，两人同时沉默五秒，随后又同时开口。

“那你要不要……”

“你要不要来找我……”

舒甜：“那我们……好像是有好几天都可以……”她吞了口口水，小声道，“住在一起？”

江译平复了一下呼吸，故作淡定地点头：“嗯。”

舒甜心脏怦怦直跳，口不择言：“那……那什么，你来我这儿还是我去你那儿？”

江译回答得很迅速：“来我这儿。”

舒甜疑惑地道：“为什么？我家也可……”

江译接过话，挑眉：“你不是来见过了嘛！”

舒甜：“啊？什么？”

顿了顿，江译突然凑到她耳边，声音带出来的气息让舒甜的耳朵一麻：“因为我家，够大。”

因为什么？舒甜瞪大眼睛。

“你说……”她吞了口口水，“去你那儿……”舒甜简直不敢相信这话是从他嘴里说出来的。

舒甜开始在脑子里上演一幕幕不该上演的剧情，心脏跳得发疼。她第二次吞口水，盯着近在咫尺的黑眸，感觉到江译似乎是在认真地跟她探讨。

舒甜说不清是紧张是兴奋还是什么别的情绪交杂在一起，想到什么说什么，下意识地开口，结结巴巴地道：“我……我，我今年16周岁。”

话说出口，她才意识到自己说了什么。什么16周岁？舒甜你在暗示什么？你为什么要说16周岁？

舒甜觉得他们两个因为这句话，同时放缓了呼吸，几不可闻。

“那个……”舒甜试图挽救，“我刚才说的那个，就是……就是突然想到……”

舒甜话还没说完，就感觉肩膀一沉，本来就在她耳边的某人脸埋在她的肩膀上，舒甜看不到他的脸，但看得到他的肩颈，他笑得无声，但肩膀一抖一抖的。

笑……这是在笑话她吧？

又过了五秒钟，在舒甜觉得自己要尴尬到窒息的时候，耳边传来一声轻笑："我开玩笑的。"

舒甜愣愣地抬头。

她看到江译重新直起身，像是觉得她这副样子很好笑一样勾了勾唇角，伸手碰了一下她的发顶，声音低低的："别紧张，逗你的。"

舒甜："……"

接下来的日子里，在经历了连续两周的音乐课换数学课、美术课换英语课、体育课换化学课之后，就在学生眼看着要反抗时，期末考试如约而至。

最后一节语文课下课之后，隔天就是期末考，江译被叫到办公室，马东立给了他一本书——《如何准确审作文题：初级——70 分至少拿 35 分！》

马东立没说太多话，但这本书的书名及他那双眼角下垂的眼睛里发出的光，明明白白地写着"孩子，这回别再跑题了"。

江译的作文虽然每次都得 30 分，但事实上，他每次都觉得自己写得挺好，一直觉得是这几次考试的判卷老师有点儿问题。

期末考试跟前几次考试的流程没有丝毫不同，只不过每个班排 15 名左右的学生在看到大名鼎鼎的江译出现在自己考场的时候，引起了一阵轰动。

考完不算正式放假，开完家长会才算。

家长会那天学生可去可不去，舒甜问了江译，他不去，那她也就在家里待着，反正成绩跟之前差不多，没什么考砸的科目，考完她心里就有数了。

舒老板白天是大忙人，所以是梁女士去给舒甜开的家长会。

家长会十点开始，梁韵上午九点半走的，一直到张姨把饭都做好了，12

点她才到家。

“妈，你回来了！”舒甜立刻放下遥控器和手机，跑到门边，“我考得怎么样啊？”

舒甜虽然心里有底，但毕竟考得那么辛苦，还是很好奇自己的分数的。

“总分六百几我不太记得了，挺好的，还是第三名，马老师夸你成绩稳定得不得了。”梁韵换了鞋，一边放包一边拿成绩条，“都在这儿呢，自己看看哪科觉得不太理想。”

“嗯嗯。”

“反正妈妈觉得挺好的，”毕竟成绩这么稳定，还被表扬了，梁韵笑了笑，“看来园园给你补得不错，我看你这学期数学一直在进步。”

舒甜听梁韵提到鹿园园，立马回道:“那当然啦！园园姐超厉害的好吧！”夸一句不够，她接着夸，“而且长得那么可爱，说话声好好听，她每次来我们俩都开开心心的，一点儿都不像补课。”

“嗯，”梁韵颇为赞同，“我也觉得那小姑娘可爱，人也好。”

没多久，梁韵又叫舒甜：“对了，诺诺。”

舒甜抬头：“嗯？”

“江译……他爸妈没去，”梁韵有些疑惑，“那孩子被你们班主任点名表扬了好几次呢，怎么也没人去开家长会呀？”

“怎么会……”舒甜愣在原地，“没人去吗？”

梁韵点头：“嗯，好像是江译提前跟你们班主任说了，马老师也没提他家长的事儿。”

“哦……”舒甜想了想，说道，“可能是没空吧。”

“也是，他爸妈是挺忙的。”梁韵叹了口气，随即换了一副兴致高昂的口吻，“不是我说，这孩子学习进步是真大，我看你们马老师给的成绩进步图，他这回考了第十名，比第一次月考进步 50 名呢。”

“嗯，”江译被夸，舒甜还是很开心的，笑了笑，“那是！”过了几秒她没忍住，“你也不看看是谁跟他同桌呢。”

梁韵翻了个白眼，笑道：“你可算了吧，快去洗手吃饭。”

梁韵转身进了厨房。

舒甜把成绩条送回房间，又回了客厅，从沙发上拿起手机。

她翻了翻微信列表，找到林以桉，手指在键盘上停顿了一会儿，慢慢打字：“林小桉。”

林以桉：“？”

舒甜：“你今天去家长会了没？”

林以桉：“你觉得我像是会去的人？”

你可真是什么时候都这么有范儿。

舒甜：“那谁给你开的家长会？”

林以桉：“我哥。”

舒甜：“那你能问一下你哥，你同桌——江言哥的家长有没有去吗？”

林以桉沉默了。

舒甜知道林以桉这是问去了，等消息的时候，她退出微信刷了刷班里的群聊，同学们都在庆祝放寒假，她也跟着发了几个表情包。

家长会上家长坐的都是学生的座位，林以桉的同桌是江言。舒甜也不知道为什么自己会问，就是觉得……有点儿替江译打抱不平，孩子的家长会，这么大的事儿，他进步那么多，为什么没人去呢？假如江言哥那边也没人去的话，那就说得通，江叔叔他们有事儿脱不开身，但假如那边……

手机一振，舒甜看着新弹出来的消息，再次愣住。

林以桉：“我哥说去了，你问这干吗？”

放寒假刚好是过年前半个月，梁韵跟舒老板决定年前去旅游，大概一周的时间，然后回来过年。

往年舒甜都跟着去，今年不去的理由是要跟鹿园园补数学，而且年后时间少，她想趁着年前跟同学约出去玩儿，没怎么费劲就说服了她爸妈。

舒甜自认在父母心里绝对是一等一的乖乖女形象。乖女儿肯定不会乱跑、乱闹，梁女士、舒老板给她留足了现金，在她放假的第二天就开开心心地去欧洲旅游了。

江译那边也是差不多的情况，放寒假第三天，除了他以外的三个人就坐上了去美国的飞机。

舒甜看到江译发过来的微信消息。

未来的他："我哥他们刚走。"

舒甜咬了咬唇，回了个哦，就不知道该说什么了。

现在是下午六点，他们两个自从那天之后就没有再单独讨论过关于住在一起的话题。

舒甜打字打了又删，删了又打，怎么打都觉得不对劲的时候，江译那边突然蹦出来一条消息。

未来的他："你什么时候来？"

舒甜手机差点儿没拿稳。她打"一会儿就来"，还没发出去，那边又来了一条消息。

未来的他："还是……你不想了？"

未来的他："不想也没关系。"

舒甜扑哧一声笑了，把之前的话删掉，打字"想想想想想"，顿了顿，又删了四个字，发送："想！"

感叹号啊，可以表示她的真诚了吧？！

未来的他："保姆在做饭，你来这里吃还是？"

舒甜："张姨也在做，我在家吃吧。"

未来的他："那你吃了晚饭就来。"

舒甜："遵命，老板.jpg"

舒甜吃过晚饭，张姨走之前千叮咛万嘱咐："诺诺你晚上可不能乱跑，就算咱们小区治安好也不行，最近年关了，出多少事儿啊！你长得又这么好看……哎哟，听姨的，千万别出门，我一走你就把门从里边也锁死了，听见没？"

"好嘞好嘞！"舒甜笑嘻嘻地说，"我保证不出去！张姨放心！"

然后张姨前脚刚走，她后脚就出了门。

不知道江译是不是听到了张姨走时候的声音，舒甜走到对门门口，刚要摁门铃门就开了。

舒甜这几天都在家里待着，听父母的唠叨，帮着梁韵收拾行李，压根儿没出过门，他们也有三天没见了。

江译好像是出过门的样子，身上黑外套、黑裤子，皮肤被黑色衬得很白，冷冷淡淡的表情在跟她对视之后变得柔和了很多，桃花眼微挑，唇角微微上扬，喉结滚动了一下，虽然没说话，却莫名性感。

舒甜身上开始发热，也不知道是不是几天没见的原因，觉得这人好像比之前更好看了。

江译站在门边，侧了侧身，说："走廊冷，进……"

江译的话说了一半，面前的人突然一个猛扑，他整个人撞到身后的门板上，咚的一声。

江译愣了几秒，垂眸。

这个角度看着她眼睛特别大，在昏暗的走廊里，显得特别亮。

"喂，"舒甜的声音带着一股浓浓的兴奋劲儿，"想死你啦！"

那个瞬间，江译像是整个人被扔进了温泉池里浸泡着，暖意从心脏蔓延到四肢。

舒甜问了句，才知道江译刚从外面回来不久。

江译去洗澡了，舒甜就先进了他的房间玩儿手机等着他。

舒甜坐在地毯上，靠在床边玩儿手机。

不管怎么说，今晚肯定是可以载入史册的一晚！舒甜想来想去，这事儿不太好意思告诉身边的人。但她发现，人一高兴起来想炫耀、分享的心情真是压不住，于是打开了《你问我答》。

最近考试，她都没怎么关心"小男生"的感情近况，不过他没来抱怨，也证明感情不错吧。不然要是他跟那个小公主吵架了，至少得发一百条消息连环轰炸她，所以还算可喜可贺。

舒甜定了定神，开始打字发消息。

Snlwkst：“不瞒你说。”

Snlwkst：“我现在好激动啊！”

舒甜两条消息发出去，江译洗澡前放在书桌上的手机连响了两声——还是带振动的那种短消息提示音。

舒甜本来正在低头打下一句话，听到声音有些纳闷地抬起头看了看，顿了顿，觉得是巧合，于是把新的一条消息发了出去。

Snlwkst：“啊啊啊我跟我喜欢的人晚上要一起度过了！”

那边的手机又振动了一下。

这不是巧合吧？

舒甜愣了五秒钟，一骨碌爬起来，三两步跑到桌子边。

因为刚来了消息，所以手机屏幕是亮着的。舒甜看了一眼，揉了揉眼睛，又看了一眼，她的眼睛都快要贴到他的手机上了，还是一样的结果——那上面显示着她刚才发出去的三条消息，消息上带着《你问我答》的标识。

第十七章
不输给你的喜欢

既然一模一样，也就是说江译就是那个小男生。

舒甜捂住嘴，冷静，冷静分析。

其实要真这么一代入的话，好像很多事情就对上了，一下子就说通了。

怪不得小男生每次说他好像把女生惹生气的时候，也都是江译惹她生气的时候；还有最开始的那个问题，他说他学习很差，逃课、打架什么都干，江译也是；小男生说过自己不小，不是初中生，更不是小学生，但是她没信。还有很多很多巧合到诡异的时间点……

所以，舒甜猛地想到，在最初的问答里，他那 800 字小论文夸得天花乱坠人间无天上才有的小公主居然是她，妈呀！

江译的手机屏幕已经暗下去。舒甜看着自己发消息的界面，慢吞吞地回到刚才坐着的地毯上站着，随后像是突然醒悟一样，把最后一条消息撤回。

舒甜的内心翻江倒海，感觉恍若在做梦，实在是想不通怎么会有这么巧合的事儿。世界网友千千万，我国网民网虫那么多，怎么偏偏他俩就……

而且现在知道了对方是江译，那她自己该不该暴露呢？就算暴露要怎么做？

——喂，你好，我要自爆了哦，其实我是舒甜。

——我告诉你个惊喜，你不要被吓死哦，我是舒甜。

——世界上最遥远的距离不是生与死，也不是我站在你面前你却不知道我爱你，而是我们在问答软件上相遇，并且我在瞎指导你如何追我——没错，你没猜错，我就是你想追的女生，舒小甜。

呕，太恶心了，真是令人无法接受！

等等，舒甜蓦地想到她在这个软件里给自己安的人设，好像是谈过多次恋爱，经验非常丰富……这绝对不行，绝对不能自爆！她不能暴露，说出来就百口莫辩了！唉，她还是先静观其变吧！

江译洗完澡，没什么耐心吹头发，胡乱吹了一分钟，头发大概不怎么滴水了就推开浴室的门出来了。

舒甜正站在房间中央，垂眸看着手机，但又不像是在认真玩儿手机的样子，更像是在发呆，江译开门，按说动静不小，但她也没什么反应。

江译走过去，发现她的手机是黑屏状态。

江译出声："在看什么？"

舒甜陷入自己的思维怪圈里，只觉得耳边突然来了一嗓子，吓了一大跳，条件反射般往旁边蹦了一下，然后才抬头跟江译对视。

江译的头发湿漉漉的，手悬在半空，像是想来搂她，却又没想到她反应这么大直接跳开了。

"啊，没看什么，"舒甜放下手机，挪回去拉住他的手，"你洗完了？"

舒甜眼看着又要飞走的思绪被拉回来。

江译愣了几秒钟，嘴角忍不住抽了抽："你失忆了？"

“啊？”

“上上个星期你不是特地告诉我，”他强调，“你16周岁嘛！”

舒甜当时是被废料填满了脑袋。

“怎……怎么了？”江译一直盯着她，舒甜被盯得不自在，别别扭扭地嘀咕。

舒甜现在脑子里事儿太多，刚才《你问我答》的冲击其实还没缓和，江译的声音又向来有吸引力，他还用手指摸来摸去，舒甜的答案未经大脑，脱口而出：“你长大了。”

此时江译的手指正放在她的锁骨上，闻言，猛地顿住。

江译怀疑自己幻听了，问：“你说什么？”

“你不是问我你跟小时候的区别嘛，”舒甜撇撇嘴，“区别不就是你长大了？就身高，还有心智什么的那些……”说着说着，舒甜也猛地停住。

你长大了……你长大……大了，这话好像从另一个角度来看很有歧义。

接下来，舒甜被带着打了两局游戏，打着打着，可能是赢得太顺利，她居然困了。

她梦到跟江译在上体育课，两人绕着操场转圈。他们最后找了个草地，席地而坐。

下午阳光正好，春日草长莺飞，一切都是那么美好。

江译笑得春回大地、春满人间，帅脸在梦境里都被镀了一圈金边，梦幻极了。紧接着，他掏出手机，点了两下，递给她看，屏幕上是那款恋爱游戏。

她看见江译笑着说：“宝贝，我通不了关，你能帮我吗？”

然后她就被吓醒了。

这是什么梦？这是什么破梦？

舒甜昨晚还忘了这茬——小男生——不，江译是很喜欢那个四个校草的恋爱游戏的，还会研究通关秘籍。

舒甜看了看时间，说道：“现在才八点。”

江译眉头一动，听出她这个“才”的意思，很配合地说：“嗯，你想玩儿什么？”

“没什么想玩儿的，最近好电影也都还没上映，”舒甜想了想，“要不……我们去逛个超市再回家吧，我看你家里都没什么零食。”

超市在他们这条路的反方向，江译直接带着她往超市走：“那往这边走。”

临近过年，学生又都放了假，超市里人满为患。

江译一路推着车，舒甜在他身边挽着他的胳膊挑零食，两人简直是龟速移动。

他们挑薯片的时候，散装区进不去车，舒甜松了手，说：“你等我一下，我很快。”

江译点头。

舒甜挑完薯片准备拿去称重的时候，一回头——江译很高，挺拔如松，脸没的说，英俊潇洒、风流倜傥，最关键的是他正被两个女生围着，都是侧脸，舒甜看到她俩红着脸不知道在说什么。

舒甜感觉这个场景怎么这么熟悉呢？这人在超市就这么招蜂引蝶吗？挤成这样了他都能被搭讪？

舒甜磨了磨牙，拿着袋子就走过去了。她戳了一下江译的腰，还什么都没说，就听这人果断地拒绝了那两个女生。

哼，这还差不多。

舒甜对那两个女生一句话都不想说，拽着江译转身，并说：“走走走，你跟我一起称重去。”

“车……”

“不管车了，”舒甜回过头，瞪大眼睛，“我现在算是知道了，车就算放在那儿，车里的东西也没人会抢的。”

江译看着她还带着点儿小火苗的眼神，愣了愣。

舒甜接着说：“但是推车的人，就会被抢。”声音带了点儿咬牙切齿的意味。

舒甜嘴里嘀咕着："我就看看，都这样了谁还能来搭讪！"

这姿势就像小孩子维护自己喜欢的东西，有十足的防范意识，要时时刻刻带在身边以防被抢走一样。

江泽的心跳加速，本来因为周遭的噪声而生出的烦躁也全消失不见。他垂眸看着舒甜因为赌气而微微鼓起的脸，忍不住用搂着她的那只手捏了捏，软软的、嫩嫩的，他说："嗯，没人了。"

几个月前，他在超市里被搭讪的时候，她说下次我在你身边，你就可以跟他们说我是你女朋友，而刚刚，他照做了。

他记得《你问我答》首页常年挂着热门问答，里面有一个问题是：在哪个瞬间，你突然有一种冲动想要跟她/他在一起一辈子？

他现在就有那种冲动，就是刚刚她把他当成所有物一样保护的时候，并且这种冲动很强烈。

舒甜拉着江泽窝在地毯上，背靠着沙发，用遥控器点播了一部老电影。

电影放片头曲，舒甜把零食拉过来放到茶几上，像是摆摊一样摊开，慷慨地说道："爱妃吃吧，这是朕为你买的零食。"

江泽觉得舒甜今天亢奋得不太正常，嘴角抽了抽，说："没记错的话，好像是我买的。"

舒甜演不下去了，白了他一眼，说："不要拆我台呀！"

江泽笑了笑，看着刚才出餐厅一直嚷嚷着撑死了要散步的人，现在嚷嚷着馋死了然后动手拆零食。

"我好久没买散装小果冻了，"舒甜挑了几种味道，最后选了个粉色的，"这个大小，一口一个，还有点儿怀念。"

江泽是从来不吃的，随意嗯了一声，就开始玩儿她的头发。

舒甜感觉到头皮微动，但已经对他这些小动作习以为常，头都没回。

江泽看着她抽了张纸擦了擦果冻，突然凑到嘴边，用牙齿反向咬着包装，然后刺啦一声，包装开了。

舒甜把包装扯开一点儿，嘴贴上去，吸了吸流出来的汁水，然后果冻整个被她吸进嘴里。粉红色的果冻，粉红色的唇，在明亮的灯光下，都泛着诱人的水光。

江译停顿了三秒，玩儿她头发的手扣在她的后脑勺上，另一只手轻轻地掰了下她的下巴，看着她略带茫然的表情，喉结动了动，没说话。

舒甜眨了眨眼，还没反应过来发生了什么。上一秒她才吃了个果冻，紧接着就被一股力道带着转头，而下一秒，脸上一凉——被偷袭了。

他们之前随便点的电影是个爱情片，就目前的剧情走向来看，估计是纯纯的校园恋爱转职场恋爱。可能是错过了开头，再加上心不在焉，舒甜并没仔细看。

她背靠着沙发垫，手里抱着薯片。

舒甜没什么心情看电影，伸直了腿，开始感慨："我妈都不让我在家里这样坐。"

江译："……"

"而且你爸妈还有江言哥在家的话，"舒甜转过头看了一眼江译无处安放只好屈起来的大长腿，笑嘻嘻地说，"我好像也不好意思这么坐。"

江译捏了捏她的脸，问："为什么？"

"因为这样其实很不雅呀，还有点儿莫名其妙吧，"舒甜撇了撇嘴，"有沙发不坐，非要窝在地毯上，我也觉得奇怪，但我就是喜欢，从小就是。"顿了顿，她补充道，"你不是也知道，我小时候来找你玩儿我们都是这么坐的？"

江译笑道："嗯。"

安静了几秒钟，江译再次发问："那你现在就不觉得不好意思？"

"什么？"

"你不是说，我哥他们在家你不好意思这么坐，"他转过头，"那为什么跟我就可以？"

舒甜几乎是脱口而出："因为你不一样啊！"

江译手一顿，张了张嘴，没说出什么。

舒甜直起身来，转头看着他，杏眼一眨一眨的，睫毛又长又翘，唇边沾着一点儿零食残渣，看着莫名可爱。

舒甜学着他的样子，用手指摸了一下他的唇角，说："因为你是江译呀！"

江译："……"

"你跟别人都不一样，"舒甜伸手抱住江译的肩膀，学着刚才他的样子，凑到他耳边，轻轻地说，"你是我的江译哥哥。"

舒甜说完之后，不知道为什么，江译没有跟着她回房间，也没腻烦，就去洗澡了，莫名其妙就很急。

舒甜觉得自己终于扳回了一局，有一个词，叫落荒而逃，说的就是刚才的江译。

她这几天都没看论坛，估计寒假期间，连上学时都流量很大的附中论坛更是不消停。

舒甜点进去，一下子愣住。这……不是在放假吗，为什么主页这么多有关江译的帖子？

舒甜瞪大眼睛，在连续看了好几个几乎是一个主题思想的帖子，比如，【#扒一扒高一七班那对神仙CP的神仙情感#】【#江译金盆洗手重新做人之旅，简直感天动地！#】【#江译跟她真的是无孔不入的甜，我服了#】之后，实在是忍不住了，粗略地扫了扫帖子里的内容，截了几张图，发到宿舍群里。

舒小甜："@姚小月 你给我出来！"

姚小月："到！"

舒甜把截图发过去，然后噼里啪啦地打字："蘑菇你能不能去写寒假作业？那么多作业写完了吗？啊？我看你住在论坛了是不是？"

姚月沉默了挺久，半天才发来一句："其实，你截图的这些也不全是我发的啦。"

舒甜："……"

她这句话的意思就是，这里有她发的，但她发的远远不止这些？

舒甜是真的理解不了让大家跟着她一起追所谓的CP究竟有什么意义，或者说成就感，因为她自封的那个“一天”“粉头”吗？

姚月又发来一条消息：“甜哪，放了寒假我都看不到你，吃不到糖，只能靠回忆续命……请问下前线有什么进展可以分享吗？”

论坛不想刷了，舒甜想了想，打开了《你问我答》。

舒甜在知道了自己一直指导的人就是江译之后，看着加载的画面，居然有些紧张。

上面有一条未读消息。

gosk08：“？”

江译的回复只是简简单单的一个问号。

舒甜回了一条。

Snlwkst：“没什么，就是跟你说一下，很激动。”

gosk08：“我也挺激动的。”

舒甜当然知道他为什么激动，但还是咬着嘴唇，装模作样地发了一个问号过去。

gosk08：“我跟她……宅着。”

对！就是因为这个！

gosk08：“问你个事儿。”

舒甜立刻回消息。

Snlwkst：“你问。”

gosk08：“就是不出门的时候，做点儿什么比较好？”

gosk08：“外面冷，但是怕她无聊。”

舒甜一愣。她的确很怕冷，现在正是最冷的时候，每次出门都要全副武装，跟随便套个外套就能出门的江译完全不一样。

“外面冷，但是怕她无聊。”呜呜呜，我的妈呀，这太让人感动了！

舒甜把脸埋在柔软的枕头里，又卷着被子滚了好几圈，最后累得停下来，看着天花板喘粗气，等心跳平复下去一点儿之后，才爬起来。

舒甜的脸还热着，她脑补了一下江译此时正在另一个房间靠着床头看手机的样子，肯定是穿着短袖，头发湿漉漉的。

舒甜压不住嘴角的笑意，一边告诉自己要矜持，一边打字。

Snlwkst：“别管时间、地点，两个人在一起，干什么都好。”

眨眼间就快过年了，舒老板和梁女士还有两天回来，两家的保姆都是几天前就放假回老家了，所以这两天舒甜除了补课的时候要回家，其余时间都在江译这里待着。

他们都不会做饭，一日三餐除了出门吃就是叫外卖。

本来第一天舒甜是早上回自己家刷牙的，但她第二天就把洗面奶什么的带过来了，这样，就能像现在一样，跟江译一起挤在洗手台前刷牙，这让她感到无比甜蜜！

舒甜想着想着事儿就走神儿了。

两人用的都是电动牙刷。江译一脸没睡醒的样子，微低着头，一手拿着牙刷，缓慢地在口腔内移动。

他家的卫生间足够宽敞，舒甜靠近他一点儿，从镜子看过去，他的鼻梁直得像是画上去的。

舒甜忘了满嘴泡沫，薄荷味儿很浓，一想要说话的时候，泡沫都跑到舌头上，辣得她一愣，立刻开始漱口。

舒老板和梁女士出去玩儿了六天，在过年前五天到了家。江父、江母则一直到过年前一天才带着江言匆匆赶回来。

舒甜当时正好开门把垃圾扔到楼层专门的送垃圾的通道里，准备回家的时候，电梯叮的一声，走出来三个人。

舒甜一一打了招呼，同时松了一口气——本来还以为江译要自己过年，她都跟梁韵说好了，要是他家没人的话，就把他叫来自己家过年。当然现在这样更好。

过年当天，舒甜是被吓醒的。

她自从知道了小男生马甲背后的人是谁之后，除去那晚，后来又做了两次梦，今天又梦到了。

这次的梦是江译拿着他当初死活无法通关的皇甫元来找她探讨，舒甜说你选相信皇甫元就可以了。

江译阴恻恻地笑了，舔了舔鲜红的嘴唇，说：“我不，他这个渣男，我要扇他一巴掌。”

舒甜腾的一下子坐了起来。

真是不梦不知道，江译玩儿这个游戏的画面……实在是太恐怖了。

舒甜没了睡意，给刚才出现在梦里的江译发了条消息就起床了。

舒甜现在长大了，反而没有小时候那么喜欢过年，这一天下来，拜年短信和微信消息收到手软、回到心累。

群发的消息舒甜一概不回，但关键有些人群发的消息，就像专门为你定制的一样，真挚又感人。

舒甜收到了初中时和她打过架的女同学的拜年短信，惊了一下后，故作冷淡地回了个“同乐”，结果人家发来一条“群发的，发错了”。

呵呵，大过年的在这儿添堵，舒甜气不过，回信息“我没看名字，但凡祝福我的都统一回复‘同乐’”，然后立刻拉黑了对方的手机号，心里这才好受了点儿。

晚上七八点钟，一家人吃了点儿东西垫肚子，梁韵开始跟舒老板甜甜蜜蜜双排包饺子准备年夜饭的时候，舒甜终于逮着空儿给江译打了个电话。

她偷偷摸摸地回了房间，拨通电话，那边很快接起，熟悉的声音传过来：“喂。”

“你在干吗？”虽然昨天才打了电话，舒甜还是觉得很想他，“过年好烦哪，我爸、我妈整天带我出去吃饭，都没时间约会了。”

“没干啥，”江译说，“在等你电话。”

舒甜笑着呸了一声。

他们又扯了两句，江译问：“那现在呢，有空了吗？”他的声音有点儿哑，语气慵懒。

“有空儿了，”舒甜忍不住笑，“约会吗？”

“约！”江译那边很安静，传来一阵窸窸窣窣的声音，“我准备换衣服，你也收拾收拾，好了微信我。”

“好嘞！”

舒甜干脆利落地答完，正准备挂电话，那边又响起江译的声音：“你多穿点儿，戴围巾、帽子，降温了。”

“哦，”舒甜有些不服气，“那你也得多穿。”

江译很敷衍地嗯了一声。

舒甜觉得他根本没放在心上，于是又加了一句：“要是被我发现你穿少了，我就当着你的面脱外套出门，要冷一起冷。”

江译：“……”

舒甜换完衣服，照了照镜子，抹了个素颜霜、涂了口红就走，梁韵一听她是跟江译出门散步，二话没说就同意了。

舒甜一出门，就看见了最后还是没有多穿衣服的某人。

江译听到开门的声音，转过头，眼睛一亮。

舒甜看着江译靠在墙上等人的姿势，花痴了几秒钟，然后故作镇定地走过去揪着他的领子，说：“黑大衣是很帅，但是也要分季节吧！你要冻死吗？而且你还不扣扣子！你毛衣也这么薄，而且你是没有高领毛衣吗？我给你买一件？知道你锁骨长得好看，但也不应该这么露。”

江译一直沉默着挨训，表情倒是一直都很柔和，眼角有细小的弧度，被训得还挺开心。

舒甜见状翻了个白眼，知道说不动他，拽着人进了电梯。

一月底的天气寒风凛冽，风小的时候只是单纯的冷，风大的时候简直像刀子刮上来。

江译带着舒甜出了小区，舒甜本来一直在絮絮叨叨这两天的事儿，说着说着，觉得冻得有点儿张不开嘴，渐渐地就没那么多话了。

舒甜戴了围巾，没戴帽子，把下巴往围巾里缩了缩，辨认了一下路线，问："你要带我去小公园？"

江译看出她冷，拉着她的手放进他外套的口袋里，嗯了一声。

舒甜之前叽叽喳喳说了一通，现在安静下来，觉得身边的人过分沉默了点儿。她握了握他的手，歪着头去看他的脸，说道："你好像不怎么开心。"

江译收回视线，很淡地笑了一下："没有。"顿了顿，他怕她多想，解释道，"今天嗓子不太舒服，你说，我听着。"

"嗓子不舒服？你是不是感冒了？"舒甜的注意力一下子被吸引走了，"我就说让你多穿嘛，不然我们现在回去。"

江译一把摁住她，说："没事儿，不是感冒，应该是熬夜熬的。"

"哦。"

舒甜再次确认了一遍："真的没有不开心？"

"没有，真没有。"

舒甜一脸不相信，江译有点儿无奈，捏着她的手，认认真真地说："看见你特别开心。"

舒甜眨了眨眼，不吱声了。

他们到了小公园，舒甜晃晃江译的胳膊，问："我们来干吗？真的纯散步吗？"

江译没答，直接拽着她往小公园里面走，一直到小树林里才停下。

舒甜看了看周围的树，虽然大部分秃了，但黑夜里的小树林还是很有感觉的。

舒甜嘿嘿笑着。

江译听到这诡异的笑声，愣了一下才问："你笑什么？"

"嘻嘻嘻，"舒甜又笑了几声，皮得不行，"原来大晚上的拉着我钻小树林呀！”

江译被她夸张的声音逗笑了。他停在两棵树中间，把蹦蹦跳跳的舒甜推到树干上靠着。

舒甜穿得厚，靠着也没感觉硌得慌，反而觉得这个姿势还挺舒服的。

舒甜仰着头看江译。月光和小树林外的路灯光一同照进来，江译的脸半明半暗，好像比前几天瘦了点儿，下颌线条凌厉了一些。

舒甜有些不满意，说道：“别人过年都胖十多斤，你怎么还瘦了呢？”

江译对这事儿没感觉，也不在乎：“没有。”

舒甜又笑，说：“你这是在树咚我？”

“你想的话，”江译挑眉，“也不是不可以。”

“有本事就来……呜！”舒甜话还没说完，猝不及防。

舒甜半倚在树上抬头看江译，说：“那个……我问你个事儿。”

江译嗯了一声。

“就是之前我妈跟我说，家长会的时候，你座位上是空的，”舒甜绞尽脑汁，想说得委婉一点儿，没提江言那边，直接问，“是怎么了呀？叔叔、阿姨没时间吗？”

江译的手顿了一下，他很快点头：“嗯，我爸那时候还在外地出差，我哥他们晚走了三天也是因为他出差。”

舒甜想说，那还有你妈妈呢？

虽然他爸爸有事儿，但是难道……只有一个家长有空儿的时候，就非得有一个孩子被忽略吗？

舒甜心里还是很不得劲。

江译仿佛看穿了舒甜的想法，又解释道：“我妈必须得去，我哥要提前高考，她去跟班主任说明情况。”

“哦，”舒甜这下子舒坦了，“这样啊！”

“那，江学霸，”舒甜放下心来，语气也变得欢快，“叔叔、阿姨他们看到你成绩进步这么大，肯定很开心吧！”

“成绩呀……”江译笑了，“我没告诉他们我的成绩。”

舒甜一下子愣住，问：“为什么呀？”

“因为没必要。”江译很简洁地用几个字带过，一副不想多说的样子，“我也不是为他们学的。”随后江译抬手，捏了捏舒甜的脸，指尖冰凉，“是为我将来的她学的。”

舒甜得承认这算情话，还是很动人的情话，但总觉得哪里不对劲。他的语气，字里行间，有些小小的情绪，她说不准那是什么，可能类似于失望、怨，很隐晦，但是她能感觉到。但他不想多说，那就先放一放。

舒甜踮起脚去抱他，笑得没心没肺：“行吧，那你要继续学呀！”

“嗯。”

“你要一直学到高三，不准半途而废！”

“嗯。”

“我们要一起上大学……一定一定要去一个学校。”

“嗯。”

“每年新年都一起过吧！”

“嗯。”

舒甜后来又说了很多很多话，她靠在树上，窝在他的怀里，有时候蹭来蹭去的，蹭着蹭着嘴巴就被堵住，然后歇会儿，继续说。

月亮渐圆，风时大时小，周围一个人都没有，他的怀里很温暖，时间都好像停止了一样。

舒甜蓦地想到一个她从来没有问过的问题，准确地说，是从来没有当面问过的问题。

她清了清嗓子，退开一点儿，扶着他的肩，说：“我认真、严肃地问你一个问题。”

江译点头：“问。”

“你得说实话……”舒甜眼睛一眨不眨地盯着江译，“你是什么时候开始注意我的？”

江译：“……”

舒甜没放过江译脸上每一丝表情变化。

江译沉默了很久，最后，手指抚上她的唇角，声音低低地飘进她的耳朵：“很多年。”

“很多年是几年？”

“五年。”顿了顿，江译补充道，“也可能，更多。”

舒甜：“……”

他在网上也是这么说的，那就是从初一开始的？！

“这么久？”舒甜听到自己的声音有点儿颤抖。

江译点了点头，笑了一下，是个有点儿无奈的笑：“嗯。”

其实在问之前，舒甜不确定他在网上说的是不是真的，也不知道他现在会不会说实话，答案会不会跟网上的一样，但还是想听他亲口说。

她只是单纯地想问这个问题，哪怕网上的是假的也没关系，哪怕江译高一才喜欢她，她也一样开心。

她甚至觉得，假如江译说了半年这样的时间她会更高兴——这样，他就不用经历那么漫长的等待。

舒甜知道他不会说谎，但不知道为什么，他用一直都带着点儿哑的嗓音说出五年的时候，听得她鼻子发酸，喉咙都一下子哽住了。

舒甜至今都不清楚自己初中时对江译的感情算什么，她在别的方面一向挺机灵的，但是男女感情这块儿很笨。

她自认为，应该是高中重逢之后，明确了自己喜欢他的事实，还暗恋了几个星期。

但是，他居然比她长这么多时间。一瞬间，舒甜好像理解了为什么之前他的告白一直说不出口，为什么这一句对他来说那么难，是因为藏得太久了吧！

他默默地喜欢了她这么多年，是什么心理呢？他们一直是兄妹一样的关系，他有多少挣扎，想过多少后果，有多少犹豫，今晚她好像全懂了，也包括被她嘲笑为小学生的问题描述——那时候他字里行间都觉得配不上她。之后，他那么多次的询问，反反复复，患得患失，为了她穿校服、学习、玩儿少女恋爱游戏……这些曾经觉得好笑又好玩儿的事情，现在全变成了心酸，还有心疼，那是他一个人漫长的暗恋里，努力走出的第一步吧！

舒甜觉得她的眼泪马上就要夺眶而出，便立刻低下头，眨了一下眼睛，不受控制的泪珠跌落在土里。

两人现在是面对面站着的姿势，舒甜就着低头这个姿势，抓着他的衣服，手攥成拳。

江译被撞得往后退了一步，稳住之后，有些愣怔地回抱住她，摸了摸她的头发，问：“怎么了？”

舒甜沉默了几十秒，然后沉闷的声音响起：“我好像，没有关注你那么久。”

江译恍惚觉得他听到了刚才还没有的鼻音，心里一惊，想把她的头抬起来，她却死死地不动弹。

舒甜吸了吸鼻子，说：“但是我觉得……感情这东西，跟时间长短虽然有关，但不一定是成正比的。”

江译：“……”

“我觉得很抱歉……”舒甜的鼻音越来越重，“我认清的比你晚了那么多。”

江译放在舒甜后背的手一下子僵住。他想起曾经生出的无数次想要放弃的念头，还有后来，虽然喜欢她已经成了一种习惯，但是总被自我否认不断打击。他那时候从来没想过会有今天，会听到她说她很抱歉。

江译眼眶有点儿热，还没等他说话，舒甜带着哭腔的声音再次传来。

“但是我也在意你，超级在意的那种。”顿了顿，她突然更加用力地搂着他，“不会输给你的那种。”

公园外面隔着一堵墙就是马路，大年三十这天，这个点儿家家都在温暖的室内看春晚，车声、人声都很少。

江译抱着舒甜哄了好一会儿，她才肯抬起头，只见她的眼睛和鼻尖儿都红了，看着可怜兮兮的，跟个小兔子一样。

舒甜一时间还说不出什么话，刚才哭得太狠，只一个劲儿地吸鼻子。

江译从大衣口袋里掏出一包纸巾，纸上带着花香，他拿着纸覆到她的鼻子上的时候，舒甜有些不好意思了。

舒甜抬手，想把纸接过来："我自己来。"

江译没动。

舒甜在江译的坚持下，很不情愿、丢脸而羞涩地擤干净了鼻涕。

舒甜哭完才觉得眼睛有点儿疼，试着眨了两下眼睛，问江译："我现在能看出来哭过吗？"

瞎了才看不出来。

江译沉默了两秒，说道："还有点儿红，一会儿可能就消了。"

这样子总不能被爸妈看到吧。舒甜叹了口气，开始手动给自己脸上扇风，心里默念快消快消。

舒甜穿得挺多，胳膊抬起来没多久就被厚厚的衣服累得很酸，扇风的动作也渐渐慢下来，坚持了几分钟，她又问："现在呢？"

江译轻笑了一声，摸摸她的眼角，说："哪能这么快？"

舒甜："……"

"乖，"舒甜感到头顶一沉，江译的手揉了揉她的发顶，"再等等。"

"喂，"舒甜伸手，戳了他的前胸一下，抿了抿唇，"我刚刚说的话……都是真的。"

舒甜回想了一下，尽管现在有一点点的不自在，但她丝毫不后悔刚才那通真情告白。有些话就是要说出来的，她本来也不是别扭的性格，说这些话也没什么心理负担。

江译定定地看了她一会儿，黑沉沉的眼眸有隐约的亮光："我知道。"

舒甜觉得气氛被她搞得有点儿不太对，明明出来的时候还很高兴，怎么就突然沉重起来了？

舒甜正绞尽脑汁想着怎么转移话题，江译却抢在她前面说："你不用觉得抱歉。"

舒甜意识到他是在回复她刚刚说过的话。

“这本来就是我的事儿，你不用觉得抱歉，”江译摸了摸她的下巴，眼睛里全是温柔，“我们现在这样，你不知道我多高兴。是我应该感谢……能那么早就认识你。”

舒甜跟江译对视，看着他的表情，鼻子又开始泛酸，睁大眼睛仰着头等了好一会儿才没让眼泪流下来。

舒甜：“你别这么坏行不行？”

江译：“什么？”

舒甜：“我都要好了……你不要让我再哭了，家都没法回了！”

江译：“……”

15分钟后，舒甜除了说话的时候还有一些鼻音，眼睛已经彻底恢复正常，两人开始往小区走。

舒甜来的时候很冷，回去的时候反而热血沸腾。

舒甜觉得把事儿说开了之后真是一身轻松，虽然她觉得自己喜欢江译江译能感觉到，但真情告白这东西其实还是必不可少的。

“哎，江学霸，”进了小区，快到家的时候，舒甜钩了钩江译的手指，“照你这个进步速度，说不定下学期你就超过我了呢。”

江译很快反驳：“不会的。”

“为什么不会？”舒甜以为他在谦虚，“你要对自己有信心，我真的觉得你非常有潜力。”

“不是。我永远在你后面。”江译很认真地说。

“你拉着我，我跟着你，”江译勾着唇角，捏了捏她的脸，语调随意，但又像是许诺一样，“好吗，舒学霸？”

舒甜呼吸一窒。

他们站在单元门前，能听到楼层低的人家里有小孩子在阳台玩耍的声音，还有隐隐的电视播放晚会的动静传来。

在除夕之夜，舒甜笑得眯起了眼：“好哇，江同学。”

你跟着我，我拉着你。

年一过，就开始走亲戚。

舒甜吃了很多顿稀里糊涂又贵到吐血的饭，过了正月十五，就到了一年一度的悲惨开学日。

高一下学期的节奏比上学期稍微紧了点儿，考试次数依然是一学期四次。

江译的名次一次比一次靠前，期末考前的那次月考，已经到了第五名。

不知道是不是一个寒假的恶补起了作用，舒甜的数学成绩从110多分到现在基本能维持在135分。她一直都是全面发展，数学较弱，这么一来，下学期基本不是第一就是第二。

他们之前那个乌龙一样的奖励约定，最开始从第56名进步到第20名，到现在从第七名进步到第五名，越到后面数字越小。江译发现了这点之后，一度非常郁闷。

跟马东立的治班方式有关，跟两人的学习习惯也有关，江译自从把之前落下的补上来之后，跟打通了任督二脉一样，从此走上了跟舒甜一样的道路——上课听，下课该怎么玩儿怎么玩儿。不太一样的是，舒甜是乖乖写完所有作业，而江译是看哪个“值得写”就写哪个。学习这件事儿，充分体现了他的个性。

高一下半学期没什么娱乐活动，班里的同学懒散惯了，看着越来越多的作业，整天都唉声叹气的，但舒甜觉得她和江译两个人过得还挺有滋有味的。

高一下学期最重要的事儿就是文理分科。

马东立在刚开学的时候就说了，一直到考完第二次月考，期末之前，又在班会课上提了一次。

“你们要是自己决定不好，可以来办公室找老师，老师帮你分析，或者回家和父母一起讨论。”马东立很少这么严肃，同学们都安静地听他讲话，“期末考试结束之后，家长会上就要填表了，你们一定得重视起来呀！”

舒甜想了想，躲在书立后面悄悄地说：“哎，你学理吧？”

江译一只手撑着下巴，一只手在转笔，闻言，手上的动作停下，他看过来，问：“你学什么？”

“我学文吧，”舒甜想了想说，“虽然现在还没什么问题，但我看了眼高二、高三的课本，感觉对我来说物理应该比较困难。而且我数学本来也不好，理科数学比文科数学难那么多，之前跟我妈商量的时候，她也觉得我学文比较好。”

“哦，”江译应了一声，挑眉，“那我为什么学理？”

舒甜一愣：“啊？”

还没下课，他们说话不能太大声。江译看了眼马东立，又低头压着声音说：“既然你学文，你为什么觉得我会学理？”

舒甜：“……”

舒甜一直没跟江译讨论过这事儿，但她觉得他学理是板上钉钉的事儿——因为他偏科太严重。

他现在这反应……舒甜心里警铃大作，问：“你不会……打算跟着我选吧？”

江译被气笑了：“我不跟着你选跟谁选？”

舒甜沉默几秒，然后也被这人气笑了：“你政治、历史考70分都算多的，物理、化学将近满分，你说你跟我选？你要学文？”

下课铃适时响起，十几秒的音乐之后，是马东立宣布放学的声音。教室里太吵，舒甜拎起书包，对江译说：“先出教室。”

江译点头。

他们班惯常放学最早，学校大道上还没什么人，舒甜真的怕了江译这种认死理儿的做派：“你别吓我呀，你理科这么好，为什么学文？”

江译脚步一顿，自上而下地看着她，淡淡的语气，气死人的话：“你学文。”

舒甜："……"

江译："我要跟你一个班。"

舒甜："……"

舒甜深吸一口气，说道："你以为我不想跟你一个班吗？我是看了以后要学的物理、化学书，还有理科数学，觉得对我来说太难了才想去学文的。"

某人无动于衷。

"就算分班了，反正我们走读嘛，也可以天天见哪！"

"不分班，"江译很坚持，"你学什么我学什么。"

舒甜："……"

接下来的一路，舒甜又举了一系列的例子，以"就算分班了"为开头，以"我们还是可以如何如何"来结尾，动之以情，晓之以理，然而江译无动于衷。

最后到了他们总去腻烦的小胡同，舒甜是真的觉得自己有点儿火大了。她凭着一股冲动把人拽进去，靠墙上，说："江译，我说的你听进去了没？"

"听了。"江译还有闲心笑，看着她搭在自己肩膀上的手，笑得分外勾人，"怎么？想壁咚我？"

舒甜："……"

我们现在在讨论问题！可以停止散发你那该死的魅力吗？

舒甜看着江译的那张脸，差点儿破功。她缓了缓，继续板着脸说："你别打岔。"

"我要是想考个一般般的学校，我就跟你去学理，真的。"舒甜停顿了一下，说，"但我不是，我觉得我们读一次高中，学自己最擅长的就能考名校，那为什么不呢？"

江译："……"

"你学文的结果是什么呢？政治、历史不是靠背就能学好的，你也知道吧？"舒甜翻了个白眼，"不知道是谁为了多进步几名把历史书的资料卡都背过了，还是考了 70 分。"

听到这段黑历史，一个月前那段暗无天日被历史支配的日子仿佛近在眼前，江译心里一堵：“别提这个。”

舒甜忍着笑说：“我不是不想跟你一个班，但你学了文，你考差了、我考好了怎么办？我学理，你考好了、我考差了怎么办？我们都选自己擅长的，总会考到一个大学里，这样有什么不好？”

江译不笑了，背靠着墙，垂着头，声音低沉郁闷：“那我想见你。”

舒甜第二次被美颜暴击，小心脏酥麻了一瞬，放轻声音说：“每天七节课，到了高二、高三估计课间也很少……除了这些，其余的时间都可以见面哪！”

江译抿了抿唇，眼神微有变化，像是撒娇。

舒甜忍不住了，一下子把人拉过来，抱着他的腰，哄着说了他最喜欢说的那个字：“你乖呀！”

江译把脸埋在舒甜的肩膀上，就这么无声地抱着大概得有五分钟，这人总算纠结完了：“行，我去学理。”

紧接着，舒甜听到他赌气又郁闷的声音：“臭政治，破历史。”

舒甜：“……”

期末考结束当天，舒甜立马上网买了两张电影票，然后带着江译火速赶往电影院。这缘于她的一时兴起——两个人认识这么久，连一次电影院都没去过，太遗憾了。

舒甜是卡点儿买的票，到了地方，刚好检票入场。

江译跟着舒甜一路往上走，越走越疑惑：“你怎么买得这么靠后？”

他虽然没怎么来过电影院，但也知道上面的座位并不是最佳观影区。

舒甜没说话，埋头上台阶，到了最后一排，手一指，说：“因为是情侣座呀！”

江译：“……”

“嘻嘻，”舒甜笑了，“喜欢吧？”

江译看着那个没有隔板的座位，心满意足地点头：“嗯。”电影院还有这种座位，真不错。

这场电影是舒甜随便选的，是个爱情片，上映太久已经没多少人看了，观影的人稀稀拉拉地分布在各个座位上，他们俩坐在最上面的座位。

舒甜本来是想好好看电影的，但剧情实在太无聊，她忍不住拿出手机开始刷论坛。

一般考试一结束，就是论坛发疯的时候。

舒甜看得正起劲儿，突然整个人从座位上腾空，她都没来得及叫，又坐到了实处——江译的大腿上。

舒甜一口唾沫卡在嗓子眼里，咽下去，惊魂未定地拍了一下江译的后背："你吓死我了！"

两人的座位离其他观众挺远，音响声音又不小，完全不用担心说话打扰到别人。

"别玩儿手机，"江译的脸隐在黑暗里看不清，呼吸却很近，"不想看电影的话，就来干点儿别的。"

舒甜翻了个白眼："我看论坛呢，你让我再看一会儿。"

江译："……"

虽然江译没说话，但舒甜仿佛听到了他"有什么好看的"的怨念。

舒甜一只手绕到他的肩膀上，一只手拿手机："我最近刷论坛，发现江言哥这宝藏也被大家发现了。"

"嗯。"

"不过你依然是顶流，不要担心。"

江译皱眉，问："什么顶流？"

"顶级流量的意思，就是一个娱乐圈用语，意思就是粉丝多、流量大。"舒甜越想越觉得贴切，"就比如你这种一有点儿风吹草动就上热搜，不对，霸占论坛首页的人。"

几次考试下来，江译坐实了学霸身份之后，现在他在论坛上基本封神了。

江译一直知道有论坛这么个东西，但从来不在意，也觉得万分不解："那些帖子，有什么好发的？"

“因为她们喜欢你，”舒甜想了想，换了个说法，“也不是喜欢，可能就是崇拜多一点儿，觉得你浑身上下都是优点。”他长那么帅就算了，现在还加上了个学霸头衔，妥妥的校园偶像。

校园偶像现在手很不矜持地在她腰上动来动去，借着黑暗，周围又没人，十分放肆。

舒甜被他弄得有点儿痒，忙转移话题：“那我来采访一下吧。”她装模作样地清清嗓子，手握成拳放在江译的下巴附近，“江译同学，请问你认为自己的优点都有哪些呢？”

“我呀……”江译懒洋洋地道，“优点肯定是有的，不过没多少。”

“嗯？”舒甜转过头，有了点儿兴趣，“所以你觉得是什么呀？”

江译笑了，很性感的尾音，挠得舒甜心里痒痒的。此时电影刚好播放的是明亮的场景，光影交错间，舒甜偏过头，江译的脸清晰可见。

“我的优点，就一个，”江译说，声音性感，“两个字概括。”

舒甜愣愣地问：“是什么？”

江译桃花眼半眯，笑得暧昧，缓缓地吐出两个字：“疼你。”

第十八章
我是这样热烈又赤忱地爱着你

舒甜十分庆幸现在的灯光昏暗，身边这人看不清她的脸色。

舒甜的手还放在江译的肩膀上，江译也不着急，说完之后就没再出声，好像预料到她的反应，在等着她一样。

舒甜觉得有点儿丢脸，想想当初他们刚在一起的时候，她还能势均力敌地撩一撩，现在简直兵败如山倒！

舒甜深吸一口气，又呼出来，声音平稳，手摸到江译的耳朵，捏着他薄薄的耳骨，随时打算揪起来，娇嗔地道：“你说什么呢？谁要你疼？”

舒甜说完，就感到本来放在她身上的手一顿，接着，他低沉的声音传来：“我长大以后要娶你，当然要疼你。”

舒甜：“……”

几天后，开了家长会，宣告高一的结束。

“一天”CP的高分再次上了论坛“热搜”，整整挂了一个星期，其中功不可没的是每天住在论坛忙着不断顶帖和发洗脑包的姚月。

暑假是舒甜回老家B市看姥姥、姥爷的时间。爷爷、奶奶在S市定居，但姥姥姥爷在B市待了大半辈子，不习惯这边的气候，所以舒甜每年都挑长假期回去跟他们住一段时间。

舒甜到了B市之后，前两个星期跟江译还能甜蜜地打电话呢，到第三个星期，某人坐不住了，整天连环夺命催，日日催夜夜催，催得她心烦意乱。

一直到某天半夜，舒甜做了个梦，梦见江译拿了把刀放在自己的手腕上，一地的血，十分幽怨地看着她说：“你再不回来，我就死给你看。”

于是两个月的暑假，舒甜愣是早回家了一个月，用的是得回去跟家教姐姐预习这样的理由。

姥姥抹着眼泪把舒甜送到机场的时候，舒甜也非常想哭，最后过安检，还是姥爷看不下去，把她跟姥姥握在一起的手给掰开。

舒甜回到S市，跟江译腻了一个月后，不得不面对的分班也随之而来。

撇去要跟江译分班这件事儿让舒甜不太舒服外，从理性上讲，她觉得文理分科是很有道理的。

比如，江译学不好的政治和历史，在她这儿就很简单，她明显感觉到自己是文科思维，除了背知识点会花一些时间，基本上扫一眼题目就知道它考哪块儿。而那些她虽然能解出来但很吃力的物理题，开了窍的江译做起来势如破竹。

两人一起做暑假作业的时候，看着江译做个历史选择题都得翻八十遍课本，舒甜不知道第几次感慨自己把他劝去学理科真是太明智了。

高二开学，舒甜依然待在原班，“我最想要的班主任”全校投票排名第二的马东立依然是她的班主任。

巧合一样，江译被分到了马东立好朋友的理科班，这个班的班主任是以一票之差输给马东立、全校投票排名第三的好班主任。

留下来的人都是学文的，原来的七班走了大概一半的人。姚月、原弯弯最讨厌物理，也都留在原班选了文科。

以前七班是男女生数量对半，而现在女生 40 人，男生 20 人。

舒甜开学第一天看到这等盛况，惊讶不已，就发了条微信给江译。

舒甜："你到教室了没？你们班多少男生、多少女生啊？"

未来的他："我没看。"

舒甜："……"

也是，他这种人肯定不关心这些琐事。

舒甜又发："我刚才数了数，我们班 40 个女生，居然只有 20 个男生。"

那边停顿几秒，一连发过来两条消息。

未来的他："你数这个干什么？"

未来的他："你们班几个男生跟你有关系吗？"

舒甜："……"

行吧，确实和自己没关系。

舒甜打字："我就点了点人头，我一个也不认识。"

舒甜继续骗他："我只认识一个男生，长得巨帅，在理（十四）班，叫江译。"

过了五秒钟，那边回了信息。

未来的他："嗯。"

舒甜知道这是把他哄高兴了，于是收了手机，开始收拾桌子。

舒甜的新同桌是姚月，后面是原弯弯，周围也都是女生。

十分钟后舒甜收拾好桌子，在江译的要求下，还拍了照片向他证明。

没多久，江译也拍了一张他周围的照片，清一色，一圈儿全是男生。照片上附字："看到没？是不是很有安全感？"

舒甜一边看一边笑，因为她拍照片的动作有点儿大，姚月围观了两人的互动，“啊啊啊”就捂着脸趴下了，嘴里还一直喊“萌死了，甜炸了”。

原来班里的男生留下的没几个，闻人一跟他的同桌，还有班长都在。

舒甜刚才看到姚月在教室外被闻人一堵着说了什么，好奇地道：“姚小月，我看到刚才有人拉着你在教室外边说悄悄话。”

姚月：“……”

舒甜笑眯眯地说：“不告诉告诉我？”

姚月停下尖叫，拨了拨蘑菇头，说：“没什么，就是……”她表情有点儿不自然，“他想跟我当同桌。”

舒甜一愣，说：“那你倒是去呀！”

姚月：“……”

舒甜：“我不在乎的，你快去，我成全你们。”

“哎，你在说什么呀？闭嘴！”姚月脸都涨红了，猛地打断她，“我拒绝了的！”顿了顿，她噘着嘴说，“他坐最后一排，我长得这么矮……”

舒甜：“……”

姚月一拍桌子，说：“跟他同桌黑板我都看不清，这不是影响我学习呢嘛！”

舒甜：“……”

舒甜还真没想到她是以这个理由拒绝的。不过班级前半部分是女生的天下，闻人一一米八出头的个子要是迁就姚月坐前面，肯定很突兀。

“唉，”舒甜伸手拍了拍姚月蓬松可爱的蘑菇头，“被身高拆散的有缘人哪！”

姚月：“……”

分科之后，虽然看起来是少了三门课程，但并没变得轻松——毕竟少的那些也只不过是均匀地分给其他科而已。

舒甜不搞考前突击，也不喜欢题海战术，她很依赖课堂和授课老师，现在文科这些老师都没换，不用重新适应新老师，让她松了一口气。

马东立依然贯彻自己的教学路子，走的是“感化学生”路线。

班里新来的女生有不少活跃分子——主要表现在一下课舒甜这儿就被围得水泄不通，她们要吃“狗粮”，姚月讲，她这个当事人在旁边偷笑。

班级和谐，成绩优异，学习不累，一切都挺好。

但上课不能干的，课下也都被某人找补回来了。比如，逃个课间操，把她带到小树林；比如，共同上的体育课，把她带到小树林；再比如，放了学，带她散步散到公园里的小树林……

江译找补回来了，还是变本加厉的那种。

高二下学期，学校下达的指令是学期进行到一半的时候就要学完高中三年的课程，然后尽早进入一轮复习，为后面二轮、三轮复习留下充足的时间。

舒甜虽然早在上半学期就在班会课上听马东立讲了这些，但真的学起来，加快的进度还是觉得有点儿不适应。

舒甜的成绩自从分到文科之后就一直保持在前三，很稳定，具体是第一、第二，还是第三，取决于她的数学发挥得如何。

而江译那边跟她差不多，不过他浮动比较大——这人的名次取决于当次考试的语文作文题目是否能被理解。

舒甜不知道为什么会这么极端，他的世界里只有跑题和高分，满分70分，他不是35分就是65分，从来不考中间数。

江译跑题不要紧，关键是他一跑题，将他视如己出的马东立总是会痛心疾首地在考后总结班会课上提他的名字。

“我们高一的时候，那个江译同学，一匹黑马，理科天才，物理、化学满分的选手！就偏偏是语文作文又跑题了！唉，你们可一定得重视起来呀！”

“理（十四）班那个江译你们知道吧？就是我总说的那个，高一时是我的学生。哎呀，又跑题了！老师去看了一眼他的成绩，江译这次要是没跑题，他那分数就能冲进年级前十了！唉，真是太可惜了。”

也正因如此，江译每次考试作文跑题，全年级的人都知道。

六月份，尽管是校风较为松散的附中也因为高考有了点儿紧张的气氛。

马东立总是反其道而行之。周一班会课，别的班主任都在用高考激励学生，而他只讲了十分钟就散了。他说：“你们想回家，想自习都行，但老师建议你们去看看高三学长现在的状态，亲眼看到人家班级的学习氛围，比我说一百句话还管用。”

舒甜没去看，主要是看了也没用，她不适合太紧张的学习节奏，也没有考年级第一这么宏伟的目标，一直保持现在的节奏学习，心态也很轻松。

舒甜在座位上做了会儿作业，快下课的时候给江译发消息。

舒甜：“你在干吗？”

她本来觉得他们班班会课还没结束，他不能太快回复，结果这人秒回：“上课。”

一看他就是在玩儿手机。

舒甜笑了一下，灵光一闪，又发过去一条消息。

舒甜：“其实我不是真的想问你在干什么，我说这句话就等于在说‘我想你了’。”

舒甜：“记住了没？”

江小译：“哦。”

这个昵称是最近才改的，舒甜决定看腻之前不换。

舒甜想逗江译玩儿，于是又发了一遍：“那，你在干吗？”

那边隔了几秒钟回复。

江小译：“你在干吗？”

舒甜愣了一下。她本来还在奇怪，却突然想到，是她刚才说的，你在干吗等于我想你了，所以他在说“我想你了”。

啧啧，这人一如既往地上道。

舒甜傻笑了半天，没再回。

因为刚结束了月考，所以现在不少人比较放松，比如姚月就玩儿了一节课的手机。

舒甜看了眼时间，收拾完书包也开始刷手机，准备等下课直接走。她看了一圈 App（应用程序），最后决定打开论坛，没想到这一打开，就又在首页新帖上看见了江译的名字。

【新】【主题】# 江译简直是男友模范哪，呜呜呜，我一天女孩一个螺旋升天！ #

1L 楼主："现在正在开班会，但是我无所畏惧！

"呜呜呜呜，先号两嗓子再讲正事儿。

"楼主是江译同班同学（羡慕吗？），也是同班了之后才成为他和他女朋友的粉丝的。

"今天，也就是周一的体育课，我们班跟江译心上人的班一起上（别问我为什么，可能这就是青梅竹马）。

"然后现在太热了嘛，一解散，楼主跟我的小姐妹就跑去树荫底下躲太阳了，我们俩一起在玩儿手机，没多久，听见了一男一女的说话声。

"福至心灵的我朝着那个方向一看，果然是江译！

"我就说那么有辨识度的声音我不会听错。

"然后我就拉着我的小姐妹慢慢朝着他们挪动。

"江译就随便站站都很帅，不形容了呀。他穿着夏季校服，他女朋友也是，两人面对面站着，江译突然伸手，手腕上一道黑绳（那黑绳就是之前一个帖子说过的，他女朋友的发圈，你们知道的吧？男生戴上女朋友的发圈就是'我已经有女朋友了，别的女生立刻退散'的意思）。

"江译举着手腕说：'这个不好了。'

"他女朋友问：'啊？怎么不好了？'

"他女朋友的声音特别软萌，我第一次听到，呜呜呜，太可爱了。

"好了我继续讲。

“江译控诉：‘质量太差，又起球了。’

“注意！由这个‘又’字我们可以看出这不是第一次了。

“他女朋友皱了皱眉，哎呀了一声，说：‘不然你就先凑合着用吧，我这半年买的发圈，买十根里有八根都是被你戴坏的。’

“注意！由这个‘十根里有八根都是被你戴坏的’我们可以得出江译是一天也没有摘下来过呀，不然要怎么戴坏？还这么频繁？

“江译不依不饶：‘那你是不打算给我换了？’

“他女朋友说：‘不是，我没……’

“但是她话还没说完，就被江译霸道地打断了。

“江译突然往前探，离他女朋友特别近，几乎脸贴脸的那种，然后说：‘怎么，不想做我的女朋友了？’

“下面的我没再听下去了。

“我带着我的小姐妹落荒而逃。

“呜呜呜，这样的爱情什么时候能轮到我呀？

“我也想要一个能戴坏头绳并且记得问我要新的的男朋友，呜呜呜呜呜呜。”

2L 七七四十九：“看到‘一天’两个字我为什么要点进来？呜呜呜，含泪收拾书包回家了。”

3L 呜呜：“过分了，过分了，过分了，啊啊啊，啊啊啊，戴坏了八个是什么操作？我扎头发都坏不了八个！”

4L 摩尔曼斯克：“扎头发两个能扎半学期，江译戴得是有多认真？手腕不疼吗？”

5L 我好浪：“为什么还有三天就要高考了我却刷起了论坛？可能是因为我过了自主招生吧！”

6Lwdm：“这么甜就算了，关键是人家两个人还是文理双学霸……我坐在高高的柠檬树上……顺便蹭五楼学霸。”

7L：“我是一条酸菜鱼，又酸又菜又多余。”

这帖子刚刷出来不久，所以只有七条回复。

舒甜突然听到身边手指频繁戳屏幕的声音，她循声转头，看着自己的同桌。

姚月低着头，舒甜看见她的手指戳着自己手机上的“a”戳了十几次，然后两手一起又打了一堆字。

福至心灵，仿佛有股直觉告诉她姚月在回复那个帖子。

舒甜收回视线，刷新了一下那个帖子。

8L 一天 szd：“啊啊啊啊啊啊啊啊啊啊啊啊啊啊，一天女孩冲啊！”

与此同时，舒甜的胳膊被一把捏住。

舒甜一回头，就看到姚月瞪着一双水汪汪的大眼睛，声情并茂地说：“甜！你快给江译换个皮筋吧！呜呜呜，你看他多可怜！皮筋都起球了，他容易吗他！”

舒甜：“……”

回帖的果然是她。

附中这年六月初的高考不太平凡，主要是因为一位学生——一位全年都在高二的班级待着，却要跟高三学生一同参加高考的学生。

作为这名学生的对门，舒甜老早就知道了这件事儿。

江言跟江译的兄弟关系不知道是什么时候被扒出来的，江言的同班同学去问，得到了两人是亲生兄弟的答复之后，论坛热闹了一个星期。

江言要高考，考前论坛上一片哭天抢地的小女生告白：【#我附中颜值担当之一要比我们早走一年吗？呜呜呜呜#】【#不能跟天才一起高考好难过哦##江言哥哥带我走吧#】等。

高考成绩出来之后，论坛又炸了一次，满屏幕问号和感叹号。

——759 分？学校你在逗我？这是批错了？

——啊？他考了 759 分？满分改成 800 分了吗？

——不是，你们都不知道江言有竞赛加分 20 分吗？肯定不可能超过满分吧，所以他净成绩 739 分！

——那谁来告诉我为什么他在高二上课能考739分？

——身为江言的同班同学，讲真这人本身就是个bug（程序中指漏洞），因为身体，加之考试强度大，高二他不常参加考试的，但是参加过的考试分数都没有低于720分的……别号了，天才的世界跟凡人能一样吗？

舒甜一开始也被这个数字吓了一跳，以为出了什么错，后来才得知他是有奥数竞赛加分20分，但是730多分也很可怕了呀！

也就理科能出这么个分数，文科上700分的每年高考都没几个，她模拟考试最好的一次也只有680多分。

附中一举出了个省状元，招摇的横幅立马就挂了几个月。

江言除了成绩逆天，高考过后依然在学校里上学这件事儿令人十分费解。

有人大胆猜测，这跟江言两年都没换过的同桌有着脱不了的干系。

但那时候正处于期末考前夕，没人有时间整天八卦，况且江言的同桌是谁？是唯一一个能跟江译齐名的女魔王，林以桉哪！

大家敢在论坛上大张旗鼓地聊江译，主要是因为他压根儿不看论坛，而且后来发现江译谈恋爱是明晃晃的，还愿意秀恩爱，大家吃“狗粮”也吃得光明正大。

但林以桉……算了算了，没谱的事儿还是不要提了，不然怎么死的都不知道。这个谜便不了了之。

认识当事人并且掌握了第一线八卦的舒甜每天看着这些人抓心挠肺，深刻地懂得了那种掌握着秘密的快感。

高二暑假，迎来了江译的生日。

不知道算不算缘分，舒甜跟江译的生日都在八月，江译的生日在月初，舒甜的生日在月尾，现在已经七月底，眼看着日子就要到了，舒甜却还没选好礼物。不管她怎么变着法儿地问他的喜好，他都说不要礼物，恨得她牙痒痒。

舒甜被这事儿弄得整天逛某宝，礼物没挑好，倒是给自己买了一堆东西。

还有五天就是江译的生日，舒甜看了眼购物车里那堆口红和小裙子。

舒甜换了套衣服，准备直接杀到江译家去逼问，今天必须下单。

舒甜吃完午饭，去对门的时候，是江言来开的门。

这已经不是假期里两人的第一次见面了，但舒甜还是动作夸张地一抱拳："参见状元！"

江言的话堵在喉咙里，他一下子笑了，把门拉大给她让位置："免礼，请进。"

舒甜笑嘻嘻地蹦进去，发现屋子里没别人，他爸妈好像不在。有个念头一闪而过，她没像往常一样直奔江译的房间，而是停在原地看着江言关上门。

"阿译还没出来？"江言很自然地对她笑了一下，"你等我去……"

"等会儿，等会儿，江言哥！"舒甜叫住他。

江言脚步一顿，回过头，无声询问。

"那个……"舒甜放轻声音，"江叔叔和阿姨都不在吗？"

"不在，有应酬。"江言唇角的弧度还没放下来，"怎么了？"

"先别叫他，"舒甜指了指江译的房间，"我想问你点儿事儿，行吗？"

江言面上掠过一丝诧异，但很快就笑着点了点头，指了指沙发，说："那过去坐。"

舒甜坐下之后，直奔主题："江言哥，你也知道江译哥哥成绩现在……"她刚想说"很好"，却突然想起来面前这个人不是学霸，这人的身份是学神，是正儿八经的天才，闻名全省高考 759 分的状元，于是改口，"进步很大。"

然而状元接过她之前的话头儿，笑着说："对，我知道，他成绩很好。"

喀，这个很好听得她都不好意思了。

舒甜硬着头皮往下问："那……他现在跟你们说他每次考试多少分吗？"

江译高一那会儿，成绩从倒数进步到年级前几名居然不告诉父母，这是她这么久以来都不懂的一个谜。

"我是一直知道他每次考试成绩的……"江言迟疑了一下，又说，"爸妈那边，问的话他会说。”

舒甜点点头：“哦。”

那看来现在比当时好点儿了，所以……

舒甜还没往下想，江言带着点儿笑意的声音再次传来：“他成绩进步这么大是因为你吧？！”

这话怎么听怎么暧昧，舒甜差点儿被口水呛到：“不是不是……”她立刻摆手，“那都是他靠着自己的努力……进步的。”

江言笑而不语。

“真的跟我没关系。”舒甜底气不足地补充。然而说完这句，她脑海里立马浮现出某人无赖的要求。

舒甜心虚至极地看着沙发另一侧的人，少年坐在米白色的沙发上，整个人清瘦干净，笑容温润，琥珀色的眼瞳清澈通透，明明眼神很柔和，舒甜却莫名觉得自己好像被看穿了一样。

莫非……状元平时也看论坛？

“江言哥……”一想到论坛，舒甜有点儿坐不住了，试探着道，“你知道了？”

江言笑容一顿，眨了一下眼睛，问：“我知道什么？”

舒甜还没说话，江言就接了下去。

“哦，你是在暗示……”江言突然变了个表情，笑里带着点儿揶揄，尾音上扬，“我该知道点儿什么？”

舒甜差点儿从沙发上蹦起来，急忙否认道：“我不是，我没有，我……”

“你别急，”江言似乎被她的反应逗笑了，唇角的弧度扩大，眼睛弯得很好看，“我开个玩笑，你别紧张。”

舒甜：“……”

我心里有鬼当然紧张了！

舒甜觉得她跟江言也算熟悉，但聊天儿聊这么久真的很少见。

江言这人看起来温柔无害，也不知道是她心虚还是怎么，总觉得在他面前什么秘密都藏不住。

也不知道林以桉是怎么跟他暧昧出感情的？就靠着她那张雷打不动的冰山萝莉脸？

刚刚被开了玩笑的舒甜沉默了一会儿，觉得掌握着前线八卦的自己也可以反将江言一军。

舒甜清了清嗓子，说道："江言哥……你知道的吧，我认识你同桌。"

江言："……"

"啧，我发现林以桉这人高中跟初中变化好大呀，你知道她初中三年从来都没同桌的吗？"

江言："……"

"但是……她跟你一同桌就是两年哪！"舒甜皱着眉装模作样地说，"说来奇怪，她的变化跟江译哥哥差不多，比如，不逃课、不打架，就连学习也……"

"小姑娘，"江言终于出声打断她，漂亮的眼睛微微睁大，表情无辜又无奈地叹了口气，语气里带着点儿暗示，"我刚才可也没问你。"言下之意：你快闭嘴吧，别说了。

状元这副样子，看得舒甜有些憋不住想笑。行吧，我闭嘴，咱们等价交换，互不拆穿。

哥哥也算是半个家长，舒甜正觉得现在这种见家长的氛围甚是和谐时，江言又提了一次刚才的事儿："刚刚，我说他的成绩跟你有关。"

舒甜抬头："嗯？"

身体的原因，再加上不怎么出门，江言常年脸色都有些苍白。可能是嗓子有点儿不舒服，他轻轻咳嗽了两声才再次开口，很温和地说："我只是觉得，应该没有别的理由……能让他突然这么有动力学习。"

舒甜一愣。

"在以前的很长一段时间里，其实我也尝试过，但可能方法不对吧，没什么效果。"

舒甜："……"

江言身后就是落地窗，他话音刚落，乌云恰好过去，被遮挡了许久的午后阳光一瞬间洒进客厅，他的轮廓逆在光晕里，笑容浅淡，却异常耀眼。

舒甜听到江言再次开口。

“所以……真的很开心看到他现在这样。”江言眉眼微弯，轻声说，“谢谢你。”

江言回房间休息了，而刚刚被天才状元哥哥笑着道谢的舒甜脚步飘忽，路都差点儿不会走了。

舒甜在原地缓了一会儿，就这么飘到了江译的房门前，都没敲门就直接推门进去了，却在一瞬间愣在原地。

她开门的同时，浴室的门也刚刚打开，江译正好从浴室走出来，头发半干，最关键的是他浑身上下就穿了一条长到大腿的短裤，上身光着。

舒甜来这么多次了，这个场面还真的是第一次见。她先是盯着江译的脸，然后忍不住视线下移——修长的脖颈、精致的锁骨、流畅的腰线……呜呜呜，他的腹肌果然很诱人！

被舒甜撞到没穿上衣的场面，江译一点儿都没不好意思，除了最开始愣了一下，面色早就恢复如常。

舒甜站在门口，瞪大眼睛看着江译，手扶着门把手把房门关上，身子却一直没动。

江译转身走到衣柜前，伸手拿了件白色T恤，一边往身上套一边朝舒甜走过来。

舒甜的眼睛都要瞪酸了，一眨也不眨地看着江译。

江译走过去的速度不紧不慢，衣服从套头到扯下摆，一系列动作自然而然，就像是特地给她表演穿衣秀一样。

他脱衣服性感就算了，舒甜从来没想过有人穿衣服还能穿得这么惹火的。

江译穿好衣服，在舒甜面前站定的时候，刚看完全程的舒甜突然觉得热，很热，特别热，热得难受，从骨子里散发出来的燥热。

舒甜不等江译开口，咕咚一声咽了口唾沫，手忙脚乱地开始转圈找遥控器，嘴里嘀咕：“你房间好热呀，空调多少摄氏度？遥控器呢？”

“在桌子上，”江译回答了遥控器的位置，又回答了温度，“20℃。”

舒甜：“……”

20℃其实已经很低了，舒甜在家里空调敢开20℃是要被训的。

舒甜看美男看得从浑身发热到狂躁，从江译桌子上捞到遥控器，又跑回床边，往低调了4℃，说：“那就先16℃吧。”

江译虽然觉得舒甜奇奇怪怪的，但没说话。

舒甜把遥控器随手扔在床边，因为距离的拉近，她一仰头正好看见穿好了衣服的江译。

江译的头发半干，发色漆黑，皮肤白皙，配上他标志性的面无表情，看起来特别有杂志封面模特的感觉。

舒甜被杂志模特一样的男朋友盯着看了一会儿，脸开始发热。

“什么时候来的？”江译说话的时候，鼻音很重，一听就是刚起床没多久。

“刚来没多久，”舒甜如实回答，“跟江言哥聊了几句就进来了。”

江译嗯了一声。

舒甜耳朵又是一麻。

舒甜笑嘻嘻地伸手，直奔江译的腰，捏了一把：“哇……我身上一点儿肌肉都没有，原来肌肉捏起来手感这么好哇！”

江译：“……”

舒甜是盯着江译的脸捏的，他除了眸色好像变得深了点儿，没什么反应。

舒甜见江译没别的反应，放心地把手从他的腰侧移动到正面，准确地覆盖在他薄薄的衣服上。

16℃实在是太冷了。空调设置的是扫风，仰面躺着发呆的时候，舒甜被扫过来的冷空气冻得一激灵，整个人下意识地缩了一下，腿不受控制地微微一抬……

“咝……”舒甜耳边传来江译的吸气声。

舒甜浑身僵住，立刻观察了一下江译的表情，见他不像是疼的样子，于是松了一大口气。

她抬腿的幅度很小的，好像……就只是……稍微那么……碰了一下。

这么尴尬的场景，舒甜还没想好该说什么，脸上突然一热，江译捏住她的脸颊，声音低哑："你故意的吧？"

舒甜："……"

她冤枉啊！

舒甜吞了口口水，说："我没……没有。"

江译没说话。

舒甜抿了抿唇，问："你要去洗澡吗？"

"不用。"顿了顿，江译补充道，"你别动就行。"

"哦。"

舒甜忽然想起自己来这趟的目的，刚好可以给他转移一下注意力。

"还有一星期你就过生日了，"舒甜直截了当地说，"你就说说吧，我是真的没想出来你到底缺什么。"

江译还是老答案："没什么想要的。"

舒甜："……"

江译："真没有。"

唉，有钱人就这点不好，要什么有什么，手机、电脑、各种设备妥妥的最新款，衣服、鞋更不用说了，他不戴手表，钱包也有。想了一圈儿，舒甜觉得自己也就送一辆车比较合适，但她哪有那个财力。

江译在生活方面、娱乐方面什么都不缺，就剩下精神层面了，那她总不能去买《小题狂练》《黄冈精选二十套》吧？！

"我去年也没要礼物，我这两年都不要礼物。"江译突然说，"先攒着，等明年一起。"

"一起？"舒甜纳闷，"一起什么？"

"等明年一起……"江译勾起唇角，低头凑到她耳边，嘴唇贴上她的耳朵，"送我个大的。"

舒甜深吸一口气，耳朵处传来的痒越发明显，她偏头躲了一下，也在江译的耳边咬着牙说了两个字：“流氓。”

舒甜后知后觉地意识到，他是笑得发抖。

“你笑什么笑？”

江译不光在笑，还笑着回了一句：“哦，谢谢夸奖。”

舒甜动弹不得，还得被压着生这个气，脸也越来越热：“我那是个贬义词，哥哥，你清醒一点儿好吗？”

江译没答，又笑了会儿，然后道：“既然你都这么说了……”

舒甜茫然地道：“啊？”

舒甜脑中警铃拉响，猛地睁大眼睛。

“你实话告诉我……”舒甜抿了抿唇，“你跟你爸妈，就是叔叔、阿姨，为什么感觉不太对劲呢？”

“是不是因为几年前，”舒甜猜测，“你初中那会儿有什么事儿？”她没说出打架、闹事儿之类的词，反正江译应该懂。

江译表情有些诧异，可能是觉得话题跨度太大，愣了一下才答：“怎么突然说这个？”

“才不是突然，”舒甜撇撇嘴，“我可想问好久了，也问了几次，每次都被你打岔你忘了吗？”

“其实没什么特别的……”江译组织了一下语言，“如果非要说的话……我刚上初中的时候，我爸的公司出了点儿小问题，有两年一直都很忙。”

舒甜：“……”

“我哥的病需要人照顾，他住院我妈去陪，而我得上学……所以每天的状态大概就是，见保姆的次数比见我爸妈都多。”

“其实这些想想都没什么，但是那时候还是……”江译停顿了一下，找到一个词，“心智不成熟。”

“每天都觉得自己不受重视，然后我爸又是有点儿完美主义的人，你也知道，我哥那人的脑子说得好听点儿是天才，”他说着说着，突然笑了，“要我说的话，简直是变态。”

话说到这里，似乎有什么呼之欲出。

舒甜眨了眨眼，仿佛懂了点儿什么：“所以，江叔叔就把你们俩放在一起比较……是吗？”

江译沉默了一会儿。

其实这么多年来，除了某几件事儿、某些特别戳人的记忆，很多细节已经在他的脑海里淡化了。再回头看的时候，他最叛逆、最在乎这些事儿的那段日子早就离现在很远了，所以也就没必要一一说给她听。

“也不算，”江译捏了捏她的手，糊弄过去，一副漫不经心的样子，“我爸这人长得就很严肃，现在想想，他可能有时候说的话也挺正常，但我听着就觉得他有别的意思。”

舒甜：“……”

“我跟他吵，他不给我好脸色，就这么循环了几年吧，”江译说，“上了高中才好了点儿。”

其实何止是吵了几年，因为各种大大小小的琐事，他跟江世的关系一度降到冰点，父子俩性格又有点儿像，到了后来，他能够理解他们大部分行为的时候，那些错过的时光还是错过了，造成的伤害也已经无法弥补。

他不想提，也是因为现在真的觉得并没那么重要了。

舒甜垂着头，一言不发，等他说完最后一句，突然坐起来。

江译是坐着的，这样的高度刚好能够让舒甜抱到他的头。

江译话还没问出口，眼前突然一黑。

江译没反应过来，问：“你干吗？”

“没什么……”舒甜的声音闷闷的。

江译一瞬间懂了她的意思，心里暖暖的，但又有点儿想笑：“算是有点儿缺爱吧，不过我也没受什么委屈。”

没受委屈是假的，但是不知道为什么，她这么一搞，他居然有些后悔刚才没把自己说得再惨一点儿了。

江译心情好得不得了，甚至还想开玩笑逗舒甜。他尾音上扬：“你将来，记得别让我缺爱就行。”

然而，舒甜依旧纹丝不动。

就在江译等得有点儿无奈的时候，她终于再次开口。

“以前的事儿，虽然你不想仔细讲，但估计也不是什么好事儿吧……你不喜欢的话，就忘了吧！”舒甜的声音是罕见的正经，还带着点儿不易察觉的赌气，“反正你现在有我了。”

她在为他打抱不平。

江译唇角一勾，正准备回应点儿什么。

“江译。”舒甜突然叫他。

“嗯？”

江译虽然看不见舒甜的表情，但只听声音，也能听出来她像是在郑重其事地发誓一样，认认真真地道：“你放心，我会永远对你好的。”

这年的生日礼物磨到最后，江译还是什么都不要。舒甜最后没办法，去蛋糕 DIY（do it yourself，自己动手做）店学了两天，做了个蛋糕送给他。

八月底，江言出国做手术。

九月初，高三开学。

虽然江译同学对于高三毕业后那个暑假的生日礼物抱有很大、很美好的期望，但现实是——在下一次他生日之前，他们要经历长这么大以来最痛苦的一年。

高三开学之后，舒甜就没怎么刷论坛了，上论坛很多时候是一时兴起，完全没有高一时那么积极了。

舒甜开学后第一次上论坛，还是姚月告诉她，上学期江译问她要发圈的那个帖子又被顶上来了。

刚开学闲得不行的高一、高二学妹们，也纷纷要给自家男朋友戴发圈。

“没有对比就没有伤害，我让我男朋友戴我的发圈，他第二天就扔家里了 / 手动再见。”

“同一个世界，同一种发圈……不同的男朋友，都散了吧 / 手动再见。”

一众学妹疯狂掀起一阵“发圈风潮”，却因为现实的残酷，热度又很快下去了。

果然人和人不能比呀，跟江译相比，就想跟自己的男朋友分手可怎么办？

这半年，跟着江言出国的是江母。她虽然不能经常回来，但舒甜发现她给江译打电话的频率还是挺高的。

江父留在国内，只有手术前后才飞去美国。舒甜去江译家的时候，有几次还撞到江译在跟江父聊天儿。说实话，尽管两个面无表情的男人站在一起怪别扭的，但好像又有那么一丝说不出的和谐。

江言手术成功的时候，附中刚好放了寒假。

假期开始没几天，江译跟江父一起去了美国。

江译虽然说了会早点儿回来，但是他们这次肯定是去跟江言、江母一块儿过年的，回来的话怎么着也得年后了。这样，舒甜就不能跟他一块儿过年了。

舒甜本来已经陷入了自闭，但江译走了没几天，梁韵开始选每年过年旅游的地方。她挑来挑去，“国内的好玩儿的去遍了”“欧洲也是去了好多回”“日本、韩国也不想去”，哪里都不满意。

舒老板在一旁不吭声。

舒甜灵光一闪，尝试着小声地插了一嘴：“妈妈。”

梁韵抬头：“嗯？”

舒甜：“我今年想跟你们一块儿去玩儿。”

“旅游？”

“嗯。”

“那就去呀，”梁韵不以为意，“你长这么大，哪年不都跟着我们去玩儿嘛，就这两年不知道怎么回事儿，突然就不爱去了。”

这两年……这不是有别的事情了嘛！

舒甜有点儿心虚，连忙道：“最近，我觉得高三压力有点儿大，就不想在家学习了，想跟你们出去放松一下。”

舒甜成绩稳步上升，现在年级前五基本坐稳了，梁韵一听她压力大，什么都顾不上了，连忙道：“压力大？哎呀，压力大怎么不早跟妈妈说？哎哟……”

舒甜还没来得及说点儿什么，梁韵又道：“那你有什么想玩儿的地方？今年决定权交给你了，爸妈带你好好去放松放松。”

家庭地位较低的舒老板也附和：“是呀，闺女想去哪儿就去哪儿，你说了算。”

老爸真是太上道了！

舒甜抿了抿唇，说：“我想……去美国玩儿。”

“美国？行，我跟你爸有段日子没去了，去玩儿玩儿挺好的。”梁韵说着说着，又想起来什么，“对了诺诺，江言那孩子是不是在美国做手术呢？”

舒甜点点头，道：“嗯，是，昨天江译哥哥跟江叔叔也去了。”

梁韵笑道：“那正好，去美国咱们还能去看看他。”

舒甜没想到今天的梁韵如此可爱，都想高歌一曲《世上只有妈妈好》了。

看着梁韵已经开始订机票和酒店，舒甜想了想，又提了个要求：“妈妈，那……咱们能在那边过年吗？”

看着梁韵疑惑的眼神，舒甜解释：“这样不是能多玩儿几天嘛！”

“行，”梁韵点点头，“你高考你最大。”

目的达成，舒甜回了房间，刚才伪装出来的那些小可怜、小抑郁，以及“我压力很大”，通通不见了。她原地猛跳了一下，一下子扑到床上，开心地打了几个滚。

她太机智了吧！跨国送温暖，她还真是个小天使！

舒甜平复了一下情绪，爬起来跑到书桌旁边，拿过手机给江译发微信。

舒甜：“你在干吗？”

江译隔了一分钟才回。

江小译：“你在干吗？”

舒甜又无语又觉得甜蜜，傻兮兮地笑，打字：“好了我知道你要想死我了，不过我是真的问你在干吗呢。”

江小译：“【位置】。”

他发来了医院的地址，应该是想表达自己在陪着病人的意思。

这也好，省得她再套话了。

舒甜：“话说我们是不是今年不能一块儿过年了？”

江译明显停顿了一会儿才给她回复。

江小译：“没事儿，过完年我很快回去。”

舒甜乐不可支，但还是装模作样地道：“唉，我会想你的。”

接下来他们又聊了几句，舒甜的小心脏怦怦跳，虽然中途有好几次她差点儿就暴露了秘密，但好在有惊无险。

她，是做大事的人，是要送惊喜的人！她沉得住气！

舒甜一家人到美国后，舒甜好不容易说服了梁韵过年当晚再去医院探望江言，先玩儿几天。

语文课本里有一句话很符合她现在的心情——盼望着，盼望着，新年来了，重逢的脚步近了。

大年三十白天的时候舒甜还在酒店里跟江译煲电话粥，只字不提她已经在美国这件事。

当晚他们到了医院后，舒甜没跟舒父他们先去病房，而是说自己要去上厕所，然后给江译打了个微信电话。

舒甜不等江译说话，张口就问：“你现在在哪儿啊？”

“医院，”江译那边背景音有点儿吵，“你呢？”

“我在楼下散步呢，就是那个小公园，”舒甜毫无心理负担地说，“想你了。”

顿了顿，她又飞快地说：“那个，我现在就在我们去年还有前年约会的小树林里，你记得吧？你‘树咚’我的地方。”

江译：“……”

“你那边，医院里有没有树？”舒甜看了一圈，这家医院周围最具标志性的地方估计就是门口的这棵大树了，她胡说八道，“你找个树靠着跟我说话呗，比较有……仪式感。”

这理由很扯，但是——舒甜的话大过天。

江译笑了一声，说道：“好，医院门口有，我现在去。”

舒甜又跟他说了两句，她的右耳在听电话，渐渐地，左耳也捕捉到了一个熟悉的男声，与话筒里同步，并且越来越近。

江译走到树旁边，说：“我到了。”

那边却没有了声音。

江译以为网络不好，“喂”了一声，那边还是没声音。下一秒，屏幕上显示：对方已挂断。

江译皱了下眉，正打算重新拨回去，眼前突然一黑，眼皮上覆上来两只冰凉的手——从他身后的方向。

实际上，多年的打斗经验让他做出了条件反射般想要回击的动作，但他闻到了一股熟悉的香味，一股不该在这里闻到的、会经常在舒甜身上闻到的甜香。

江译原地站了五秒钟，某个想法让他身心俱震，稍微缓了缓，伸手把这双手拉下来，是他拉过几千次的熟悉触感。

还没等江译回身，身后的人像是迫不及待了一样，一下子蹿到他面前。

舒甜穿着乳白色长款羽绒服，脖子上是红色的围巾，扎着马尾辫，眼睛里像是洒满了星星，格外好看。

舒甜笑出了小梨涡，歪了一下头，大声说：“新年快乐呀！我就是你的新年礼物。”她的声音清脆甜美，“你喜欢吗？”

江译看着她的笑，心里像是喝了蜜，零下不知道多少摄氏度的低温，他却仿佛浑身都处在烈日下。

江译的喉结动了动，话出口的时候，居然是哑的：“喜欢。”

顿了顿，江译笑了一下，又说了一句：“喜欢死了。”

江译今天穿了件纯黑色的大衣，就算是在国外，身高依旧十分显眼。

舒甜盯着他看了好一会儿，正准备谴责“为什么你看起来这么冷淡，说好的千里追夫都要有很大反应呢”的时候，就被一股大力抱住了。

江译的手臂搂着她的腰，好像还有点儿抖，隔着厚厚的几层衣服，都能感受到他的激动，的确是很大的反应了。

江译抱了好一会儿才把她放开，突然来了一句：“我不是在做梦吧？”

舒甜忍不住笑出声，没嘲笑他，眨了眨眼睛说：“你是想我想出幻觉过吗？”

江译眼皮一跳，说道：“还没有。”

“那不就得了，”舒甜眨了眨眼，“当然是真的了。”

过了最开始的激动劲儿，舒甜开始跟江译扯些有的没的：“新年了，我们又老了一岁。”

“别瞎说。”

“我怎么瞎说了？我说错了？”

江译认真地道：“你不老。”

舒甜：“……”

她竟然无法反驳。

“你说得对，我才18岁……”舒甜笑嘻嘻地戳江译的脸，硬邦邦的骨骼，脸颊上的肉却很软，“你比我老，你都19岁了，四舍五入你20岁了！”

江译笑了一下，一把抓住她的手，他的桃花眼微弯，嘴唇红润，笑得像个吸人魂魄的妖孽。

其实舒甜总是给自己心理暗示——“你记得要对他的美貌免疫！”“不能被他的色诱打动！”“不能一被他撩就找不着北了！”总之，不能这也不能那。但尽管如此，她的脸红、心跳、没出息，都没落下。

有什么办法呢？她一见到这个人，大脑的暗示全部失灵，所有的感官都叫嚣着想要朝他奔去，她也没辙呀！

江译心情很好的样子，拉着她的手往前一带，舒甜一下子扑进了他怀里，整个人被他的气息包裹住。

舒甜深吸一口气，嗅着他干净、清新的味道。

她听到头顶上传来他愉悦的声音："对，我老了。"

舒甜："……"

不是吧？他怎么承认得这么干脆？

"想娶你了。"隔了几秒，江译突然说。

舒甜倏地睁大眼睛。

然而江译还没说完。

"所以……"这人的声音比刚才压低了很多，语速异常缓慢，像是在哄小孩儿一样，温柔得近乎将人溺毙，"快点儿长大吧，宝贝。"

寒假前半段，舒甜非常爽地扮演了一回"心理压力极大""很脆弱""有崩溃的可能"的柔弱乖巧女儿，心满意足地实现了带着爸妈千里追"夫"的计划。

当时，她觉得自己简直是天底下最浪漫的人，把自己感动坏了，江译都不一定有她那么感动。

舒甜后来想想，觉得当时的自己简直是从头到脚都泛着傻气，但某人的反应让她觉得很值就对了。

由于千里追"夫"计划的实施，作业什么的就全挤到最后一周补了。

舒甜其实可以不交作业，但说不上来是习惯使然还是拉不下来脸皮直接不交作业，她最后还是拼死拼活地写完了。

而完全不在乎脸皮的江译就没有这个烦恼，他痛痛快快地玩儿了几天游戏，一科作业也没带就上学了，让写寒假作业里面的政治、历史大题写到手麻的舒甜甘拜下风。

如果说高三上学期已经跟之前两年的高中生活有了明显的分水岭，那高三下学期，这个分水岭又高了一倍不止。

舒甜记得，高三下学期开学没多久，教室就挂上了倒计时100天的牌子。

之前做做样子的健康课、音乐课、美术课全部取消，作业多得跟泰山压顶一样，题海战术不想搞也得搞，课上、课下强度都非常大。

这一百天痛苦又难熬，但要是跟其他学校比，附中学生还是挺知足的。

附中的画风一向跟其他同水平的重点高中不太一样，整体规矩很少，而正因如此，每个班级的学习强度其实也有很大一部分原因在于老师的管理方式。

马东立跟他的好朋友都不是那种摁着学生的头让他们学到时间尽头的老师，恰恰相反，马东立做得最多的一件事儿就是让他们的心态保持健康。

尽职尽责的马东立不愧是语文老师，观察力强就算了，口才还特别好，他根据学生的状况，隔三岔五就找同学喝茶。

舒甜观察出来了，通常，在喝茶之前那个学生身上是一片灰暗，等回来的时候肯定是一身阳光，并且光芒万丈。

舒甜也去喝过一次茶。

她到了办公室，一脸蒙地接受了一系列的表扬，茶还没喝完马东立就夸完了。因此，舒甜合理猜测，他只是因为自己一直没来喝过茶，象征性地让她来做客而已。

这还不算完，距离高考倒数十几天的时候，放学回家的路上，江译突然说了句：“今天老马找我了。”

舒甜正准备说话，被他一吓，差点儿被自己的口水呛到：“找你干吗？”

马东立现在又不教他，江译又没犯什么事儿……怎么想都不沾边儿啊！

舒甜正纳闷，江译的声音再度传来：“叫我去他办公室……”他说下一句的时候，明显有些无语，“谈心喝茶。”

舒甜：“……”

舒甜是真心服了马东立。是什么样的情感能让一位老师两年内持续不断地夸奖自己教过一年的学生，并且持续观察学生的心理状况呢？人间真情，真不愧是得意门生！

高考那天，很平常，天气就是普通的热，没下雨。

可能是舒甜和江泽的成绩太稳定的原因，双方家长并没什么过激的反应。

其实要认真说起来，舒甜并没觉得这场考试跟他们之前经历的无数次考试有什么不同，除了考场在外校这点。

舒甜很讨厌题海战术，很讨厌重复去练一种题型，但开始答题的时候，她不得不承认，的确有效。

题是人出的，重点就那么多，再怎么翻新，万变不离其宗，总有她觉得眼熟的题目问法和构架，都不用怎么去回忆，手已经开始写下公式。

两天考过，舒甜出考场，乘车回到学校。

舒甜经过其他班级，往里面扫了一眼，发现这班的黑板被完全图花了，写满了各种各样的字。不知道为什么，舒甜突然停下脚步。

黑板上面写着同学们的各种抱怨、表白和随意涂鸦，层层叠叠，辨认不清。

教室内，有人在撕书，有人跟朋友、兄弟抱在一起，兴奋地讨论着什么，也有人崩溃地号啕大哭。

窗外，是打扫卫生的阿姨止不住的抱怨。

校园花坛里的月季换成了鲜红的玫瑰，校门口的大树越来越茂盛。

高一、高二的学生还在上最后一节课，时不时心急地看看表，盼望着铃声今天能够出故障，早几分钟放学。

食堂里的叔叔阿姨忙着准备他们的晚饭。

一年又一年，一批又一批跟他们一样的少年在这儿成长、蜕变，但这里一直不会变。

舒甜刚从考场出来的时候，觉得这就像是一次普通的考试，没有任何感觉，直到现在，才有了点儿高考之后的真实感。

舒甜叹了口气，笑了一下，抬腿继续往前走。

高中生活就这样结束了呀，她如释重负，却又怅然若失。

早在高考倒计时到了30多天的时候，附中就下达了毕业典礼相关事宜——高中毕业典礼，别名为成人礼，在高考后一星期举行。

当时，姚月刷到好玩儿的帖子，给舒甜看了一眼。

那是两个连着的帖子。

【#隔壁一中的学生伸长了脖子：妈妈！你看他们学校，居然有毕业典礼！妈妈，为什么孩儿没有？#】

【#妈妈叹气：因为妈妈当年把孩儿你送进了该死的一中啊！#】

也不知道是两个帖子说好的一起发，还是怎么回事儿，看完之后舒甜也跟着笑出了声。

这个成人礼弄得有模有样，附中的财大气粗再次派上了用场。

既然称为典礼，即使只是高中毕业典礼，学生代表发言什么的这些环节也必不可少。

江译被王主任找上的时候，舒甜一点儿都不吃惊——从年级倒数到年级第一，还有比这更励志的故事吗？没有！

当时刚高考完，就在教学楼一楼门口，王主任把人给拦下，说明了来意。

江译：“王主任，您确定吗？”

“啧，”王主任瞪了他一眼，“你这是什么话？老师找上你，肯定是相信你的能力。”

“我的演讲稿估计就一句话。”江译说。

“怎么能就一句？”王主任皱着眉，估计也是好奇，还是问了出来，“什么话？”

“我的成绩变化这么大，我能有今天，是因为我喜欢上了一个学习特别好的姑娘。”

王主任：“……”

“哦，可能有两句，”江译来了兴致，“我的成绩都是为她学的，来了高中三年，最感谢的就是遇到了她。”

王主任：“……”

舒甜：“……”

舒甜跟王主任一样蒙。

她也不知道为什么，现在江译已经到了不分时间、不分场合就开始秀的地步。

舒甜的心提到了嗓子眼儿，她眼看着王主任回过神来，一句“你说什么”吼出口的同时，她胳膊一紧，下一秒，就被带着猛地朝门外跑去。

他们身后是此起彼伏的来此围观的同学的欢呼声、起哄声，还有气急败坏来追赶他们的年级主任暴怒的吼声。

“感谢我喜欢的姑娘可还行？哈哈哈。”

“我的妈呀笑死我了，王主任要气死了。”

“小兔崽子！给你点儿好脸你就飘了！啊？给我停下！别跑！”

…………

由于那天围观的同学太多，后来这事儿就被放上了论坛。

舒甜本来不知道的，结果成人礼当天，姚月和原弯弯两个人又开始在她面前演戏——看到她的一瞬间，招呼都不打一声，直接入戏。

姚月说：“这位同学，我看你骨骼奇佳，天赋异禀，还不快上台去做个演讲，给同学们树立一个好榜样？”

原弯弯摇头：“不不不！您有所不知，我没什么好分享的。”

姚月皱眉："此话怎讲？"

原弯弯："我就两句话，"她伸出一根手指，"第一，我能拿到今天的成绩，是因为我喜欢上了一个学习很好的漂亮姑娘。"她接着伸出第二根手指，"第二，我的成绩都是为了她学的！"

到这儿，姚月演不下去了，扑到舒甜身上一阵狂蹦："啊啊啊……甜死我了！你不知道，那天有人发了这个帖子之后，我们一天大军又新加进来超级多的人！"

舒甜："……"

"呜呜呜，大家的眼睛是雪亮的，"姚月握拳，"我真的是有眼光，我从见到你跟江译第一次互动，就觉得你们俩的爱情肯定是天雷勾地火的那种！"

原弯弯："带我一个。"

姚月给她投过去一个英雄所见略同的眼神。

舒甜对于这两人时不时来的这么一出早就习惯了，她一般会象征性地压制一下姚月随时随地都很高涨的情绪，但今天，她突然不想了。

"你们俩，抓紧时间脱单吧！"

两人齐齐望过来，眼神十分疑惑。

"我结婚的时候，你们俩都能来当伴娘，第二个结婚的，没了我，至少还有咱们三个中的一个当伴娘，"舒甜理所当然地道，"也就是说，最后一个结婚的最惨。"

"怎么，"两个单身的人不干了，"你这是刚成年就要结婚？"

"还没，"舒甜眨眨眼，"但是，那是早晚的事儿。"

成人礼有条不紊地进行着。

舒甜还记得，已经成为年级前几名的江译高一第一次想要发愤图强的时候，她还问过鹿园园，那时候努力晚不晚。也不知道是江译天赋异禀还是怎么回事儿，这人还真是从那次之后成绩跟火箭一样往上升。

江译拒绝了王主任，自然是不可能再有机会当学生代表发言了。

上去发言的是个成绩排名常年第一、第二的人，他没有江译或者江言那样的传奇经历，但中规中矩的，也算个学神。

毕业典礼上，同学们听了学神一番深刻而有意义的讲话，又有校领导上去非常煽情地祝贺他们终于毕业成人。

大大的礼堂，圆弧形状的屋顶，气派的装修，在极高的背景墙上面，没有写“毕业快乐”，也没有写“成年快乐”，只有短短的一句话，十个字：少年向着光，青春不散场。

讲话、发言都完毕之后，就到了最后一个环节——学校组织了家长给孩子写信，就在每个班主任手里，很快分发下去。

信发完之后，一瞬间没了之前的秩序，说话声很大，现场开始陷入混乱，舒甜挤出礼堂，给江译打了个电话，让他也来门口。

舒甜没几分钟就见到了人。

江译穿着简单的黑T恤、黑裤，肤色白皙，身高腿长地出现在礼堂门口，就算只是随意地在低头看手机都能成为焦点。

舒甜小跑着到了他身边，一把搂住他的肩膀：“喂！”

江译回眸，视线触及她的一瞬，面部轮廓柔和下来。

“你拆开了吗？”舒甜摇了摇刚拿到的信封。

“还没。”

“等我呢吧？”舒甜眯起眼睛笑了，语气雀跃，“那现在一起拆？”

“嗯。”

江译收到的信封上写着“给江译”。

江译撕开封口，把信拿出来，是一张纸，只是普通的白纸。

江译看了第一行字，一下子愣住了。

阿译：

我跟你妈商量了一下，最后决定，让我来写这封信。

你已经 19 岁，废话就不说了。

前几年公司和你哥都出了事儿，爸爸做了一些不对的举动，说了很多难听的话，你跟我也算是“冷战”了挺长时间。

虽然这两年的相处，看得出你应该是没怎么再去计较了，但爸爸一直欠你一声道歉。

当面说不出口，就借着这个机会说了。

对不起，当年是爸爸、妈妈不好，你初中那会儿闹成那样，多半也有我推波助澜的原因。

好在，你跟你哥感情一直没变。

你这孩子不知道像谁，我管不了，也管不住，一管就得开始吵，所以以后，我跟你妈都不管了，你想做什么就去做，只要别太过，别走歪路，爸妈都支持你。

你的未来大好，你的人生才刚刚开始，累了、碰壁了，还有家在等着你。

去吧！

江世

江译看完第一遍，又看了一遍，那上面是他熟悉的、从小到大都有印象的字体。

江译把信叠起来准备放回信封的时候，失败了三次，打游戏、写题、打架的时候都稳稳当当的手，现在却在微微颤抖。

说实话，他本来觉得他不会收到信，就算收到了，也可能是随便写写，一行字，上面写着“阿译，毕业快乐”之类的，而且估计，这封信是江言写给他的可能性最大。

他没想到，是这样的一封信。

舒甜的声音蓦地插进来：“怎么样？你的是谁写的呀？”

“我爸。”

舒甜哇了一声：“竟然真的是江叔叔？”

江译转头看着她，问：“什么意思？”

“哦，就是知道这个环节之后，我有一次去找你，你还没醒，然后我就跟你爸妈聊天儿什么的嘛！”

“说到这个信，他们也被班主任通知了，我就跟他们说这个很重要，我说，因为看他们平时好像不怎么关注你的校园生活，叔叔也不太跟你说话，”舒甜想了想，“具体的忘了，我的意思大概就是，反正平常说不出来的话都可以写出来啦。”

“本来我听他们的意思好像是阿姨给你写，江叔叔那么严肃的人，居然真的听进去我的话了！是他给你写的？”

江译嗯了一声，说不上来是什么心情。好像有一个这么多年来一直也打不开的、沉在最底下的心结，一个他自认为早已经不重要但还总是横亘在那里的心结，就在这一刻散了。

江译没让舒甜察觉出来异样，很自然地转过头看向她的信纸，摸了摸她的头发，问：“在笑什么？”

“哦，”舒甜笑得合不拢嘴，“笑我爸呀，我爸这人真是，人家都能把自己的孩子写哭，我被我爸笑哭了，哈哈哈……”

少女一双大大的眼睛里盛满了水光，在室外的阳光下一闪一闪的，极为夺目。

的确，在这个环节掉眼泪的学生很多。江译看了一圈儿，发现就他们俩的画风不太正常，一个面无表情，一个快要笑出内伤。

“来，我给你看这段……”江译看着舒甜一边擦眼泪一边凑过来，细白的手指点着某一行，念给他听，声音温柔软糯。

江译走了个神儿。

他初中那会儿，在意识到喜欢她之后，挨过一段最难熬的时间——感情最激烈、最想见她、最想告白的时候，也最想放弃她。

他觉得这段心事终将无果，不说，他们再见面，他还能是她小时候玩儿了很多年、关系很好的邻家哥哥；而说了，就是陌路。

不知道为什么，他那时候从来没有想过会有好的结局，从来没往她也有可能喜欢他这方面去想。

那阵子他总看到那些文字说，喜欢一个人是多么开心的一件事儿。可暗恋不是，默默地喜欢她，欣喜而无望。

如果，他就止步于暗恋，没有跟她上一所学校的话；如果，他没有跟她重逢，没有迈出最后一步，没有告白，把心思藏起来一辈子，那会是什么样子？他想都不敢想。

有些东西，在拥有之后，连想象一下可能会失去都令人无法接受。

有不少人陆续出来看信，然后蹲在门口哭得不成样子，他们身边的啜泣声就没有停下来过。

很多人抢着跟老师合影留念，甚至有人去要签名。

这个六月，好像很多东西结束了——暗无天日的做题、铺天盖地的考试，以及那些紧张至极的日子里，偶然插进来的小惊喜。

但这个六月，又好像是一切的起点。

18 岁，阳光正好，他们终于能光明正大地在一起，他们的一切，才刚刚开始。

少年向着光，青春不散场。

他们离开学校的礼堂，舒甜拉着江译在校园里转圈散步，看了假山、小花园、名人堂、名人雕像，最后转去了操场。

高一、高二放暑假还早，有不少班级在上体育课，他们两个不仅没穿校服，就这两张脸的知名度，很快吸引了不少人的目光。

舒甜不在意，也早习惯了。她没想到，高中三年，自己修炼出一个在众人面前谈恋爱能毫无心理压力的技能。

舒甜看着熟悉的操场，有点儿感慨：“参加完毕业典礼，好像就真没什么事儿了。”

结束了成人礼，好像就剩下一件事情可以做——等成绩。

跟每次考完试就会发下来答案一样，高考的答案早就遍布全网。

舒甜早在考完的第一时间就估了分数，英语和数学将近满分，文综有些主观题不确定怎么判分，但总的来说，就算稍有出入，应该可以考到680分。

而江译连答案都不去对，比她跩多了，一问估分多少，他淡淡地道：“700多分吧！”

“有很多事儿可以做。”江译反驳。

两人拉着手散步，舒甜瞪大眼睛，问：“什么事儿？我怎么不知道？是我忘了吗？”

江译嘴角一挑，笑得痞里痞气，捏了捏她的手：“谈恋爱呀！”

“哦。”

舒甜忍不住又多看了两眼江译的笑容——张扬、肆意、美好。

两人就这么拉着手，光明正大而又漫无目的地转来转去，各位住在论坛的“一天女孩”蠢蠢欲动——然而心非常大的两个人背着一操场的八卦目光，毫无心理负担地一头扎进了小树林。

四周安静下来，草木的清香充盈着鼻端，舒甜停在一棵大树旁边，把江译推上去靠着。

情侣之间总要有点儿情趣，总是一样的套路，男的壁咚女的，多没意思。女生当然也可以反摁回去——这是舒甜在无意间撞到林以桉把江言牢牢摁在树上的时候，偷学的技能。

江译挑眉，语气无辜又惊讶：“咚我？”

这语气，这表情。舒甜看着他装出来的样子，没忍住，扑哧一声笑出来。

半天，舒甜平复下来之后，凑上去抱住江译的腰，他的手也很自然地搭在她的腰上。

舒甜叹了口气，说：“就这么毕业了。”

江译：“嗯。”

“现在我们可以光明正大地谈恋爱了……”舒甜又说，“离我能结婚，还有两年。”

江译正想说我也是，结果心里一算，脸黑了：“我还有三年。”他说得咬牙切齿。

相处越久舒甜越了解他，肯定这人心里全是这样的弹幕：“你们这些该死的规定”“为什么男人的法定结婚年龄要比女人晚两年”“为什么我比舒甜只大了一岁”，只是一想，她都要笑岔气了。

舒甜安抚地拍了拍江译的后背，说：“就多一年嘛，很快的。”

江译沉默了几秒，声音还是没软下来，但莫名带着一丝委屈：“慢死了好嘛！”

惹得舒甜又是一阵大笑。

“喂，男朋友。”

“嗯？”

“我之前看了个帖子，上面说，‘你们猜猜从高中到最后结婚的那些情侣，离婚率有多高？’”

江译：“……”

“我当时不知道是积极结果还是消极结果，就点进去了，纯属好奇。”

江译嗯了一声，问：“然后呢？什么结果？”

“那上面说，比起相亲，这样的爱情离婚率更高。”

江译不懂她怎么忽然提这个，搂着她的手紧了紧，说道：“这些人瞎编的，你别信。而且，”他想到了什么，“非要说的话，我们从小学就开始了。”

舒甜：“……”

“我们跟他们不一样的。”

“我知道，”舒甜答，她的脸贴着他的胸膛，轻声说，“我不知道我哪来的勇气，可能一部分是你给我的，一部分是我自己太在意你。看了那个帖子之后，我内心唯一的想法居然是……就是觉得，这些例子跟我们完全不同，我们一定可以一辈子在一起。”

江译靠在树上，因为怀里的人说的话，整个人愣住了。

他上初中开始，哥哥总是躺在病床上，偌大的房子，他回家后总是空无一人，父母几乎想不起来关心他。

年少不懂事，叛逆又自私，打架、旷课。他不知道，究竟是因为空虚想要消磨时间，还是单纯地不想回家。

他眼前一片黑，根本没有一个可以指引他往哪儿走的方向标，也没人告诉他。那时候，是他的低谷期。

可是谁也不知道，他心里一直有一个小姑娘，她不光长得好看，还是一个从认识开始，嘴就很甜的小姑娘。

小姑娘站在小小的院子里，院子里洒满金色的、温暖的光，她仰着头对他笑，说：“江译哥哥，你真好看。”

她说：“江译哥哥，我最喜欢跟你玩儿啦，那你喜欢诺诺吗？”

她还说：“江译哥哥，你是我认识的最棒最棒的人。”

他就觉得，不要坏得那么彻底吧，不要那么无可救药吧，否则她看到了，会失望的吧！

江译呼出一口气，闭了闭眼，随后手扶着舒甜的肩把她带起来，说：“宝贝，起来一下。”

舒甜被叫的一瞬间，没反应过来，半天才抬起头，表情迷茫：“嗯？怎么了？”

她抬头，他垂眸。

江译伸出手，手指掠过少女饱满的额头、挺翘的鼻梁，在柔软的唇瓣上打了个转，到尖尖的下巴，捏了两下，滑到脖颈的时候，舒甜小声地啊了一声。

舒甜咬着唇，表情看起来有些惊讶，又有些害羞：“哎，干吗呢？你碰到我的痒痒肉了。”声音跟撒娇一样，甜腻发软。

江译看着她的脸，听着她的声音。这是他喜欢了几年，一直放在心上的小姑娘。虽然他是初中的时候意识到自己对她的感情的，但总觉得其实在更早的时候，她拉着她妈妈的手，大眼睛里有灵动的光，一点儿也不怕生地问他“哥哥，你要跟诺诺一起玩儿吗”的时候，就有某些东西生根发芽了。

他从小就很讨厌跟屁虫，除了江言，他不喜欢跟别人玩儿。但也不知道是那小姑娘身上的裙子看着太顺眼，还是她奶声奶气的声音太好听，破天荒地，那次他愣了半天，点了头，说好。

那时候他没有想到，这一声好，带给他生命里的，是怎样一个存在。

那些曾经他觉得俗不可耐的东西——爱、动力、梦想，包括他的所有，都是她给的。

舒甜被盯得发毛，问：“你……怎么不说话？”

“没什么，”江译笑了一下，“突然很想看你。”

舒甜的脸红了：“……哦。”

舒甜的碎发被微风吹得有些乱，他把那几缕头发掖到耳后，他们又对视着沉默了一会儿。

阳光透过树叶斑驳地洒在地面，四周静谧安逸，虽然很美好，但舒甜还是忍不住破了功。

“啊，毕业啦，”她开始数着接下来要做的事儿，“我之前答应了我姥姥、姥爷，这个暑假去陪他们一阵子，我想你也一起去。”

江译：“……”

舒甜眨眨眼睛，摇他的胳膊：“姥姥、姥爷是我很亲很亲的长辈，我想让他们见见我男朋友，”她笑得小梨涡都出来了，看着异常可爱，“你觉得怎么样啊？”

江译：“好。”

“但是我要先在家里玩儿几天再走。”舒甜开始畅想，“然后我们可以坐动车去，不坐飞机啦，一路上走走停停边走边玩儿，”她很兴奋，“这个你觉得怎么样？”

江译还是一个字："好。"

"怎么老说一个字？"舒甜嘀咕了一句，很快就拉着他的手说些别的了。

"那……"清脆的、上扬的声音让江译回过神来，"等我们去完B市，"舒甜想了想，问他，"你有什么想做的事儿？想玩儿的地方？"

江译这次没有说"好"，反而沉默良久，才道："有啊！"

舒甜没说话，但满脸写着"那你快说呀"。

"我有很多想做的事儿。"江译看着她，"比如，我现在，"顿了顿，江译伸手摸上她的脸颊，"很想对你说……"

舒甜不明所以地眨眨眼，问："什么？"

"我对你的感情，并且极有可能，会持续到我死的那一天。"

舒甜连脸红都来不及，下一秒就被某人的话镇得愣在原地。

"再比如现在，"面前这人语速很慢，懒散地待在树荫下，声音清润中带着微微的哑……

舒甜看着江译的眼睛和看了很久还是看不腻的帅到符合她所有审美的淡淡的笑，刚才看舒老板的信她都没哭，在这样的时刻，因为这样一句简单的话，却莫名红了眼眶。

"我也是。"她说。

她没有具体说"我也是"说的是哪一句，但他一定懂。

我们还年轻，我们的人生才过了十几年，我不知道未来会遇到多少人，会不会让我有什么改变，我只知道，这一刻，我的胸腔里、大脑里，一切的一切都在叫嚣着一个事实——我是这样热烈又赤忱地爱着你。

学校操场的一角，树木旁，少女闭着眼睛，纤长卷翘的睫毛止不住地抖动，少年扣着少女的腰，唇深深地印了上去。

红色的塑胶跑道上，不断有路过的人在向里面张望，而里面的人浑然不觉。

有人路过，看到张望的人，好奇地停下来问他们在看什么，那些人笑笑，用八卦且带着羡慕的语气说：“啊？你居然不知道？我们在看那对最幸福的情侣呀！”

刚才舒甜问他，“你有什么想做的事儿吗？”其实他想做的事儿有很多，比如：想跟你去你说过的那些地方；想跟你去吃你提过很多次的那家蛋糕店的蛋糕；想一直跟你在一起，你要看的风景，你想要的人生，春冬秋夏海阔山明，我都陪着你。

有很多想做的事儿，但每一件，都必须且一定与你息息相关。

我一直记得曾在梦里见过的画面，我最最想要的，其实是等到那一天，等我们都老了，等孩子都大了，等你头发花白，青春不再，然后，我们一起迎来一个很普通的周末。那天应该是晴天，阳光要比现在还柔和、干净、温暖，不掺杂质地照耀着大地。我一如从前那个浑身带刺、桀骜不驯的少年，唯独在你面前退去了所有的棱角，我摸着你的鬓发，在那样的一个午后，扯着唇角笑出了皱纹地去亲你，你骂我老不正经。我继续不正经，抱着你，吻你的额头，而后，就在这时候，我对你说——你看哪，亲爱的，我喜欢了你一辈子！